달섬 세계고전

17

끌림 1

엘런 글래스고

The Wheel of Life

끌림 1

박재영 옮김

달섬

일러두기

1. 이 번역서의 기준 판본은 Ellen Glasgow, *The Wheel of Life* (New York: Doubleday, Page & Company, 1906)이다.
2. 본문의 각주는 옮긴이가 덧붙인 것이다.

목차

주요 인물

로라 와일드	시인, 거티의 친구
퍼시벌 와일드	로라의 삼촌, 와일드 집안의 최고 연장자, 플루트 연주를 즐겨 함
로자 페인(와일드)	로라의 첫째 고모, 호레이스 페인과 결혼함
안젤라 와일드	로라의 둘째 고모, 스무 살 때 실연을 당한 이후로 칩거함
소피 블리커(와일드)	로라의 셋째 고모, 로버트 블리커와 결혼함
거티 브라이드웰	로라의 친구, 페리의 아내
페리 브라이드웰	거티의 남편, 바람둥이, 애덤스의 친구
아놀드 켐퍼	로라의 연인, 거티와 페리의 친척
로저 애덤스	잡지사 편집장, 페리의 친구, 켐퍼의 대학 동기
코니 애덤스	로저의 아내, 쾌락을 추구함
세인트 조지 트렌트	극작가를 꿈꾸는 문학도 청년
크리스티나 코울스	트렌트의 이웃에 사는 문학도 숙녀
제니 앨타	켐퍼의 전 여자친구, 오페라 가수
윌버포스	로라의 구혼자, 나이가 많고 부자임

제1부

충동

1장

연애의 주인공은 없을 때 존재감이 드러난다

햇살이 얼굴에 내려앉았다. 거티는 눈을 뜨며 하품이 나오는 것을 베개로 틀어막았다. 전날 잠자리에 들기 전에 무척 기분이 나빴었다는 사실이 기억났다. 겨우 여섯 시간 전의 일이었다. 하지만 지금은, 그 불만이나 불만의 대상이었던 남편보다는, 자신이 당장 일어나 욕실 샤워기 아래 3분간 서 있어야 한다는 사실이 너 짜증났다. 거티는 한숨을 쉬며 빰 밑으로 베개를 더욱 단단히 밀어 넣고 잠시 멍하니 하녀를 보았다. 하녀는 창의 커튼을 걷고 있었다. 그녀가 거티를 향해 어색하게 친근한 웃음을 지었다. 거티는 그에 반항하듯 미간을 찌푸렸다.

"음, 난 커피가 올 때까지는 일어나지 않을 거야." 거티가 말했다. 화가 났다기보다는 우울한 햇살에 영향을 받은 목소리였다. "침대 밖으로 발을 내디딜 만한 힘이 없어."

거티의 시선이 하녀를 따라갔다. 방을 가로지르고 문을 통과해 자연스럽게 화장대 위 널찍한 거울로 향했다. 거울에는 붉고 하얀 선명한 형체가 있었다. 거티는 그것을 찬찬히 바라보았다. 여자는 침대에 있을 때 가장 아름답다는 것이 그녀의 소신이었다. 위안을 주는 소신. 그녀는 그대로 누워 새틴 침대보에 덮인 자신의 멋진 몸매 라인을 따라갔다. 눈에 띄게 아름다운 몸매를 가졌는데도 왜 나는 겨우 보잘것없고 짧은 만족만 얻는 걸까, 이 생각에 약간 뾰로통해졌다. 그녀가 아는 어떤 여자는 지난주에 자동차 사고를 당해 코뼈가 부러졌다. 그리 생각하자니, 얼굴 어디가 부러지지 않은 것만으로도 기꺼이 감사해야 할 것 같았다. 하지만 거티는 그럴 필요가 없었다. 그녀의 얼굴은 멀쩡하니까. 그럼에도, 지금보다 비참할 수는 없을 것이다. 설사 코뼈가 부서졌다 해도.

이 지점에서 거티는 자신의 논리를 바로 세우기 위해 잠깐 멈추었다. 한껏 상상의 날개를 펼칠지라도 사색이 필요한 일에는 마음이 가지 않았다. 하지만 종종 철학의 외투를 빌려 경박한 경험까지 덮어 씌워야 할 때가 있었다. 모호한 행위 이론 따위는 그리 좋아하지 않았다. 그녀가 원하는 것은, 자신이 느끼는 이 정신적 피로감에 대한 구체적인 설명이었다. 그녀가 원하는 것은—결정적인 한 방으로 그 문제를 몰아가는 것처럼 그녀는 반복했다—예전에 상상했던 것처럼 진짜 그렇게 행복한 것이었다. 지금의 일들이 아직 일어나지 않고 단지 희망 사항이었을 때 그랬던 것처럼. 그러니까, 단지 텔레비전에 나오는 한 남자 때문에 침통한 기분이 들었을 때 추가로 옷을 사는 것은, 왜 한 사람의 어깨만 쓸쓸히 바라보며 꿈꿔 왔던 행복을 주지 못하는 것일까? 행복은 옷차림으로 연출할 수 없다는 것을, 거티는 자신이 아는 가장 부유한 남자와 결혼한 후에야 알게 되었다. 이것을 인정하자 거티는 반박할 수 없는 자기 논리의 씁쓸한 결론에 곧장 도달했다. 하인에게서 찾을 수 없는 만족은, 마찬가지로 페리의 당당한 모습에도 존재하지 않았기 때문이다. 그럼에도 거티는 그가 빈털터리 남자였더라도 결혼했을 거라고 혼잣말했다. 신혼 초의 들뜬 탐닉은 아직 뜨겁게 살아서 그녀의 삶을 즐거운 고뇌로 물들이고 있었다.

프랑스식으로 자수가 놓인 드레스 잠옷을 입은 채 거티는 침대에 누워 있었다. 그녀는 선홍빛 머리카락을 이마 뒤로 쓸어 올리고, 자신이 아는 사람들의 과거를 멍하니 돌아보기 시작했다. 모든 이들이 자신보다는 운이 좋은 어떤 특별한 상황에 놓인 것처럼 보였다. 그렇다고 그들과 자리를 바꾸고 싶은 마음은 없었다. 가장 친한 친구인 로라와도 아니었다.

로라는 활활 타는 듯이 불을 밝힌 방에서 너무나 자족하며 살았다. 그래머시 파크에 묻혀 살면서 아무도 읽어 보지 못한 애매모호한 예쁜 글을 썼다. 그래머시 파크는 현대식 개발이 한창이었는데, 그 공원처럼 로라는 그녀가 '세상'이라 부르는 곳의 소소한 부분을 채웠다. 거티는 갈색 담쟁이로 뒤덮인 무덤같이 오래된 그 집을 떠올리자 야릇한 부러움이 일었다.

친구에 대한 기억을 들추니, 남편을 생각하다 놓쳐 버린 평온함이 그녀에게 돌아왔다. 믿음직한 친구의 발랄한 얼굴을 그리며 빽빽하던 맑은 눈동자도 약간 풀어졌다. 로라는 그녀와 많이 달랐다. 불행의 안개가 걷히고, 서서히 로라의 모습이 거울 속 그녀 앞에 나타났다. 검은 날개처럼 물결치는 로라의 머리카락, 확 트인 하얀 이마가 또렷이 보였다. 로라의 눈에 어린 비범한 목표 지향성, 골똘히 사색하는 모습. 다시 그 가운데로 로라의 형체가 사라졌다. 마치 빛이 희미해져 그러는 것처럼.

로라 와일드를 처음 만난 건 열 살 때였다. 그리고 20년이 지났지만, 돌연 그 만남이 어제 일처럼 생생하게 다가왔다. 그때 거티는 젖은 슬리퍼를 신고 옷자락을 질질 끌며 다니는 허약한 여자애였다. 여자애 거티는 무심한 보모를 따라 이상한 독일인 학교에 갔다. 멍한 상태에서 받은 첫 의아함이 사라지고, 교실 중앙에서 서로 속닥거리는 아이들을 보면서 거티는 다시 엄청난 호기심을 느꼈다. 그렇게 그들을 보다가 그녀는 사나운 짐승처럼 공황에 사로잡혔고, 정신이 혼란스러워 믿을 만한 어른이 있는 곳으로 가려고 몸을 틀었다. 바로 그때였다. 그 속닥거리던 무리 속에서 흉측한 갈색 드레스를 입은 가무잡잡한 작은 소녀가 뛰어나와 그녀를 두 팔로 안았다.

"난 너를 정말 정말 사랑할 거야. 너는 무지 예쁘구나." 가무

잡잡한 소녀가 말했다. "네 덧셈 숙제는 내가 다 해 줄게. 네 소시지도 내가 먹어 줄게." 그러고는 거티에게 뽀뽀를 했다. 소녀는 거티를 난로 옆으로 데려갔다. 그러고는 마루에 무릎을 꿇고 앉아 거티의 젖은 슬리퍼를 벗겼다. 지금까지도, 거티는 그 친구를 선생님이 안 보는 사이에 눈 딱 감고 그 끔찍한 소시지들을 꿀꺽 삼키던 작은 소녀로 기억했다.

하녀가 커피를 가져왔다. 커피를 마시며 앉아 있는데, 남편의 드레스 룸 문이 열렸다. 그가 들어와 침대 옆에 섰다. 덩치가 크고, 혈색이 좋고, 인상적이다.

"유감이지만 점심에 갈 수 없겠는데." 건장하고 세심히 다듬어진 몸을 가볍게 흔들어 옷을 입으며 페리가 말했다. "피어스가 편지와 함께 촌놈을 하나 보냈어. 클럽에서 그 친구와 식사를 해야 하거든. 근데, 사실, 이 계절에는 딱히 입에 맞는 게 없어."

식탁에서의 쾌락이 하루 즐거움의 큰 부분을 차지하는 남자에게 이것은 대단히 심각할 수밖에 없는 문제였다. 그것을 결정하기 위해 그는 머뭇거리며 서 있었다. 가슴이 쫙 벌어지고, 잘생기고 선량한 얼굴에는 꽤나 짜증난 표정이 어렸다. 그러다가 무얼 먹을지 그럴 듯한 결정을 내리고, 평소처럼 무난히 흡족해하는 얼굴을 되찾았다. 아무 생각 없이 편지를 찾아 호주머니를 뒤적거리더니 이내 거티의 베개 위에 꺼내 놓았다. 페리는 몸의 충동에 충실히 따르는 인생을 살아왔다. 그것에 완벽하게 적응하면서, 그는 한 번도 본 적이 없는, 호감이 가는 동물의 외모를 갖게 되었다. 지독한 이기주의가 개성적 멋으로 나타나는 타입이었다.

편지는 페리가 놓았던 곳에 그대로 있었다. 앉아서 커피를 홀짝거리던 거티는 노골적인 냉소를 지으며 그를 올려다보았다. 냉소는 인형같이 반듯한 얼굴에 예리한 매력을 발산했다.

"당신은 세 시간도 못 잤는데 꽤나 팔팔하네. 비누 냄새가 나." 화가 나 따지듯 그녀가 말했다. "나는 여섯 시간을 잤는데도, 아직 너무 피곤해서 움직일 수가 없어."

"아, 난 괜찮은데……. 나는 기분 나쁜 걸 참을 수가 없거든." 너털웃음을 터트리며 페리가 대꾸했다. "그게 바로 여자들이 실수하는 거야."

게슴츠레 눈을 뜨며 거티는 뒤로 물러나 앉았다. 멀찌감치 떨어져 의아하게 그를 훑어보았다. 마치 그는, 누군가가 그녀에게 감상해 보라고 추천한 건축물의 한 주요 부분 같았다. 그녀는 초점이 맞지 않는 시력을 조정하려고 헛되이 애쓰고 있었다. 그녀가 눈살을 찌푸릴수록 그의 크기는 더욱 거대해지면서 아득히 흐릿해졌다.

"당신이 어떻게 그렇게 하는지 난 이해할 수가 없어." 거티가 말했다.

페리는 잠시 귀엽게 멍하니 커피포트를 바라보았다. 그러고는 남성 특유의 몸짓으로 짧게 다듬어진 콧수염을 당겼다. 그의 얼굴에 어렴풋이 생기가 도는 것을 거티는 보았다. 외모로 보자면, 그녀의 눈에 그가 이보다 멋져 보인 적은 없었다.

"참, 켐퍼랑 당구를 쳤어. 늦게까지 얘기를 했지." 페리가 말했다. 그녀가 묻지도 않은 것에 설명을 풀어놓으려는 기세였다. "어제 유럽에서 돌아왔잖아. 알지?"

"그랬어요?" 거티는 심드렁하면서도 발랄했다. 그 심드렁한 발랄함은 그의 육중한 몸뚱이 주변에 내리치는 김빠진 번개 같았다. "그럼 오페라 시즌에 앨타 마담을 이용할 수 있겠네?"

그는 감탄하듯 킥킥거리며 그 질문에 응대했다. "당신은 진짜로 그 둘이 그동안 해외에 같이 있었다고 생각해?"

"음, 그렇게 하지 않으려넌 뭐 하러 이혼을 했겠어요?" 거티가 따져 물었다. 거티는 그게 가장 가능성 있는 해석이라 생각했고, 이 판난에 확신이 서 있었다.

킥킥거리던 페리가 버럭 고함을 질렀다. "어휴, 여자들이란, 말하는 것 좀 보세요! 아니, 켐퍼가 이혼한 지 10년이야. 3년 전, 노래 공연을 보기 전에는 그가 제니 앨타를 만난 적도 없어요. 유명인사랑 함께 있는 것을 보이고 싶었던 것뿐이야. 그거 말고는 없어. 대부분 남자들이 그렇지. 허, 우리 아가씨," 그가 꽤나 경외하는 말투로 결론지었다. "혓바닥 놀리는 것 좀 보세요. 내가 당신 남편이란 게 열나 다행이야. 그렇지 않았으면 내

뒤에 대고 명성에 득이 되는 소리는 안 했을 테니까."

그는 몇 분간 나자빠질 듯 웃었다. 거티는 쌀쌀맞게 비웃음 치며 그를 빤히 째려보았다.

"글쎄, 앨타 마담이 아니라면, 누군가 맑은 소리를 내는 사람이었어요." 거티가 차갑게 반박했다. "내 말은, 분명 이유가 있을 거란 말이죠."

"아, 당신의 그 '이유'라!" 페리가 툭 던졌다. 그러고는 몸을 구부리더니, 거티 베개 위에 있던 편지를 커다란 핑크빛 집게 손가락으로 튕겼다. "이것에 대해 어떻게 생각하는지 말 안 했잖아?" 그가 물었다.

거티는 편지를 펼쳐 들고 처음부터 끝까지 찬찬히 읽었다. 벌어진 입술에 회의적인 한탄의 물결이 일고 또 일었다.

레이븐스 네스트
버지니아주 포키어 카운티
19—년 12월 26일

그리운 페리에게,
당연한 얘기지만 누구도 자네를 문학적이라고 비난한 적은 없네. 천만다행으로 나도 그런 비방을 받은 적이 없지…… 하지만 때론 돌아가는 것이 성공에 이르는 지름길로 보이기에, 자네가 이 친구에게 사회적으로 도움을 줄 수 있다는 생각이 들더군. 그래서 새해가 조금 지나고 이 편지를 들려 보내네.

이 친구 이름은 세인트 조지 트렌트라네. 나보다 약간 높은 비싼 하이웨이에서 태어났지. 매혹적인 어머니가 있고, 이미 문학 바이러스에 감염된 증상을 보인다네. 나는 책을 읽지 않으니 문학적으로 비교해서 판단할 수는 없지. 그래서 그가 무명의 셰익스피어인지 아니면 신문에나 쓸 법한 재목인지 난 잘 모르겠네. 그의 어머니 말씀은, 그가 이미 햄릿에 버금가는 연극을 썼다고 하더군. 그분이 아름다운 부인이긴 하지만, 그렇다고 그 말에 확신이 가는 건 아니야. 여하튼 그는 극작가가 되겠다고 뉴욕으로 간다는 군. 그 중심지에 우상이 둘 있다나. 어찌면 자네가 그걸 깨버릴지도 모르겠지만. 오직 로저 애덤스를 만날 생각에 목을 매더군. 한 번도 들어 본 적이 없는데, 그 어디 편집장이라던데. 자네가 일을 시작했을 때를 생각해서 질헤 주라고. 그리고 시를 쓰는 숙녀, 로라 와일드라고 서명했던데. 부득이한 실망에 대해서는 내가 단단히 준비를 시켰네. 순진한 애덤스 씨는 나이프로 음식을 먹고, 책을 쓴다는 숙녀는 잠자리를 같이할 만큼 좋지는 않을 거라고 말이야. 신은 여자를 그 목적으로 만들었고, 남자는 여자를 계발시켜 줘야 하는 법이니까. 아아, 그럼에도 불구하고, 젊은 애들은 신앙이 깊은 사람들이지!

결혼식 때 거드는 영예를 누리고는 아직 뵈지도 못한 자네 안사람에게도 안부 전하시게.

영원한 친구, 비벌리 피어스

거티는 편지를 다 읽고 웃음을 터트렸다. 그러고는 푸른색 새틴 침대보 한쪽에 아무렇게나 던져 놓았다.

“누군가 로라의 시를 읽는다니 잘됐네.” 그녀가 말했다.

“근데 이 친구를 데리고 내가 뭘 하지?” 페리가 물었다. “내가 문학과는 안 친하다는 건 누구나 알 테고, 이 친구는 문학밖에 모르니.”

“음, 글쎄, 그 사람, 먹을 수는 있잖아요. 안 그래요?” 거티가 위안을 주듯 빈정거리며 한마디 했다.

“애덤스에게 점심을 같이 먹자고 했어.” 페리가 말을 이었다. 그는 깊은 생각에 잠겨 그녀가 쌀쌀맞게 구는 것을 따지지 않았다. “근데 그가 못 나올 확률이 90퍼센트야.”

“경험으로 배운 게 있으니까.” 거티가 싹싹하게 덧붙였다. “당신 친구 애덤스는 안 온다고 보는 게 확실할 거예요. 당신도 알잖아.” 잠깐 생각하다 계속했다. “우리가 아는 사람 중에서 그 사람이 제일 영리한데, 가끔은 당신이 그를 어떻게 보는지 정말 궁금해."

페리는 열을 받아 깔끔한 피부가 검붉게 달아올랐다. 돌변한 모습이 잔혹해 보이기까지 했다. "나는 빌어먹을 멍청이라고 말하는 거야?" 그가 따져 물었다.

거티가 재밌어하는 소리가 유쾌하게 귀에 울렸다.

"내가 결혼할 때 당신한테 가졌던 환상을 깨고 싶어요?" 거티가 물었다. "결국, 그것은 순전히, 크기가 미덕이라는 믿음 때문이었죠."

붉은 기운이 사라졌다. 그가 크게 한숨을 쉬자 넓은 가슴이 들썩거렸다. "그래, 내가 크긴 하지." 그가 답했다. "애덤스가 나처럼 근육이 없는 건 그 사람 잘못이 아니야."

페리는 여유롭게 거울을 쳐다보며 넥타이를 바로잡고 콧수염의 짧은 끝부분을 꼬았다. 그리고 나가기 전에 구부려 아내에게 키스했다.

"기분 나빠하면서 당신의 예쁜 모습을 망치지는 마." 방을 나가며 그가 말했다.

그가 나가자, 거티는 침대에서 일어나 보려고 돌연 안간힘을 썼지만 쓸데없는 짓이었다. 신체적 피로라기보다는 윤리적 피로에 짓눌린 듯했다. 거티는 싫증 난 듯 거울로부터 얼굴을 돌리며 다시 벌러덩 누웠다. 이렇게 아침이 물러가고, 또 점심이 오고, 갔다.

오후가 되어서야 거티는 쾌락을 찾아 필연적이고 필사적인 추격을 새로이 시작하기 위해 기운을 차리고 옷을 입었다. 아침의 유혹은 그만두는 것이었다—노력해도 효과가 없는 것을 포기하고 휴식을 취하는 것이었다. 이 짧은 후퇴의 결과는 열린 마차 문 앞에서 마부에게 내린 명령에 또렷이 나타났다.

"먼저 로라 양에게로." 갑자기 말을 멈추었다. 그러고는 획 돌아, 5번길 모퉁이에서 재빨리 다가오는 남자를 향해 거티는 팔을 한껏 뻗었다.

"설마 지난 6개월 동안 나를 잊은 건 아니겠죠, 켐퍼." 거티가 반갑게 말했다. 그 어투에는 아주 미세한 씁쓸함이 묻어 있었다.

켐퍼는 두 손으로 그녀의 손을 잡고, 순간 억세게 힘을 줘 꽉 쥐었다. 거기에는 어떤 긴장감이 있었고, 그 감정에 음성이 특이하게 떨렸다.

"아니 6년이 지나도 나는 못 잊었을 거야." 켐퍼가 대답했다. 눈에 띄게 매혹적인 미소가 그의 얼굴에서 빛났다. 범상치 않은, 시선을 끄는 얼굴이었다. 눈웃음치는 연한 회색 눈동자에 다정한 냉소가 어렸다. "너를 잊기 위해 유럽에 갔다면 시간 낭비였을 거야. 하지만 그보다 더 나은 일에 손을 댔지. 프랑스 경주용 자동차들을 구입하는 일."

아놀드 켐퍼는 말을 마치고 황급히 마차 문을 툭툭 쳤다. 불안한 기운에서 튀어나온 행동이었다. 그의 몸짓 하나하나가 그랬다. 그는 사람을 끄는 자성磁性의 성격을 가졌고, 그 자성을 통해 그 불안한 기운을 발산했다. 그가 페리와 닮았다고 사람들은 말하곤 했다. 실지로 그들은 먼 친척이었다. 하지만 그 닮았다고 하는 것이, 그저 눈에 띄게 사내다운 기질을 가졌다는 거였다. 여자들이 흔히 남자답다고 묘사하는 기질. 실제로 그는 키가 크지는 않았지만, 크다는 인상을 주었다. 멀리서 그를 본 사람은 하나같이 그의 크기가 남다르다고 생각했다. 그러나 옆에 서면 평균 키보다 크지 않았다. 잘 발달된 빈틈없이 짜인 풍채, 멋들어지게 벌어진 가슴과 어깨, 살짝 튀어나온 묵직한 눈썹, 짐승처럼 억세 보이는 안면과 아래 턱, 이 모든 게 합쳐져 강렬한 활력의 모양새를 또렷이 드러냈다. 그 활력은 여자들의 상상을 강하게 자극했다. 짧은 갈색 수염 아래 입가로는 주름이 있었다. 가만히 있을 때 보면, 그 주름에는 잔인함이 살짝 어려 있었다. 그러나 그것이 그의 매력을 깎아내리지는 않았다. 대신 정감 있는 환한 웃음 속에 더욱 안도감을 줄 뿐이었다.

거티는 그를 흘긋 보면서 그가 오랫동안 떠나 있었던 까닭을 은근 미심쩍이 떠올렸다. 사람들은 속닥거렸다. 켐퍼에 관한 소문이 불어올 때면, 그 바람 속에는 늘 여자가 있었다. 하지만 쉽게 여자의 관심을 받는 남자들이 그렇듯, 그에게는 여자를 하찮게 냉대하는 경향이 있었다. 얼마나 쉬울까, 거티는 종종 궁금했지만 대충이라도 가늠해 보고 싶은 마음은 없었다. 10년이면 열정을 지속하기에는 꽤나 긴 시간이다,라고 거티는 말했을 것이다.

10년 전 켐퍼는 서부 어느 법정에서 이혼을 확정 지었다. 딱히 스캔들이 있었던 것은 아니다. 서로를 비난하는 일도 없었다. 당시 어느 클럽에서 농담처럼 들리는 말로는, 켐퍼의 아내가 그만 남편이 식후에 담배를 피우는 것에 질투가 난 것이라고 했다. 그것만이 추측 가능한 유일한 이유라고. 그 후로 여러 다른 소문이 들렸다. 마지막에는 앨타 마담이라는 여자—그녀는 이탈리아 오페라의 심장을 녹이는 부분에서 노래를 했다—와 연관된 진짜 돌풍이 불었다. 하지만 이 또한, 도시 사람들의 짧은 기억과 함께 지나갔다. 거티도 역시 가십을 잊었고, 가십의 여주인공들도 잊었다. 방금 전 켐퍼의 얼굴에서 깊은 고뇌의 주름을 보기 전까지는 그랬다. 유럽에서 6개월 살고 홀연히 돌아온 그를 보며, 그 프리마 돈나와의 연애가 정말 마음이 얽혔던 것이었는지 거티는 궁금했다.

"어, 난 자동차만큼 빠르지는 않을 걸요." 거티는 이내 인정했다.

"하지만 너는 두 배로 위험하지." 켐퍼가 장난스럽게 응수했다.

기분 좋게 익살맞은 켐퍼의 눈을 보며 거티는 잠깐 할 말을 잃었다.

"음, 그래도 오빠는 겁쟁이는 아니잖아요." 곧이어 거티가 능청스럽게 말했다. 그러고는 말투가 바뀌었다. 그녀는 모피 담요 아래 자리를 잡고 곰살갑게 초대의 손짓을 했다. "내 옆으로 들어와요. 내가 로라 집까지 데려다 줄게." 거티가 말했다. "로라는 천재예요. 유명해지기 전에 그녀를 알아 두면 좋을 거예요."

켐퍼는 겸연쩍게 웃으며 장갑 낀 거티의 손가락을 잡았다.

"아니, 괜찮아!" 그는 어깨를 들썩이며 크게 말했다. 거티에게는 그가 약간 이국적인 흉내를 내는 것처럼 보였다. "그 숙녀가 여자 밀턴*이 될지는 몰라도, 페리가 그러던데, 안 예쁘다고."

켐퍼는 다시 거티의 손을 만졌다. 거티가 성마르게 로라를 옹호하자, 그는 고개를 끄덕이며 실실 웃었다. 마차가 다시 움직였다. 켐퍼는 파크로 향하는 69번가로 곧장 들어섰다.

뜻밖의 만남으로 거티 안에서는 잠자던 흥분이 깨어났다. 잊고 있던 흥분이었다. 멀리 로라의 집을 향해 5번길을 내려가면서 거티는 한가로이 궁리하고 있었다. 켐퍼가 며칠을 가만히 기다렸다 다시 나타날까? 그 생각이 아직 마음에 있을 때, 마차는 그래머시 파크로 접어들어 담쟁이로 뒤덮인 오래된 갈

* 존 밀턴은 17세기 영국 문인이자 사상가이다. 대표작으로 『실낙원』이 있다.

색 주택 앞에 섰다. 로라가 사는 곳이었다.

이쯤 되어 거티의 기분이 변했다. 거티는 마차에서 내려, 갓길에 서서 결정을 내리지 못하고 주저하고 있었다. 눈 덮인 앙상한 몇몇 나무들, 유령이 나올 듯이 정적이 흐르는, 근엄한 예스런 가옥들, 황량한 거리, 그리고 흐릿한 햇빛 속 거리에서 재잘대는 참새 무리. 이것들을 보며 거티는 묘한, 거의 불가사의한 느낌을 받았다. 현실이 아닌 것 같은. 마치 이곳과, 그녀 자신과, 대기 중인 마차와, 이 둔탁한 갈색 집에 묻힌 로라가, 어떤 덧없고 꿈같은 마음속 조작에 의해 만들어진 것 같은. 거티는 아침에 자신을 짓누르던 우울함이 홀연히 사라졌음을 느꼈다. 그녀가 존재하는 어느 구석에도 우울함은 없었다.

이윽고 고개를 들자, 남편이 두 남자와 함께 거리를 건너는 모습이 눈에 들어왔다. 점심을 함께한 남자들이었다. 페리는 단단한 인상을 주었다. 하지만 그마저도 그녀에게는 이상하게 변해 보였다. 그곳에 어울리지 않아 보였다.

페리는 약간 숨을 헉헉거리며 빠른 걸음으로 다가왔다. 그는 1분 정도가 지나고서야 목소리를 가다듬고 오른편 젊은이를 소개할 수 있었다. 명랑하고 얼굴빛이 발랄한 청년이었다.

"아내에게는 이미 당신에 대해 말을 했어, 트렌트 씨." 마침내 페리가 입을 열었다. "그렇지만 사실은 반도 말하지 못했다고 털어놔야겠군."

거티는, 겸연쩍이 미소 지으며 당혹스러워하는 트렌트와 눈빛이 마주쳤다. 그에게는 남자다움과 더불어 그만의 매력이 있었다. 그가 마음에 들었다. 그가 다소 긴장을 늦추자 거티는 애덤스에게 말을 하려고 돌아섰다. 나비와 책벌레가 다르듯 자기는 애덤스와 다르다고 장난스럽게 말했지만, 그럼에도 보통 이상으로 그가 좋다고 거티는 곧잘 인정했다.

로저 애덤스는 삐쩍 마른 학자 같아 보였다. 나이는 마흔이었다. 넓으면서도 특이하게 뼈만 앙상한 어깨, 다소 유머러스한 표정, 꾸밈없는 강인한 얼굴. 그 얼굴에는 고통의 흔적이 있었다. 실질적 목표를 완수하지 못했을 때 남는, 지울 수 없는 고통의 흔적. 그에게는 딱히 눈에 띄는 점은 없었다. 흘긋 다시 보게 만드는 것조차 없었다. 남자로 살면서 받는 감정적 압박에 약간 생각이 깊어진 빛도, 예리한 잿빛 눈동자에서 번득이는 빛도 없었다. 그럼에도 따스한 매력이 있었다. 전혀 드러나지 않는 용모에서 풍기는 그 매력은 설명이 불가능했다. 거티는 그의 개인사를 알고 있었다. 그래서인지 그에게는 특별히 모험에 대한 관심이나 열정이 없어 보였다. 굳이 재고할 가치가 있는 것을 찾자면, 그가 콜로라도 어딘가에서 구제불능인 여자와 결혼했다는 것과 10년 동안 뉴욕에 살면서 『인터내셔널 리뷰』를 편집했다는 거였다.

"트렌트 씨는 로라의 시를 정말로 읽었다고 남편이 그러던데," 거티가 애덤스에게 말했다. 거티는 비꼬는 듯한 자신의 태도를 거의 의식하지 못했다. "트렌트 씨를 시험해 보셨나요? 정말로 그런가요?"

"테스트하지 않았습니다. 그 말이 사실이 아니길 바라니까요."가 애덤스의 대답이었다.

"읽었다고요!" 트렌트가 힘주어 큰소리로 외쳤다. 그의 파란 눈동자가 반짝거렸다. "아니, 가슴에 한 구절 한 구절 새겼습니다."

"그러셨다면, 로라가 당신을 환영하겠네요." 거티가 안심시키듯 응수했다. "의심할 여지가 없어요."

"하지만 나는 잘 모르겠는데." 페리가 풀이 죽어 말했다. "그러니 나는 그만 가는 게 좋겠어."

페리가 돌아서려는 몸짓을 취하자 거티는 장갑 낀 손을 그의 팔에 올리며 꾸짖는 눈빛으로 그를 붙잡았다.

"그 말을 들으니 오늘 당신이 잘못한 게 생각나네." 거티가 말했다. "집을 나오면서 켐퍼를 만났어요. 나랑 같이 가자고 하니까, 그가 뭐라고 핑계를 댔는지 알아요?"

"치과 간대? 아니면 쿡쿡 쑤시는 류머티즘?" 페리가 덤덤히 찔러 댔다.

"아니." 거티의 목소리가 성난 듯 올라갔다. 그러고는 페리의 소맷자락을 툭 치며 야단을 쳤다. "로라가 예쁘지 않다고 당신이 말했다고 하던데."

"허, 내가 그 말을 다시 걷어 와서, 확 먹어 버릴게." 페리가 소리쳤다.

페리는 무서운 척하며 달아나고, 트렌트는 눈살을 찌푸렸다. 그때 거티가 반갑게 환호하며 앞 저택의 아래 창을 향해 손을 흔들었다. 틀을 이룬 갈색 담쟁이 사이로 순간 여자의 머리가 보였다가, 금세 안쪽 온화한 불빛 속으로 녹아들었다. 트렌트는 작고 어두운 발랄한 형체를 겨우 얼핏 보았다. 순식간에 현관문이 열렸다. 로라는 격정적으로 팔을 쭉 뻗고 거기에 서 있었다. 남부가 고향인 어머니에게서 값진 유산으로 물려받은, 정감 있는 미소를 짓고 있었다.

"창밖을 내다보기도 전에 네가 거기 있는 줄 알았어." 로라가 거티에게 큰소리로 말했다. 애덤스가 일찍이 '크레올* 목소리'라고 불렀던 음성이었다. 로라는 즐겁게 웃으며, 거티에게서 트렌트로, 트렌트에서 애덤스로 생글생글 훑긋거리며 잠깐 그대로 서 있었다. 열정과 무지가 넘치는 연하 남자에게는 돌연 그녀 모습의 세세한 부분보다 그녀가 입고 있는 멀건 구릿빛 가운이나 종잡을 수 없는 취향의 드레스, 가슴에 매듭이 있는 낡은 커피색 레이스가 더 중요해 보였다. 로라는 거기 서서

* 미국 남부에 정착한 프랑스인이나 스페인인의 후예

애덤스에게서 트렌트에게로 생기발랄한 시선을 옮기고 있었다. 그런 로라를 보며 트렌트는 풍요로운 삶에서 빛을 발하는 에너지를 느꼈다.

첫 인사를 나누고, 로라는 불빛이 환한 방으로 안내했다. 방에서는 호기심 어린 창백한 얼굴의 백발 노신사가 일어나 그들을 맞았다.

"윌버포스 씨에게 네가 오는 것을 '느낄' 수 있다고 했는데, 이제 증명이 됐네." 로라가 웃으며 말했다. 로라는 거티의 모피 코트를 벗겨 주었다.

"음, 어쨌든 너는 내가 오는 걸 알았을 거야." 거티가 말했다. "너를 만나려고 내가 정말 멋진 남자를 만나는 것도 포기했으니까."

"정말로요! 페리가 버림을 받았다는 건가요?" 애덤스가 농담조로 물었다. 거티는 경박하게 웃으며 그에게 드러내 놓고 비웃는 눈길을 주었다.

"페리가 당신에게 그렇게 대단했던가요?" 거티가 의아해하며 물었다. "내가 볼 때 그는 너무 침울한데."

"페리가 아니라면 누구죠? 이름을 대시죠." 애덤스가 능청맞게 고집을 피웠다. "물론 나는 아놀드 켐퍼에 한 장 걸겠지만."

"켐퍼?" 로라가 궁금해하며 따라 말했다. 무심결에 그 이름이 그녀에게 날아와 꽂혔다. "아놀드 켐퍼라는 사람이 쓴 짧은 소설이 있지 않던가요? 정형적이지 않고 상당히 대담했던, 은근히 인상적인 책이었던 것 같은데."

"아, 어릴 때 썼던 책이죠." 애덤스가 대꾸했다. "일종의 에너지를 발산하는 출구였어요. 지금은 경주 자동차에 그 에너지를 쏟고 있지만. 문학 소개를 담당하는 펀스턴에게 그가 다시 소설을 쓸 것 같으냐고 물었더니, 아무 말도 않는 것이 그에게 호의를 베푸는 거라고 하더군요."

"그렇지 않아도 지금 자동차를 보러 갔어요." 거티가 말했다. "결국 그 사람한테는 그게 책보다 훨씬 중요하니까."

"그를 못 본 것이 15년이나 됐어요." 애덤스가 말했다. "하지만 그의 말투는 압니다."

"사람들은 언제나 그의 말투를 알지요." 거티가 인정했다. "말투에는 특징이 있어요, 내가 보기엔. 하는 일이야 별 볼일 없지만 여하튼 그 사람 자체는 대단하니까요. 그리고 결국에는," 그녀가 진지하게 마무리했다. "그게…… 뭐랄까…… 그가 고수하는 개인의 역량."

"개인의 역량." 로라가 웃으며 따라 했다. 켐퍼를 그렇게 묘사하는 것에 관심이 없는 듯 그녀는 말머리를 트렌트의 연극으로 돌렸다.

2장

별난 가족 모임

마침내 손님이 모두 떠났다. 로라는 서재를 막고 있던 접이식 문을 원래대로 밀고, 다소 연로한 신사와 마주했다. 그는 매끈한 대머리였다. 큼지막한 안락의자에 앉아 손에 플루트를 들고 있었다. 주름진 손이 떨렸다. 달처럼 순박한 얼굴이었다. 벗겨진 머리는 그의 생김새에 지적인 면을 더했다. 표정에는 온후하고 미소를 머금은 선함이 있었다. 그래서 그가 지루하게 떠드는 것을 원망할 수 없었다. 눈은 오그라진 얼굴 가운데 동그란 파란 단추처럼 붙어 있었다. 마치 이목구비가 완전히 흘러내리지 않도록 고정시키고 있는 듯했다. 그는 와일드 집안의 가장 연장자였다. 부친이 60여 년 전 그래머시 파크에 집을 지은 이후, 그는 줄곧 그 집에 살았다.

"기다리느라 힘드셨죠, 삼촌?" 로라가 물었다. 삼촌은 귀가 잘 들리지 않았다. 그래서 로라는 목소리를 살짝 높였다.

노신사는 원숙한 인내심을 담은 미소로 그녀를 보며 연신 고개를 까닥거렸다. "연주하려고 사람들이 갈 때까지 기다렸지." 깨진 은빛 종소리 같은 어투로 그가 답했다. "안젤라는 머리가 아프다는구나. 그래서 시끄러워 못 참겠대. 내가 나가서 꽃을 좀 가져와 같이 앉아 있었다. 오늘은 안 좋은 날이야. 짠하기도 하지." 그가 잠시 말이 없다가 생각난 듯 덧붙였다. "혹시 〈보니 둔의 강둑과 언덕〉*이 듣고 싶지 않니? 네 어머니가 좋아하던 곡이었지."

퍼시벌 삼촌은 기분 나쁘지 않게 다정하게 강권하기를 좋아하는 노인이었다. 하지만 의도와는 달리 얄궂게도 그의 인생은 실책의 연발이었다. 그러는 중에도 그는 평범한 행복을 만드는 데 일조하려고 애썼다. 그의 영혼에는 인간미가 넘쳤다. 주변 사람들을 위해 순박한 기쁨을 풀어내며 밤을 지새우기도 했다. 하지만 과잉 친절은 결국 소소한 짜증을 유발시키고, 때론 심각한 불편을 만들기도 했다. 비로소 그의 미덕은 하찮게 여겨지게 되었다. 삼촌이 무슨 '꿍꿍이' 생각을 하는지 걱정하는 분위기가 언제나 만연했다. 반갑지 않은 호의를 두려워했고, 그 두려움은 좋을 게 하나 없는 재앙의 불안만큼이나 무겁게 짓눌렀다.

로라는 의자에 풀썩 주저앉으며 성마르게 고개를 저었다.

---

* 퍼시 그레인저(1882~1961)가 작곡한 곡으로 스코틀랜드 민요에 기초했다.

의자 건너편에는 기다란 청동 램프가 책상 위에 놓여 있었다. 로라는 자신이 별난 가족의 계보 줄기에 핀 꽃처럼 느껴졌다. 예술적 충동의 완벽한 꽃. 로라는 인위적인 변화에 약간이라도 순응하도록 자신을 교화하는 데 성공하지 못했고, 인생은 칙칙한 구닥다리 집에 갇혀 있었다. 그녀는 명백히, 부득불, 충동적으로, 순정품이었다. 이에 대해 삼촌은, 매정하게 고개를 까딱하니 해고당했을 때 정도로만, 절망적으로 생각했다. 로라가 친절할 수 있다는 걸 그는 알았다. 하지만 로라는 시인인지라, 기분이 맞을 때면 친절했다.

"조금만 있다가요. 지금은 말고요." 로라가 말했다. "잠깐 삼촌이랑 이야기하고 싶어요. 로자 고모가 오늘도 여기 왔었어요. 아세요? 똑같은 말이었어요. 우리 집을 팔고 업타운*으로 옮기라고. 고모가 70번가에서 내려오자면 너무 멀대요. 그런데 저는 그렇게 바꾸는 게 그리 탐탁지 않아요. 안젤라 고모는 말도 못 꺼내게 하시고." 로라가 앞으로 기울이며 삼촌의 팔을 다독거렸다. 하나의 진심 어린 몸짓이었다. "삼촌은 업타운에서 무엇을 하실 거예요?" 그녀가 부드럽게 물었다.

노인은 플루트를 무릎 위에 놓고 비쩍 마른 작은 손으로 계속 어루만졌다. "무얼 하겠느냐고? 내 뿌리에서 네가 나를 끌

---

* 뉴욕시의 맨해튼은 보통 세 부분으로 나눈다. 14번가의 남쪽 지역은 다운타운, 14번가에서 59번가까지는 미드타운, 그리고 59번가의 북쪽은 업타운이라 부른다.

어내면, 나는 죽을 게다." 그가 대답했다.

로라가 웃었다. 마치 사랑스런 애완견이라도 되는 듯 여전히 그를 쓰다듬고 있었다. "음, 그 파크가 쾌적하긴 해요. 걸을 데도 많고, 운동할 공간도 부족하지 않아요."

"파크? 푸우!" 삼촌이 목소리를 높이며 소리를 빽 질렀다. "센트럴 파크를 다 준대도 이 거리를 양보하지는 않을 게야. 왜냐고, 나는 이 길들이 포장되고 또 포장되는 것을 70년 동안이나 봐 왔어. 이 길 위를 걷던 사람들도 모두 기억하지. 내가 새커리**와 함께 어빙 플레이스를 따라 산책했다는 얘기를 했던가? 하지만 센트럴 파크로 말하자면, 정취라고는 털끝만큼도 없지."

"어, 그럼, 정리됐네요." 로라가 웃었다. "우리는 우리의 뿌리를 지키는 걸로. 우리 모두 한마음으로요. 삼촌, 안젤라 고모, 그리고 나."

"안젤라는 이런 말을 들을 일이 없을 게다." 삼촌이 말을 이었다. "걔가 고생하는 걸 보면, 어떻게 이런 걸 묻겠니?"

로라는 일어나기 전에 잠깐 연민의 눈빛으로 삼촌을 보았다. "이 세상에 안젤라 고모에게 문제 될 건 없어요. 고모는 완전 건강해요."

** 윌리엄 새커리(1811~63): 영국의 소설가

노신사의 작은 푸른 눈에 멍한 생각이 스며들었다. 마치 말없이 항거하는 것처럼 진지하게 머리를 몇 번 흔들었다.

40년 전 안젤라 와일드는 스무 살 처녀였다. 가족들이 흔히 하는 말로, 안젤라는 '가문의 영원한 망신거리'가 되었다. 그 후 줄곧 그녀는, 말하자면, 오명의 그림자 속에서 살아왔다. 결혼하지 않은 채 사랑에 빠졌다가 나중에 커질 대로 커진 추문이 머리 위에서 폭발해 버렸다. 돋보이는 미모가 아직 절정에 오르기도 전에 안젤라는 네 벽으로 막힌 적막한 곳에 자신을 가두고 힐난했다. 깨달음을 얻은 날 이후로는 한 번도 무책임하거나 재수 없는 애인의 이름을 입에 올리지 않았다. 하지만 그 침묵의 아량은 말로 표현하기에는 너무나 벅찬 자책의 표현이었다. 은둔의 삶 속에 남자에 대한 씁쓸한 경멸심이 자라났고, 밉지 않은 퍼시벌조차도 참을 수 없을 때가 많았다. 제단 위의 가느다란 초처럼 차갑고 하얗고 기괴한, 그럼에도 분개하고 상처받은 사랑스러움으로 여전히 아름다운 안젤라는 결국 가족의 수치이자 로맨스가 되었다.

"이 하늘 아래 안젤라 고모가 우리랑 같이 저녁 먹으러 못 올 이유야 없죠." 로라가 집요하게 말했다. "삼촌은 고모가 어리석은 태도를 취할 때 쑤석거려서 고모가 살고 죽는 것에 너무 많은 힘을 실어 주셨어요. 그렇죠? 그건 잘못이에요…… 고모가 걱정거리에 허리를 굽히고 숭배하는 것처럼, 남자나 여자든, 아이들이든, 사건이든…… 무언가에 허리를 굽히고 숭배하는 것은 비천한 짓이에요."

삼촌 무릎 위의 플루트가 흔들렸다. "아, 로라야, 고모가 다시 세상을 보게 할 수 있을까?"

"세상이요? 말도 안 돼요! 세상은 그 속에 이런 사람이 있는지도 몰라요. 40년이나 잊고 있었던 걸요. 고모는 그저 근심 속에서 자신만 생각했어요. 그래서 결코 세상을 믿지 못하죠."

노인은 숨을 크게 내쉬며 고개를 저었다. "이 세대 여자들은 그 이슬을 털어 버렸어." 그가 한탄했다. "하지만 네 어머니는 이해했지. 안젤라를 가엽게 여겼으니까."

"하지만 어머니가 여기 왔을 때는 옛날이야기예요."

"늙지 않는 것들이 있단나, 얘야. 수치도 그중 하나지."

로라는 못마땅한 듯 어깨를 들썩이며 그 추상을 흘려보냈다. 그러고는 곧바로 대화의 채널을 돌렸다. "내가 어머니랑 닮은 게 있나요, 삼촌?" 난데없이 그녀가 물었다.

플루트의 헤드를 작은 붉은 손가락으로 만지작거리며 노인은 한참 말없이 그 질문을 숙고했다.

"너의 크레올 머리하고 목소리." 그가 답했다. "하지만 나머지로 보자면, 너는 아버지 자식이다. 구석구석이 그렇지."

"어머니가 예뻤겠죠, 맞죠?"

"네 아버지는 그렇게 생각했지. 하지만 나한테는, 너무 조그마하고 열정이 넘치더라. 지금도 나는, 네 어머니가 히스테리를 부리는 게 보이는구나. 누가 방해하거나 은연중에 무례하게 굴면 그랬지."

"그땐 두 분이 사이가 안 좋았어요…… 아니, 그 후로."

"뭘 기대할 수 있었겠니, 얘야? 막 전쟁이 끝난 후였다. 비록 네 아버지를 사랑했지만, 마음 깊고 깊은 곳에서는 그를, 그 파란 제복*을 용서하지 못했다. 네 어머니는 이해할 수 없었지. 그녀는 하나의 퍼덕거리는 충동체였어. 이 세상에서 평화롭게 살려면, 감정 덩어리 속에 적어도 효모 한 톨은 가지고 있어야 할 게다." 말을 맺으며 그가 컥컥 웃었다. 그의 시선은 차분히 램프에 고정되어 있었다. 나이가 들어 깨달은 바가 있었다. 세상 무대에서 쓸 수 있는 마스크는 두 개가 있는데, 익살스러운 것이 비록 덜 화려해 보이기는 해도 역시 덜 진부하다는 사실.

"그래서 약물 과다로 돌아가셨군요." 로라가 말했다. "아무도 말해 주지 않았지만, 어머니가 자살했다는 것을 저는 항상 알고 있었어요. 핏속 흐르는 뭔가가 알려 주었어요."

삼촌이 머리를 흔들었다. "아니, 아니다. 네 어머니는 그저 변한 것뿐이다." 그가 바로잡았다. "다른 세계로 흘러 날아간 조그만 하얀 나방이었지. 그녀는 너무나 많은 걸 원했단다. 그

* 남북전쟁(1861~65)에서 남부군이 입었던 제복. 남부군은 노예제도를 지키기 위해 싸웠다.

러니 이 지구가 그녀를 만족시키려 했다가는 아마 파산했을 게다."

"어머니가 무엇을 원했는데요?" 눈을 치켜뜨며 로라가 다그쳤다.

노인은 로라를 흘긋 보았다. 노인의 모습에서 로라는 나이에서 나오는 갈망의 호기심을 보았다. "지금 너는 네 어머니를 연상케 하는구나." 그가 대꾸했다. "그러면서도 그녀가 약했던 부분에서 너는 매우 강해 보인다."

"어머니가 원했던 게 뭐예요? 어머니가 원했던 게 뭐냐고요?" 로라가 따져 물었다.

"그러니까, 무엇보다도 먼저 네 아버지를 원했지…… 매 순간, 모든 생각, 심장 박동 하나하나까지도 원했다. 네 아버지는 그걸 줄 수 없었단다, 얘야. 어떤 남자도 줄 수 없지. 내가 나이를 먹을 만큼 먹었고 대단한 인물들도 꽤 안다만, 여자가 원하는 사랑을 완전히 줄 수 있는 남자는 보지 못했다. 여자들은 촉 같은 것을 갖고 태어나는 것 같더라. 사랑에 연관된 투시력이랄까. 여자들은 껍데기에 만족하지 못해. 그래도 대부분 여자들이 갖게 되는 것이라고는 그것뿐이지."

"그럼 아버지는요?" 로라는 부인했다. "아버지는 어머니 때문에 가슴 아파하셨어요."

노인의 푹 꺼진 입술에 미소가 스쳤다. 존재의 해학, 날카롭고 아이러니한 해학에 대한 웃음이었다. “네 아버지는 죽은 네 어머니에게 살아서 받지 못한 것들을 주었단다.” 그가 답했다. “네 어머니가 떠났을 때는 모든 게 쓸데없는 짓이 되었지. 네 어머니를 희생시켰던 그 녀석의 인생조차도. 그에게는 항상 폐결핵의 씨앗이 있었나 보다. 통렬한 가책 때문에 생긴 것일 게야.”

그 말이 끝나고 잠시 침묵이 흘렀다. 그 말에 깊은 의미가 있는 듯한 눈빛으로 로라는 그를 응시했다. 그러고는 서둘러 일어났다. 마치 그 화제를 내던지고 급하게 문으로 나가는 것처럼 행동했다.

“로자 고모와 소피 고모가 저녁 먹으로 올 거예요.” 로라가 말했다. “그래서 저녁 준비를 한번 살펴야겠어요. 이제 보니 제가 굴을 주문했는지 모르겠어요.”

노인은 은근히 실망한 듯 그녀의 뒤태를 흘낏 보았다. “그래, 내 연주를 들을 시간은 없겠지?” 그는 침울히 물었다.

“지금은 안 돼요. 안젤라 고모 식사도 확인해야 하고. 블리커 고모부가 소피 고모랑 같이 오시면 연주해 주세요. 블리커 고모부는 좋아하시잖아요.”

“하지만 그는 항상 잠들어 버리잖니. 듣는 게 아니야. 게다가 코까지 골아서 나도 내 음악을 즐길 수가 없더라.”

“그건 코를 고는 것 말고는 딱히 할 일이 없어서 그래요. 저

같으면 전혀 신경 쓰지 않겠어요. 블리커 고모부는 오페라를 보면서도 자요."

로라는 방을 나왔다. 다이닝 룸에서 하인에게 몇 가지 세세한 지시를 하고, 층계를 올라가 왼편 날개에 위치한 네모난 큰 방으로 갔다. 안젤라 와일드가 자발적인 죄수로 머물러 있는 곳이었다. 로라는 문을 열고 흐릿한 촛불 빛 속으로 들어갔다. 고모는 방 위아래로 불안하게 왔다 갔다 하고 있었다.

모던 뉴욕의 숨 막히는 기운에서 수도원 같은 이 조용한 분위기로 접어드는 것은, 상반된 두 문명의 경계를 단숨에 건너는 것 같았다. 가스등조차 보이지 않았다. 안젤라는 가스등을 견디지 못했다. 그래서 언제나 몽롱한, 감미로운 빛 속에서 살았다. 명상적인 옛 시대의 수도원과 다르지 않았다. 조그만 철제 침대, 무색의 종교적 날염, 창백한 단조로운 벽, 차가운 흰색 매트만 깔려 있는 바닥, 이 모든 것은 특이한 속죄 분위기를 두드러지게 했다. 속죄는 광기의 집착만큼이나 냉혹한 것이었다. 공원이 보이는 창 가까이에 소파가 있고, 그 옆 작은 테이블 위에는 조그만 경건의 책들이 나열해 있었다. 책들은 모두 검은 가죽으로 깔끔하게 제본된 것들이었다. 하지만 이 방을 벗어나서는 마음이나 육체에 어떤 위안도 찾을 수 없었다. 불만스런 얼굴 표정과 대충 매만진 백설 같은 머리. 모질게 음울한, 균형이 잡히지 않은 이성의 기미가 있음에도 불구하고, 단지 그녀 스스로 그 허상을 붙잡고 되살렸다. 창백한 얼굴에 혼란스러워 보이는 눈은 변함없이 아름다웠다. 스무 살 처녀, 새끼 사슴의 눈이었다. 그 눈에는 옛날 비극적 충격을 받았을 때 그 당시의 끔찍한 표정이 굳어 있었다. 나중에 그것은 영원히, 분노하고 상처받은 표정을 입었다. 젊음을 파괴해 버린 충격을 받았을 때의 표정. 그녀를 본 사람은 이것을 놓칠 수 없었다.

"고모," 죽음의 침실에 들어오는 것처럼 조신하게 들어와 로라가 말했다. "로자 고모랑 소피 고모를 만나실 거죠, 그렇죠?"

안젤라는 초조한 발걸음을 멈추지 않았다. 그러나 긴 방의 끝에 이르자, 민첩한, 흥분한 몸짓으로 손을 들어 느슨한 아름다운 머리를 뒤로 했다. "네가 하라는 대로 하마, 로라야. 하지만 그들 남편들은 보지 않을래."

"그건 더 이상 강요하지 않아요, 안젤라 고모. 하지만 고모들은……."

"그래, 만날게." 안젤라가 응대했다. 그 말은, 사실 모든 발언이 그러하듯, 차가운 절제에서 쥐어짠 것 같았다. 그녀는 그 절제로 머리에서 발끝까지 얼어 있었다.

로라는 그녀에게 다가갔다. 남부 어머니로부터 물려받은 정열적인 자세로 따스하고 신실하게 포옹을 했다. "사랑하는 우리 고모, 오늘은 안 좋은 날이라고, 삼촌이 말했어요. 그 딱한 분이 나가서 고모에게 꽃을 가져왔다고."

안젤라는 서서히 긴장을 풀고 있었지만 그래도 아직 얼음 같은 거리감은 녹지 않았다. "투베로즈였어." 그녀가 답했다. 목소리 그 자체에 의미가 있는 응답이었다.

"투베로즈요?" 로라가 기겁하며 외쳤다. "고모는 백합 향내도 맡지 못하잖아요. 머리가 안 아플 수 없겠네요."

"메리가 그것을 밖의 창턱에 놓았어." 체념한 듯 안젤라가 말했다. "하지만 그 지독한 향기가 창을 뚫고 오는 것 같더구나. 그래서 지하 석탄실로 옮겼지."

"아주 딱 맞는 장소네요."가 로라의 감정 섞인 응답이었다. "그래도 삼촌을 야단치지는 마세요." 그녀가 너그러이 결론지었다. "에덴동산을 다 뒤졌다 해도 아마 다른 꽃을 찾지는 못했을 거예요. 어차피 삼촌 잘못이 아니에요. 그건, 플루트처럼 일종의 숙명이죠."

"내 머리가 거의 쪼개질 때까지 나를 위해 연주를 하더라." 안젤라가 진저리내며 지적했다. "그러고는 숨이 차서 더는 못하겠다고 사과하더라고."

층계에서 발소리가 들리자 안젤라는 화들짝 놀라며 바들거렸다. "로라야, 누구니?"

로라가 재빨리 문으로 갔다. 그러고는 밖에 잠깐 나갔다가, 사치스럽게 치장한 땅딸막한 여자와 함께 들어왔다. 여자는 얼굴이 벌겠다. 세상에는 로버트 블리커 부인이라 알려진 소피 고모였다.

20여 년 전, 어여쁜 와일드 자매 중 막내인 소피는 부모의 반대에도 불구하고 잘생긴 무일푼의 젊은이와 사랑에 빠졌다. '주식'에 빠진 건달 같은 친구였는데, 젊은 날의 로맨틱한 열정에서 비롯된 일이었다. "소피는 감성의 피조물이야." 친구들은 결혼하라고 재촉했지만, 당시 결혼은 호의적인 빛을 받지 못했다. 그렇지만 그녀는 한 번의 모험을 끝으로 무난하고 편안한 평범한 삶 속에 눌러앉았다. 모두가 이에 놀랐다. 그 모험은 꿈의 혈기로 판명되었다. 그녀의 비상은 여왕벌 같았다. 단번에 가장 높은 곳, 그녀 하늘의 가장 푸른 경계까지 솟아올랐다가, 그 후로는 벌집의 완전 평범한 곳으로 되돌아가는 것에 지극히 만족해했다. 노란빛이 나던 머리는 듬성듬성해지고 달라붙더니 회색 줄무늬가 생겼다. 장밋빛 핑크 얼굴은 너무 통통해지고, 콧등 위로는 반점이 들어섰다. 마음도 몸처럼 이내 활기와 탄력을 잃었다. 하지만 그녀는 인생에서 경험했던 부분에 대해 꽤나 흡족해했다. 모든 것을 재고해 보니, 가장 영속적인 가치는 관습이라는 생각이 들었기 때문이다.

이제 소피는 빳빳한 브로케이드*를 부스럭거리며 화려하게

---

* 다채로운 무늬가 들어간 (화려한) 직물

입장했다. 그녀는 유령처럼 기괴한 안젤라를 평온한 팔과 가슴으로 부둥켜안았다. 로라는 소피 고모의 버거운 모습을 보며 넓고 낮은 벽이 떠올랐다. 커다란 꽃 모양 패턴으로 새롭게 도배된 벽. 그녀의 손과 가슴에는 정교한 에메랄드가 여러 개 반짝거렸다. 결국 일련의 사건을 통해 보니, 그 궁색한 젊은 애인이 주식에 손댄 것이 헛짓은 아니었던 모양이다.

"오 안젤라, 불쌍한 언니, 잘 있었어?" 소피가 물었다.

안젤라는 움츠리는 자세를 취하며 벗어났다. 그러고는 돌아서서 긴 소파 발치에 앉았다. "똑같지 뭐, 늘 그대로야." 안젤라가 서름서름한 어투로 대답했다.

"오늘은 시원한 바람이라도 쐈어?"

"평소처럼 마당에 내려갔다. 근데 로라야," 안젤라가 체념하듯 주변을 둘러보았다. "방금 들어온 게 로자일까?" 그녀가 묻자 곧바로 문을 노크하는 소리가 들렸다. 로라가 문을 여니, 로자 고모가 들어왔다. 자매 중 가장 연장자이고, 가장 부유하며 가장 유별났다.

페인 부인인 로자 고모는 남자들과 관례에 연관된 일을 오랫동안 다양하게 했다. 그것을 통해 로자는 경험이 주는 어떤 후광을 얻었다. 단순히 세상을 아는 정도에서 긍정적 친밀의 단계로 성숙해 가면서 얻은 것이었다. 그녀는 세상을 위아래 모든 면에서 보았다. 그것을 꼼꼼히 돌리며 반쯤은 장난스럽게, 또 반쯤은 감성적으로 관찰했다. 거침없는 냉소는 이제 인생의 진솔한 평가에 풍미를 더하고 타고난 모험 기질에 개성의 양념을 더할 뿐이었다. 역동적인 외제니* 시대의 프랑스 대사 부인으로, 다시 카이로와 콘스탄티노플의 외교계 일원으로, 마치 다람쥐가 도토리로 나무의 빈 공간을 채우듯, 그녀는 값진 일화로 가슴을 채웠다. 자기 세대를 감동시킬 수 있는 확실한 방법은 차별을 주는 것임을 그녀는 인생에서 배웠다. 형태의 변이로 시작해서 멸종된 종의 보존된 표본으로서 당당히 관심을 끄는 것으로 그녀는 끝을 맺었다. 길고, 강단 있고, 생생하고, 습관적으로 어수선한 부인은 계속 말을 파닥거리며 움직였다. 말을 할 때면 관자놀이 위에 조그맣게 달라붙은 동그란 곱슬머리에서부터 표시가 났다. 곱슬머리는 머리카락 하나하나가 검은 벨벳 드레스가 늘어진 곳까지 특이한 철사로 고정되어 있는 것처럼 보였다. 옷자락은 발 뒤로 터무니없이 길게 굽이쳤다. 얼굴은 오래되고 누덕누덕한 해학의 마스크 같았다. 여전히 볼과 눈썹 언저리는 블러셔와 아이브로펜슬로 짓문질러져 있지만 더 이상은 유쾌한 즐거움을 주지 못해 한쪽에 내팽개쳐진 마스크.

“사랑하는 안젤라,” 로자는 흥분한 어투로 물었다. “정말 다

---

* 외제니 드 몽티조(1826~1920): 나폴레옹 3세의 부인, 프랑스의 황후

시 밖으로 산책을 나갔던 거야? 밤새 잠도 못 자고 어제 네가 무리한 게 아닐까 걱정했어. 프란시스 반즈 부인이 갑자기 죽었어. 물론 너는 그분을 모르겠지, 남편의 먼 친척이야. 방을 위아래로 두 번 급하게 건더니, 일말의 예고도 없이 그렇게 됐대. 그 후로는 나는 항상 움직일 때 조심하지. 매우 위험한 일을 하는 것처럼."

"글쎄, 나는 어떤 상황에서도 쉽게 죽지 않을 거야." 안젤라가 무심히 대답했다. "내가 죽음의 침상에 있는 걸 40년 동안이나 봐 왔잖아."

"오, 사랑하는 언니." 소피가 호소했다. 그녀는 마음이 젖가슴만큼이나 나긋했다.

"우리가 네 재산을 원한다고 생각하는 것처럼 들린다, 진짜." 그림이 그려진 부채를 펼쳤다 접으면서 고자가 한마디 했다. "당연히…… 네가 죽으면 우리는 너무 마음이 아파서 유산에 신경 쓸 수 없을 거야. 그래도 말이 나왔으니 하는 말인데, 그 오래된 로즈 포인트 숄은 나에게 주었으면 해. 원래 어머니 거였잖아."

"언니는 어떻게 그런 말을 할 수 있어?" 소피가 힐난했다. "분명히 안젤라가 우리보다 더 오래 살 거야. 행여나 그렇지 않으면, 로라가 모두 물려받으면 좋겠어."

"음, 로라가 어떻게 로즈 포인트 숄을 잘 입을지 모르겠네."

로자는 물러서지 않았다. "나는 무슨 일이 있어도 이런 화제를 꺼내지 않았을 거야. 하지만 네가 말을 하니, 마음에 있던 말을 했을 뿐이다. 이제 더 이상 아무 소리 하지 마, 소피. 다른 얘기를 하자. 가여운 안젤라의 정신 상태로는, 약간만 흥분해도 재발할 수 있으니까."

"무엇이 재발한다는 거야?" 순진한 소피가 퉁명스럽게 물었다.

로자는 그녀를 향해 말없이 성난 눈총을 쏘았다.

"무슨 재발…… 근심거리 말이야." 로자가 답했다. "안젤라 상태에 대해 이상하게 모른 척하네. 근데 나는 확실히 알고 있어. 크게 넘어지거나 불현듯 남자를 보게 되면 격한 충격을 받을 수 있지. 그것만으로도 심각한 위기 상황이 올 수 있다고."

소피는 고지식한 상식에 비추어 고개를 저었다. 그 상식은 로맨틱한 탈선에서 얻은 경험적 산물이었다.

"넘어지면 누구든 다치겠지." 소피가 대꾸했다. "그렇지만 왜 남자를 보는 게 그런지는 모르겠네. 나는 한 남자를 매일 30년 동안이나 봐 왔는데, 살만 찌던데."

"그건," 로자가 대답했다. 그녀는 예리한 해부칼로 과거 추문을 들쑤시는 것을 아직도 좋아했다. "네가 길들여진 족쇄를 차고 남성과 마주했기 때문이야. 나는 말이야, 40년 만에 엉겁결에 남자를 보고 충격을 받으면 정말 치명타가 될 거라고 생각해. 의심의 여지가 없지."

"하지만 퍼시벌 오빠는 봐 왔잖아." 소피가 반박했다. 그 예시가 자신의 주장을 완전히 증명하기에는 충분치 않다고 느끼며 소심하게 덧붙였다. "오빠도 반바지를 입던데."

"할 수만 있다면 그를 보지 않을 거야." 안젤라는 돌연 힘이 난 듯 입을 열었다. "나는 절대로, 절대, 절대 남자를 보고 싶지 않아. 이 세상이든 다음 세상이든."

로자가 소피를 근엄하게 흘긋 보았다. 그러고는 강하게 머리를 저었다. 말처럼 분명하게 말하는 듯했다. "그래, 그게 네 주장이지."

"그래도 내 남편이 언니에게 충격을 줄 거라고는 생각 안 해." 소피가 소견을 밝혔다.

"절대, 절대, 절대로." 안젤라는 냉혹한 고뇌 속에서 반복했다. 그러고는 일어나서 다시 불안하게 위아래로 걸었다. 하인이 나타나서야 그녀는 걸음을 멈추었다. 하인은 아래에 저녁 식사가 준비되었고, 로라 양이 기다리고 있다고 알렸다.

3장

고풍스런 분위기에 유감을 표하며

저녁 식사를 마치고 퍼시벌 삼촌은 블리커 씨와 서재로 물러났다. 그곳에 자리를 잡자마자 성마른 플루트 소리가 시작되었다. 블리커 씨 팔꿈치에는 아직 손대지 않은 셰리*가 한 잔 있고, 손에는 불이 붙지 않은 시가가 들려 있었다. 그는 풍족한 저녁 식사 후 몽환 속으로 풀썩 쓰러졌다. 그처럼 노년에 문제없이 소화를 잘하는 경우는 드물었다. 그가 좋아하는 요리의 풍미가 아직 입 안에 남아 있을 때, 의식과 수면 사이에서 기분 좋은 상태로 보내는 시간은 그의 인생에서 가장 행복한 시간이었다. 삼촌도 마찬가지였다. 그 골동품 악기로 자신이 선호하는 곡을 연주할 수 있는 이 순간이 그에게 가장 흐뭇한 순간이었다.

와일드 가문의 최고 연장자인 삼촌은 정말 늙었다. 실지로

* 백포도주의 일종

몇 해 전에 팔순의 임계점을 무사히 넘어섰다. 하지만 어린 시절의 열정이 다시 찾아와 활력을 얻었고, 그 활력으로 청소년기의 유일한 재능을 되살렸다. 이제 다시 빨라진 기억 속의 청소년기는 쇠약한 능력의 현재보다 더욱 생생했다. 과거는 마음에 진정한 집착이 되었다. 낡은 플루트에 손가락을 댔을 때 반쯤 마비된 손에 힘이 들어오고, 움츠러든 작은 체구에 호흡이 돌아왔다. 음악은 모든 소리의 독특함 속에서 그가 듣는 오직 하나의 소리였다. 그는 플루트에 매달리며 즐거워했다. 아이들의 천진한 기쁨에서나 찾을 법한 즐거움이었다.

플루트 소리는 흥겹게 계속되었다. 로자와 소피는 잠시 응접실에 앉아 안절부절못하다가, 한두 마디 얘기를 나눌 요량으로 다시 안젤라에게 가 보기로 했다. "이 집에서 오빠의 연주를 피할 수 있는 유일한 곳이야." 로자가 단언했다. 인생의 이 시점에서 세상이 자신을 심심하게 놔두는 것은 대단한 모욕이라고 그녀는 토로했다. "사랑하는 안젤라에게 위안을 줄 수도 있고, 게다가 내가 이 저녁을 가장 쾌적하게 보낼 수 있는 곳이지. 난 항상 자애로운 여성이었단다, 얘야." 분칠한 주름 위에 작고 납작한 인조 회색 고수머리를 흔들며 로자가 말을 이었다. "평생 살면서 나를 당혹스럽게 한 누군가에게 돌을 던진 적이 없어. 근데 오빠하고 플루트는! 허, 그 화제에 부정적인 말은 하지 않으련다. 그렇지만 솔직히, 그 나이에 열정을 갖는 게 진짜 꼴사나운 짓이라고 생각해."

윙크하듯 반짝거리는 다이아몬드와 구식 포인트 레이스는 우스꽝스럽게 로자와 잘 어울렸다. 레이스는 가는 목 주위에서 크게 벌어졌다. 그녀는 언제나 이렇게 눈에 띄길 원했는데, 얄궂은 과시로 마침내 목적을 이룬 듯했다.

"적어도 전연 해롭지 않은 열정이잖아." 70년의 인자한 시간을 지낸 멋진 노인인, 로자의 남편 호레이스 페인 씨가 넌지시 말했다.

"해가 없다고요?" 로자가 숨을 헉했다. "온 가족의 신경을 파괴했잖아요. 내가 무도병에 걸려 춤을 추고, 로라는 밤마다 깨야 하고, 안젤라는 히스테리를 부리고…… 그런데도 당신은 염치도 없이 해가 없다고 말하는 거예요! 결과를 보고 말해야죠. 나는 카드놀이에 빠지는 것이나 합창단 소녀를 두고 상상하는 것만큼이나 매우 괘씸하다고 생각해요. 그런 것들은 적어도 이 세기와 문명에 속한 사악한 것들이잖아요. 하지만 플루트는 원시 시대의 유물과 다를 바 없어요."

"글쎄, 그게 다른 사람들보다 나한테는 더욱 심해요." 로라가 기회를 잡은 듯 말했다. 이런 식으로 로라가 아내 편으로 기울 때면 페인 씨는 몸을 바들거렸다. "제 방이 바로 위에 있어요. 그래서 모든 공연을 듣게 되죠."

서재에서 들리는 곡이 돌연 〈릴의 땅〉*으로 바뀌었다. 램프 옆으로 삼촌이 보였다. 온화하고 불그레하고 숨이 찬, 그러면서도 잠이 든 블리커 씨를 위해 흐뭇하게 플루트를 연주하는 모습이었다. 블리커 씨는 벨벳 쿠션에 기대어 행복에 겨운 커다란 미소를 얼굴에 머금고 있었다.

"어쨌든 삼촌은 그것에서 행복을 찾아요." 로라가 주장했다. "아마 그게 삼촌 인생의 한 부분인가 봐요. 시詩가 내 인생의 일부이듯. 여든둘의 나이에 행복하려면 옛날 방식에 만족해야만 하겠죠."

두 고모가 안젤라에게 가려고 방을 나가자 로라는 페인 씨 쪽에 앉았다. 페인 씨가 손을 내밀자, 로라는 그 손을 잡았다. 로라는 어릴 때부터 가족 중 그를 제일 좋아했다. 그녀가 누군지 진짜로 아는 사람은 오직 그뿐이라고 혼잣말하곤 했다. 페인 씨는, 발랄한 갑옷을 입은 그녀의 개성을 꿰뚫어 보았다. 그는 끝없이 온화한 남자였다. 다른 남자가 저속한 취향을 탐닉하듯, 그는 은밀히 자선을 베풀었다. 모든 성품이 선을 좇았다. 완벽을 추구하는 성품에는 자연스런 굴곡이 있었다. 이 굴곡에 순응하는 용기가 있었다면 그는 숭고한 덕행의 평온한 길에서 행복을 찾았을 것이다. 하지만 그에게는 끊임없이 비꼬는 버릇이 있었다. 이 버릇은 천사를 무색케 할 정도였다. 그

---

* "The Land o' the Leal": 서글픈 멜로디의 스코틀랜드 포크송. '릴의 땅'이란 천국을 뜻하기도 한다.

래서 그는 세대를 밝히는 빛이 되기보다는 아내의 펄럭거리는 벨벳 가운 아래 개똥벌레 유충으로 작아졌다.

로라는 그의 손을 잡고, 그 쪽으로 기울이며 사색의 눈빛으로 응시했다. "고모부, 우리 별난 가족 중에 가장 별난 사람이 로자 고모예요, 아니면 저예요?"

페인 씨는 은빛 머리를 흔들었다. "너는 아직 로자와 비길 수는 없을 것 같구나, 얘야." 그는 다정히 웃으며 대답했다. "칠십이 될 때까지 기다리렴. 그럼 우리가 알겠지."

"하지만 저는 다른 여자와 달라요. 그들처럼 생각하지도 않고, 그들이 원하는 것을 원하지도 않아요."

노인은 로라의 손을 도닥거리며 활짝 미소를 지었다. "그 말은, 결혼하고 싶지 않다는 말인가 보구나. 이번에는 누구지? 오, 얘야, 네가 사랑을 받든, 증오를 받든 그건 운명이란다."

로라는 질문에 대답하지 않고 둥그런 까만 눈을 그의 얼굴에 들이댔다. 페인 씨는 지성의 빛을 띤 로라의 눈을 보면서 로라 개성의 기이한 행동 원리를—많은 사람이 퇴짜를 맞으면서도 몇몇은 돌아와 그녀를 숭배하는 이유를—이해한다고 속으로 말했다. 누군가는 그녀를 느꼈고, 그녀에게 거절당하거나 지배당했다. 심지어 그녀가 침묵하는 동안에도.

"저는 어떻게 줄곧 꿈을 꿔 왔던 사람이 꿈을 꾸는지 모르겠어요." 이내 로라가 말했다. "사랑에 빠지고, 결혼을 하고……

이건 너무 달라요…… 너무 다르죠."

"그래서 윌버포스 씨를 거절했니? 그러니까 말이다, 그는 가여운 연인에서 훌륭한 친구가 될 수 있는 나이가 되었다. 게다가…… 로자를 대변하자면, 그는 매우 부자다."

"그리고 나이로는 제 아버지뻘이고요…… 하지만 그것 때문은 아니에요. 나이는 상관없어요. 서로 맞고 안 맞고도 관계없고…… 현실에서 그 사이에 끼어드는 것은 없어요. 저는 그를 좋아하고, 적어도 백발 머리가 싫지는 않아요. 하지만 저는 비전을 포기할 수 없어요. 저의 이상적인 소망."

"오, 로라, 아이야." 노인은 한숨을 내쉬었다. "문제는 네가 이 세상에 살지 않는다는 거야. 그저 상상 속에 매달린 작은 정원에 살고 있지."

"그렇지만 저는 진짜 삶을 원해요." 로라가 말했다.

"누구나 그렇단다, 얘야. 우리가 그것을 가질 때까지는 말이다. 네 나이 때는 나도 그걸 원했었지. 비록 시인은 아니었지만, 나도 꿈이 있었어. 하지만 젊었을 때 우리 중 순진한 몇몇은 세상을 있는 그대로 기꺼이 인정하려고 하지. 세상만사 글월에 조그만 우리 시를 더하고 싶어 하니까."

"하지만 제가 원하는 건 삶 그 자체예요." 로라가 다시 말했다.

"그래, 그래서 얘야, 나도 그처럼 모든 면에서 로자를 원했단다."

"로자 고모요!" 로라가 그를 돌아보았다. 로라는 당황해 달아오른 모습이었다.

"믿기 어려운 모양인데, 그래도 그건 사실이다. 나도 다른 사람들처럼 황금빛 꿈이 있었지. 로자가 나를 사랑했을 때, 모든 게 이루어졌다고 나는 확신했단다. 그러니까, 어쩌면, 어느 정도, 다만, 결국에는, 시적 달빛보다 로자가 현실에 더 적합하다고 판단한 거지."

"고모부조차도 로자 고모를 이상화하시다니 상상할 수가 없네요." 로라가 말했다. "그게 삶이 균형을 찾아가는 방식인가봐요."

"그 방식도 있고, 다른 방식도 있지. 최악의 경우는 우스꽝스럽고 너덜너덜한 상태가 된 우리의 꿈을 다시 우리 자신에게 되돌려 주는 것이지. 그게 네 몫이 될 것 같구나. 세상이 시작된 이래로 삶은 모든 시인에게 상처를 주었거든. 다른 시인보다 너에게 더 큰 상처를 줄 게다. 너는 대단한 인물이니까."

로라는 갑자기 마음이 들썽거렸다. 잠시 장작불을 응시하다가 생기를 얻어 밝아진 얼굴로 그를 보았다. "저는 모든 것을 맛보고 싶어요." 그녀가 말했다. "모든 페이지를 한 장 한 장 넘기며 보고 싶어요."

"그렇지만 네 삶은 숨어 사는 개똥지빠귀 같구나. 실제로는 밖으로 나가 뉴욕의 그 요란한 북새통에 동참하지 않지. 가련한 안젤라처럼."

"하지만 모험이 저를 찾아올 거예요. 그게 오고 있는 게 느껴져요."

"그렇다면 넌 행복한 애다. 최고의 모험을 할 테니까. 기다리면서 그것을 기대하고 있으니 말이다."

로라는 몸을 기울여 그의 손에 볼을 댔다. 늙고 보드라운 손이었다. 그들은 말없이 앉아 있었다. 이윽고 검은담비를 두른 로자 고모가 급습해 들어와 남편을 찾았다.

고모들은 모두 떠나고, 현관문이 닫혔다. 로라는 비로소 혼자 남게 된 것에 안도의 한숨을 내쉬며 다시 흐트러진 정신을 가다듬었다. 삼촌이 서재에서 꾸벅거리는 것을 놔두고 2층 아늑한 조그만 공부방으로 올라갔다. 위층 그녀의 침실에 연결된 방이었다. 놋쇠 받침 위 장작불은 꺼져 있었다. 성냥을 켜서 장작 아래 작은 나무조각 더미에 불을 붙였다. 여린 노란 불꽃이 구깃구깃한 종이를 핥으며 둥글게 위로 올라가는 것을 보니 기분이 좋았다.

잠시 후 로라는 일어나 은은한 황혼 빛깔 분위기 속에서 숨을 쉬었다. 그녀가 좋아하는 분위기였다. 이곳은 그녀만의 장소였다. 그녀는 환한 낮의 햇빛이 너무 많이 들어오지 않도록 주의했다. 줄지어 빛나는 책들, 둔탁한 초록빛 커튼, 값비싼 방석의 안락의자, 진기한 사진 몇 장, 널찍한 책상, 특이한 베네치아 꽃병 등 그녀가 아끼고 친숙한 물건들은 언제나 살짝 그늘진 감미로운 빛을 흠뻑 받았다.

주위를 둘러보니 방의 안락함이 온기처럼 그녀 안에 퍼졌다. 로라는 행복에 겨워 팔을 활짝 벌리고 소파 쿠션들 사이로 쓰러졌다. 그곳에 누워서 노란 불꽃이 쑥쑥 올라오는 것을 보았다. 이 몽환 속에 난데없이 펀스턴이 아놀드 켐퍼의 이름을 무시한 발언이 생각나 로라는 피식 웃었다. '아무 말도 않는 것이 그에게 호의를 베푸는 거예요.' 그렇게 나빴나, 그녀는 궁금했다. 기억이 가물가물했지만, 잘 보이지 않는 책꽂이 한쪽 구석에 근 15년 전에 출간된 얇은, 전도유망한 초판이 놓여 있었다. 로라는 이내 일어나 작은 소설들이 모인 곳을 서둘러 뒤졌다. 한낮의 빛에서 굴욕스럽게 사라졌던 소설들이었다.

마침내 로라는 그 스토리를 찾았다. 그것을 램프로 가져와 당장 읽기 시작했다. 순전히 순간의 충동적인 호기심에 따른 것이었다. 이 책은 문학적인 마무리나 통찰력 있는 장인 정신이 부족했고, 처음부터 순전히 대담무쌍함으로 채워져 있었다. 지배적이며 집요하고, 거의 잔인하고, 완전히 그릇된 권력의 대담무쌍함. 행간 균형을 이루는 방정식을 스스로 찾아가는 것보다 더 약한 구성의 스토리. 정신없이 훑어본 그녀는 거대한 남성의 기세가 주는 충격과 대면한 느낌을 받았다.

로라는 쿠션에 머리를 털썩 내려놓고 책이 일으킨 모호한 의구심에 빠졌다. 그곳에는 삶이 있었다. 육체의 삶, 생생한 감각의, 격렬하고 민첩한 경험의 삶. 그 행동 원리가 홀연히 가슴을 휘저었다. 타고난 예술가에게는 너무 강렬한 것이었다. 그녀는 순간, 지구의 무상함을 깨닫는 것에서 오는 눈먼 공포를 느꼈다. 수많은 형태, 다양한 색상을 띤, 그녀 밖의 외부 존재가 광대한 마차 행렬처럼 몰려왔다. 그녀가 분리되어 떨어져 나온 마차였다. 거기에 누워 그녀는 그것이 부르는 소리를 들었다. 그녀를 통째 흔들고 그녀 안에 갇힌 소리를 풀어 주는 엄청난 음악. 시는 그녀를 위한 것이었지만, 그녀 안의 삶에 대한 떠들썩한, 열정적인 본능의 일부가 되었다. 그녀는 삶을 현실 그대로 보지 않고 꿈의 상상 속에서 변형되어 활활 타오르는 것으로 보기 때문이었다.

집은 어두운 적막에 싸여 있었다. 불현듯 아래서 가느다란 소리가 올라왔다. 떨리다가 힘을 얻고, 닫힌 침실을 뚫고 들어왔다. 삼촌이 다시 플루트를 들었다. 그 열정 가득한 소리를 다시 시작하려고 그가 밤중에 일어난 것이었다. 로라는 황급히 일어나 촛불을 켜고 현관으로 나갔다. 안젤라 고모 방문 밑으로는 빛줄기가 새어나왔다. 암흑을 가르는 흰색 실 같았다. 잠깐 귀를 기울이니 안에서 피곤하지만 쉴 수 없는 발걸음이 초조하게 앞뒤로 오가는 소리가 들렸다. 잠깐 망설이다가 로라는 손잡이를 돌려 들어갔다.

"오, 고모, 플루트 소리에 깼어요?" 로라가 물었다.

그에 대한 대답으로 그 기다란 하얀 형체는 광기 어린 행동을 멈추고 얼굴을 돌렸다. 새파랗게 질리고 고뇌에 찌그러진 얼굴. 그 위에 아름다운, 귀신 들린 두 눈이 빤히 쳐다보고 있었다, 살아 있는 공포처럼. 기억의 공포, 적요의 공포, 눈에 보이는 형태를 띠고 있는 보이지 않는 것들의 공포.

"그만해! 그만! 그만!" 부들거리는 손으로 귀를 틀어막으며 고모는 숨 가쁘게 소리를 질렀다. "예전에도 들었어! 오래전에도 들었다고!"

고모가 숨을 헐떡거리며 멈추었다. 로라는 아무 말 없이 돌아서서 어두운 층계를 뛰어 내려갔다. 발걸음을 뗄 때마다 삼촌의 연주가 더욱 크게 들렸다.

서재의 문이 벌컥 열렸다. 들어가면서 로라는 분노하며 흐느끼는 목소리를 터트렸다. "삼촌, 어떻게 그럴 수가 있어요?"

오직 자신의 음악에만 귀를 기울이고 다른 소리는 듣지 못했던 삼촌은 플루트를 손에서 떨어뜨리며 로라를 보았다. 착하지만 상황을 이해하지 못하는 아이가 서글픈, 순진한 의문을 가진 표정이었다. 그의 미소, 주름진 얼굴, 온화한 파란 눈, 실망에 애석해하며 축 처진 입가를 보자니, 분노는 곧 동정으로 바꿔었다. 주름 깊은 얼굴과 흔들리는 작고 동그란 파란 눈에서, 그의 80년 전체가 그녀를 보는 것 같았다. 그건 그에게서 전에는 보지 못했던 인간적인 면이었다. 충족되지 못한 것에 대한 인내, 채워지지 않은 작은 기쁨, 그리고 끝으로는 순진한, 노쇠한 열정이 어려 있었다. 또한 모든 인간이 그러하듯, 그의 안에 숨겨진 신성한 부분도—삼촌의 열정적 플루트 연주, 안젤라 고모의 열정적 회한, 로라 자신의 열정적 순정함이 만족하지 못한 영혼들의 만국 모임에 합류하기를 기원하는 성찬식도—보였다.

그 날카로운 말은 그녀의 입술에서 죽었다. 로라는 그의 옆에 무릎을 꿇고, 바들거리는 작은 손을 위안을 주는 따스한 손으로 포갰다. "삼촌, 이해해요. 그리고 사랑해요."

4장

선구적 영혼의 안내자

"그래, 그녀를 만났군." 같은 날 오후, 트렌트와 함께 브로드웨이 쪽으로 걸으며 애덤스가 말했다. "근데, 걸어갈까? 나는 이 시간에 항상 운동을 약간 하는데."

트렌트는 상대의 빠른 걸음에 발을 맞추었다. 그는 의욕이 불타는 선명한 황금빛 속으로 들어가는 듯이 보였다. 차가운 가랑비는 눈이 되어 인도 위 질퍽한 물웅덩이로 떨어졌다. 세상 물정을 모르는 푸릇한 청년에게 이 시간과 광경은 하나같이 흥분되는 미래를 의미했다.

"다른 공기를 마시는 것 같아요!" 트렌트는 질문에 대답하지 않고 이렇게 소리쳤다. "하지만 그녀가 얼마나 순진한지…… 화려한 거티 부인과는 얼마나 완전 딴판인지……."

트렌트는 숨이 차 말을 잊지 못했다. 흥분에 상기되어 있었다. 애덤스가, 맺지 못한 말을 부드럽게 이었다. "지금까지는 물론, 그녀는 단지 아름다운 약속이자 피어나는 꽃이지. 그녀는 소질을 제대로 찾지 못했어, 소질이 있다면 말이지. 그녀가 발견한 글귀는 완벽한 자기표현을 찾으려고 더듬거리는 시도일 뿐이야. 물론 훌륭한 일을 두어 개 한 건 의심할 여지가 없지만." 그가 전문가처럼 신중하게 인정했다.

"그런데, 선생님 말씀대로, 그녀의 서정적 자아가 시에 함유되지 않는다면, 그럼 그건 뭐가 되죠?" 트렌트가 궁금해하며 물었다. 저속해 보이지 않도록 어느 정도 거리를 둔 호기심이었다. "그녀가 생긴 것은 멋지지만, 그저 어여쁜 황금빛 불꽃과 다를 게 없다는 말씀이잖아요."

애덤스가 흠칫했다. 탐조등처럼 예리한 눈빛으로 상대를 흘낏 보았다.

"그럼 자네도 그녀가 아름답다고 생각하나?" 약간 질투 섞인 어투로 그가 물었다.

"제가 바보인가요?" 트렌트가 웃으며 반박했다.

"켐퍼가 말하는 거 들었어?"

"나는 망나니요, 하고 그가 말하는 걸 들었습니다. 어, 그냥 그 사람은 내버려 두세요. 선생님이라면 선생님 책의 소중한 초판을 사람들에게 나누어 주시겠어요?"

"자네 말이 맞네, 맞아." 애덤스가 동의했다. 그가 한 말을 인정하며 돌연 대화의 화제를 바꾸었다. "나는 자네가 하는 일에 관심이 있어, 트렌트 군."

"저는, 어, 아무 일도 안 했는데요." 트렌트가 부인했다.

"자네 계획 말인데, 말하자면 드라마를 쓸 작정이라고 아는데?"

"그럼, 말씀드리죠. 연극을 하나 썼습니다. 제 생각엔 그리 나쁘지 않은 것 같아요." 트렌트가 답했다. 말끔하게 면도한 반드러운 얼굴이 붉어졌다. "벤슨이 한번 보겠다고 약속했습니다."

"아, 나도 그를 알지. 벤슨은 늘 새로운 피를 찾으려고 열심이지. 내가 그 사람이랑 얘기해 봐도 괜찮을까?"

"괜찮다마다요!" 나이 어린 남자가 소리쳤다. 그의 목소리가 떨렸다. "허, 그렇게 해 주신다면야 저는 정말 기쁘겠습니다."

그들은 18번가에 다다랐다. 트렌트가 모퉁이에 잠깐 섰다. 이 모퉁이를 돌면 그가 임시로 머물고 있는 큰 빨간 벽돌 아파트가 나왔다. "35번가까지 같이 가고 싶은데," 그가 덧붙였다. "어머니가 기다리고 계세요. 그리고 제가 어두울 때 나가면, 어머니는 초조해하십니다. 시골에서 오신 지가 얼마 되지 않아서, 그러니까, 시끄러운 소리가 나면 혼란스러워하세요." 그가 잠깐 망설이다가 곤혹스러워하며 말을 맺었다. "어머니가 선생님을 아시면 참 좋겠습니다."

"나도 조만간 그러기를 바라지." 애덤스가 대답했다. "참, 뉴욕은 좋아하시나?"

전등 아래서 트렌트의 눈빛에 불꽃이 튀는 듯했다. "아, 그러니까, 어머니에게는 다소 외로운 곳입니다. 집에 오던 사람들을 그리워하세요. 그분들이 오셔서 하루 종일 집에 있곤 했거든요."

"우리가 그걸 바꾸도록 도와야겠군." 애덤스가 멀어지며 말했다. 그는 정감 있게 대했다. 그럼에도 자기 부인에 대한 언급은 일절 없었다. 트렌트는 그 점에 주목했다. 그녀는 어디에 있을까? 그녀는 어떤 사람일까? 4번길 모퉁이에 위치한 자신의 아파트를 향해 길을 건너며 연하 남자는 의아해했다.

애덤스는 23번가에 이르러 별 생각 없이 5번길로 향했다.

자신이 거주하는 외딴 지성知性의 영역에서 너무 벗어나 있었기에 지금 주변 환경이 이끄는 대로 해 질 녘 황량한 서부 도로를 걷고 있는 것이리라. 그는 애틋하게 얻은, 힘겹지 않은 철학의 시원한 언덕에 머무는 것에 익숙했다. 그래서 외적 삶의 세세한 부분은 거의 염두에 두지 않았다. 산다는 건 단지 순수한 도덕적 용기의 문제였다. 그는 허약하고 예민하게 말랐지만 의연한 모습이었다. 그 자체로 인내하고 저항하겠다는 결연한 의지를 표출하고 있었다.

근 15년 동안 가까이에서 죽음을 대면한 남자는 어느 정도 무심한 호색가가 되든지 아니면 불안한 성인이 된다. 남자가 처음 반감을 가질 때만 해도, 자기 자신과 물질주의의 구렁텅이 사이에 번득이는 검을 든 천사처럼, 자기만의 이상은 서 있었다. 어쩌면 어설픈 극기주의자까지는 아니었겠지만, 무슨 일이 있어도 끝까지 버티겠다는 결단의 마음과 인간관계에 충성을 다하며 그는 괴로워했다. 그것이 완전 무모한 결단이었다면 반쯤 우스웠을 것이다. 자신이 원하지도 않고 응대할 수도 없는 싸움을 왜 했을까. 야망, 결혼, 하물며 평범한 감각적 쾌락조차도, 신화에 나오는 사해死海의 사과*처럼 입술에서 부서졌다. 행복을 추구하는 것에는 실패했으나, 그 실패로 인해 달콤한 성품, 멋진 풍미의 낙관주의가 결코 시큼하게 되지는 않았다.

그때, 옆을 지나가는 여자에게서 바이올렛 향기가 났다. 애덤스는 깜짝 놀라며 자기 밖의 세상을 보았다. 주변에는 많은 여자들이 우산을 들고 씩씩하게 걷고 있었다. 몇몇은 차가운 비를 맞은 꽃처럼 상기된 예쁜 얼굴이었다. 그는 비를 잊고 있었다. 가슴을 파고드는 냉기조차 잊고 있었다. 문득 의사가 했던 말이 떠올라 외투를 더욱 추켜올리고 빠르게 도로를 건넜다. 움직이는 차들을 요리조리 피하며 질퍽한 길을 건너 반대편 인도에 안전하게 다다랐다. 여기서 그는 매디슨길 쪽으로 방향을 틀었다. 열쇠를 꺼내고, 흔하디흔한 판판한 음침한 갈색 집으로 마침내 들어섰다. 이런 집들은 뉴욕 생활의 특징 없

* 나무에서 떼어 내면 연기가 되어 사라진다는 열매. '소돔의 사과'라고도 불린다.

는 겉모습을 잘 보여 주었다.

내부는 환하게 불이 켜져 있었다. 애덤스는 소리 없이 뒤에 있는 서재로 기어들고 있었다. 그때 응접실 입구에서 그의 이름을 부르는 소리가 들렸다. 거기에는 아내가 서 있었다. 몽롱한 효과를 내는 크림색 레이스의 하얀색 긴 잠옷 가운을 걸치고 있었다. 작은 체구의 아름다운 여자. 염색한 금발 머리는 보풀 구름 같고, 파란 눈은 커다랗고 천진하며 완전히 멍했다.

1년 전 그녀는 완벽한 속인의 지혜와 냉소적인 마음을 가진 아기를 닮았었다. 누군가 그런 아기를 상상할 수 있다면 말이다. 하지만 늦은 저녁 식사와 수많은 오락으로 열두 달을 보내고 나니, 장미꽃잎 피부에는 어느새 어두운 그림자가 드리우고, 우아한 아치 형태의 눈썹 사이에는 미세한, 신경질적인 작은 주름이 세 개 생겼다.

코니는 매우 명랑했다. 하지만 거티가 보기에는, 그건 뿌리 없는 명랑함이었다. 코니는 더 고급 사교계에 필요한 양식이나 방법을 갖추지 못했다. 그래서 구성원들이 유기체를 이루며 부족한 것을 서로 채우는 사회 조직에서 타협점을 찾아야만 했다. 저돌적인 태도와 아리따움으로 그녀는 거기에 느긋이 안착할 수 있었다. 하지만 거티와 일상 대화를 나누는 영역 밖의 화려한 소수의 사회로는 아직 나아가지 못했다. 거티는 자신이 너무 너그러워 상류층이 되기 어렵다고 투덜댔다. 그 사회에 속한 사람들은 더 큰 자유를 누렸는데, 그건 더 정교한 차별과 같은 거였다. 때로는 그 더 큰 자유가 코니가 얻을 수 있는 전부인 것처럼 보였다. 그녀는 경박한 사람과 한두 번 용감히 모험을 감행했는데, 종국에는 농후한 진눈깨비처럼 내리는 스캔들 위에서 위태롭게 미끄럼을 타고 있는 자신을 발견했다. 그녀에 대한 추문은 끊이지 않았다. 처음에는 그저 그럴 수도 있겠다 싶었다. 그러다가 그게, 거티의 말을 빌리자면, '가장 있을 수 없는 일 중 하나'가 되었다.

최근 들어 애덤스의 친구들은 심각하게 서로 물었다. "도대체 그는 왜 그런 마누라를 잡고 있는 거야?" 그가 얼마나 아는지 혹은 실지로 알아야 될 게 얼마나 많은지, 이 질문들은 몇몇 사람들에게 거의 당면 과제가 되었다. 마침내 잔뜩 짜증이 난 페리가 따져 물었다. "애덤스가 말도 안 되게 무지한 거야, 아니면 터무니없이 무관심한 거야?"

만약 그 호기심꾼들에게 그들의 궁금증 대상을 관찰하게 한다면, 지금 훤한 조명 아래 서 있는 애덤스를 보며 그의 태도에서 무지나 무관심은 찾지 못했을 것이다. 애덤스는 아내를 아버지 같은 진솔한 아량으로 대했다. 그 이상의 절박한 우려 같은 것은 없었다.

"따뜻하게 입어." 아내를 흘긋 보며 애덤스가 말했다. "밖에는 살을 에는 듯한 바람이 불어."

코니는 고운 눈썹을 추켜세웠다. 미세한 작은 주름이 곧바로 시야에 잡혔다. 신경질이 난 모습이었다. 그녀는 남편을 보고 주춤했다. 마치 아무것도 없는데 빛나는 벽을 보고 주춤하는 것 같았다.

"나는 도널슨 부부와 함께 셰리스에서 저녁을 먹을 거예요." 그녀가 설명했다. "당신은 오지 않을 거라는 걸 알아. 그래서 번거롭게 거절할 필요도 없어요."

"그래, 여보." 그가 가볍게 대답했다.

"브래디 씨가 나를 데리러 왔어요." 그녀가 계속했다. 그녀의 음성에는 아주 가느다란 망설임이 있었다. "저녁 먹고 극장에 가기로 했어요. 그래서 늦을 거예요. 나를 기다릴 필요는 없어요. 열쇠가 있으니까."

"그래, 조심히 다녀와요." 그가 편안하게 답했다. 그리고 이어 응접실 입구에 나타난 젊은 남자에게 말했다. "안녕하시오, 브래디 씨? 아내가 어리석게 바깥바람 속에 서 있게 내버려 두지는 마시오. 감기로 고생시킬 수는 없으니까."

"어, 제가 잘 챙기겠습니다. 약속하죠." 브래디가 대꾸했다. 그는 코니 뒤에 약간 떨어져 서서 무심히 그녀 외투의 하얀 모피를 정리해 주고 있었다. 나무처럼 각이 진 잘생긴 이목구비는 풀을 먹여 티 하나 없이 빳빳한 셔츠 앞면과 비슷한 특성을 보였다. 하지만 매력이 없는 것은 아니었다. 반쯤은 잘 기른 매끈한 가축 같고 또 반쯤은 적나라하고 염치없는 남자의 자만심이 보이는, 어떤 대단히 가식적인 매력이 있었다.

코니가 어설프게 피식 웃었다. 긴장감이 도는 웃음이었다. 째어지는 듯한 소리의 공허한 웃음이었다. 코니는 이런 웃음으로 대화의 공백을 메웠다. 음악의 대가가 훌륭한 역작 사이에 가벼운 가락을 몇 곡 삽입하는 것처럼.

"애덤스는 언제나 내 건강 걱정이죠." 코니가 말했다. "하지만 사실은 건강이 너무 좋아서 잃어버리기 전까지는 그 가치를 모를 지경이에요." 흥분해 팔락거리는 그녀의 태도가 주변 분위기를 흔들었다. 간혹 애덤스는 거친 3월 바람이 연약한 바람꽃을 흔드는 게 그려졌다. 그것은 부자연스럽고 과장되고 어울리지 않는 몸짓이었다. 그녀는 더 이상 그 몸짓을 통제하지 못하는 듯했다. 예쁜 소녀 같은 침착함이 그녀의 상큼한 매력 중 하나였음을 그는 기억했다. 하지만 일상이 된 과격한 활동 속에 그것은 사라졌다. 그녀는 자연스럽게 생기는 피로감을 없애려고 흥분제를 자주 사용했는데, 그는 최근에야 그것을 알게 되었다. 벌겋게 달궈진 그녀의 볼과 너무나 반짝이는 눈에서는 바로 그 효과가 드러나고 있었다.

"너무 늦지 마요." 애덤스가 다시 강조했다. "당신은 요 몇 주간 미친 듯이 몰아댔어. 휴식이 필요해."

"나는 결코 쉬지 않아요." 코니가 여전히 웃으며 응대했다.

"솔직히 죽을 때까지 멈추고 싶지 않아요."

그녀는 레이스 밑으로 외투를 단단히 했다. 브래디가 미끄러지듯 코트를 입고, 애덤스는 돌아서서 현관문을 열었다. 얼얼한 바람이 확 들어왔다.

"짜잔! 앉아 있지 마요!" 코니가 헉하며 소리쳤다. 그녀는 정말 거센 바람 속에 가련한 바람꽃 같았다. 그녀는 바람에 이끌려 층계를 내려가고, 질척거리는 인도를 가로질러 준비된 마차로 들어갔다.

그들은 떠났다. 애덤스는 다이닝 룸에서 치장 없이 혼자 식사를 했다. 지난 몇 주간 거의 매일 저녁 그랬다. 아일랜드인 하녀는 염려하며 시중을 들었다. 거기서 그는 버림받은 남편에 대한 자신의 마음을 읽었다. 하녀가 추측하는 바는 뻔했다. 그는 그것을 물리치려고 말없이 억지스런 허세를 부렸다. 코니가 그의 뜻을 거스르며 그를 버린 것은 분명 아니었다. 그녀가 없는 것이 영락없이 안도감을 주는 모양새였다. 이럴 때면 만족스럽게 정리된 것에 대한 거부감을 그녀의 철부지 어깨에 억지로 지우는 듯했다. 정신적, 육체적 분투의 하루가 지나고 그녀와 대화를 하려고 더 노력해 보았지만, 그건 완전히 능력 밖의 일이었다. 멀리 콜로라도에서 살던 시절 그녀는 보드라운 유혹의 새끼고양이 역할을 했었다. 그는 즐겁게 응하며 자주 어루

만져 주었다. 하지만 이제 그 일은 멀찌감치 그들 뒤에 있었다. 그들이 떠나온 구름 한 점 없는 시골 어딘가에 묻혀 있었다. 그들 중 누구도 다시 어루만지는 것을 원치 않았다. 애덤스는 소박한 저녁 식사를 마치고 현관 끝에 있는 서재로 들어갔다. 서재에는 아무도 없었다. 그는 그것에 의식적인 감사의 한숨을 내뱉었다.

파이프에 불을 붙이며 애덤스는 은연중에 트렌트가 말하던 소중한 초판본에 눈길이 갔다. 그러고는 곧바로 로라의 사진에 화살처럼 시선이 꽂혔다. 책상 위에 다른 물건들과 섞여 서 있는 사진이었다. 대부분 남자들은 어쩌면 코니의 사진에 관심을 둘 것이다. 그건 코니가 가장 아름다운 시절에 환상적인 포즈로 찍은 사진이었다. 하지만 애덤스의 시선은 그것을 무심히 스쳐 갔다. 그 사진이 주는 무언의 확신에 매정할 뿐이었다. 그러고는 난처해하는 로라의 눈빛을 바라보았다.

사진 속 로라는 수줍어하면서 깜짝 놀란 표정이었다. 엉겁결에 보호 구역에 갇힌 야생 동물처럼. 그는 한 번도, 마음속으로라도, 그녀에 대한 자신의 감정을 깊이 생각해 보지 않았다. 그녀를 친구라 부르는 데 만족했다. 그에 대해 자신을 자책하고 싶지 않았다. 사실, 따져 보는 것이 두려웠다. 하지만 빈방에 혼자 있을 때면 그 사진 속 얼굴을 보며 자신이 남몰래 힘과 용기를 얻으려고 한다는 것을 알았다. 이상적인 미모를 갖춘 얼굴이었다. 그녀가 명상에 잠길 것처럼 영적으로 고립되었을 때, 그는 항상 독특한 감성적 매력을 발견했다.

로라의 시구는 예술적 완벽을 향한 감각으로 정화되고 절제되었고, 마찬가지로 아직 실현되지 않은 세계에 대한 고독한 상상을 담았다. 그녀의 비옥한, 다소 표면적인, 지성의 정원에서 번성하며 꽃을 피운 상상이었다. 그녀가 보는 세상은, 애덤스가 일찍이 말했듯이, '아지랑이가 이는 황금빛 감수성을 통해 보는' 세상이었다. 상상적 신비주의의 꿈, 수녀 같은 순수의 꿈. 그 꿈이 현실에 의미하는 것은 남자의 영혼이 육체에 의미하는 것과 같았다. 영감을 주는 이 예견, 빛을 내는 이 이상주의 속에 그는 작고 회색인, 그녀의 첫 번째 책을 내려놓으며 한탄했다. "우리에게 아직 어떤 가능성이 있을까?"

로라는, 영혼뿐 아니라 밖에 보이는 일상도 그녀 자신의 시각으로 색을 입혔다. 얼마 후 그녀를 알게 되었을 때 애덤스는 그것을 깨달았다. 그에게 로라는 신성한 불가사의와 절묘한 놀람으로 가득 채워진 사람이었다. 그녀 안에 선명한 불꽃처럼 타오르는 재능과 그녀가 명랑할 때 얼굴이 그윽한 광채로 빛나는 것을 그는 즐거이 상상했다. 그녀의 영혼은 빛을 발하는 무엇이라고 그는 늘 생각했다. 눈과 입이 빛의 테두리에 닿는 듯이 보이는 때가 있었다. 이 밖에도 그녀의 미묘함은 그녀를 처음 만난 날처럼 그에게 남아 있었다.

로라에게 모호함이 있다면, 그건 안개 속에 보이는 별의 모호함이었다. 이해하고 싶은 마음은 그의 당혹스런 혼동 속에서 이내 길을 잃었다. 그는 비로소 그녀를 잠시 한쪽으로 밀어두고, 그녀를 축소해 어떤 공식에 끼워 맞추려는 시도는 그만두었다. 다른 사람들처럼 그녀를 있는 그대로 받아들이며, 그녀는 누군가를 정신적으로 힘들게 하는 묘한 힘을 가졌다고 절망적으로 인정했다. 이제껏 그는 여자들의 세계를 정신적 측면이 아닌 다른 것과 연관시키려고 노력했다. 거기에는 관능적인 발을 앞에 두려는 노력, 인물을 눈에 띄게 돋보이게 하려는 노력, 지성을 눈에 띄지 않게 중단시키려는 노력—물질적 노력은 항상 누군가의 고급 바지에 나타났고, 윤리적 노력은 언제나 누군가의 엉터리 지성을 드러냈다. 로라를 만나기 전까지는 그는 그렇게 보았다.

그의 견해는 커다란 철학적 무지에 근거한 제한된 경험에서 나온 것이었다. 여성은 그리스 비극의 합창단이 부르는 신의 섭리 중 한 대목을 담당하고, 현실적 공포에 싸여 무심한 신의 면전에 날카롭게 소리 지르며, 영원한 세부 항목의 중요성에 대해 억척스럽게 우긴다는. 여성의 마음은 자연스럽게 유물철학—육체의 신성화와 덧없는 감각적 유혹을 따르는 신앙—으로 향하는 경향이 있다는 것을, 그는 코니에게서 배웠다. 이 깨달음으로 인해, 로라의 지적 광채는 실지로 육체에서 분리된 영혼의 발산이라고 보았다.

그는 자신의 감정에 이끌려 괴로운 논제들로 옮겨 갔다. 이제야 깨달았다. 코니를 사랑한 것은 단지 육체적 충동에 따른 것이었음을, 그리고 자유를 찾아 도망가는 심정으로 그 충동에서 탈출했음을. 심적으로 냉담했던 수개월 동안 그는 격심한 신의 섭리를 경험했다. 그것은 그 나름대로, 섭리가 너무 약할 때만큼이나 꽤 파괴적이었다. 그는 비로소 이해했다. 신의 섭리를 지키고 싶은 영혼은 반드시 존재한다. 반면에 신의 섭리를 잃어 가는 육체는 그 섭리가 이루어진 바로 그 시간에 생명의 불꽃이 약해져 부패할 것이다. 냉철한 사람은 냉정한 길을 따라 이런 지식에 도달했을지도 모른다. 조악한 사람은 결코 거기를 벗어나지 못했을 것이다. 하지만 애덤스 안에는 타협하지 않는 청교도적 양심의 유물, 오래된 투쟁의 정신이 있었다. 그 정신으로 그는, 그의 영혼과 육체는, 보다 깨끗하고 선명한 공기를 찾아 새롭게 분투하며 다시 일어섰다. 처음에는 인생이 단순한 감흥의 연속보다 더 깊은 의미가 있었다. 어떤 눈에 보이는 조건, 물질적 성취보다 더 의미가 있었다. 그리고 그것은, 얼핏 보아 실제 가치의 극히 일부만 보았다고 생각하지만 사실 그게 거의 전부라는 것을 깨달은 그의 씁쓸한 통찰력의 최후 승리였다.

5장

젊은이가 꿈을 꿈꾸는 곳

트렌트의 어머니는 뉴욕으로 이주한 후 줄곧 큰 아파트 건물에 작은 아파트를 하나 얻어 아들과 함께 살았다. 철저히 격리되어 완전 시골 사람처럼 살았다. 그녀는 커다란 덩치의 불그레한, 모성이 강한, 나이 든 부인이었다. 25년 전에 여우 사냥에 나갔다가 죽은 남편을 아직도 애도하고 있었다. 얼굴은 다정하고 행운이 깃든 보름달을 닮았다. 그 위로는 한 조각의 은빛 구름처럼 빛나는 머리가 둥글게 말려 있었다. 그녀는 밤낮으로 항상 자줏빛 숄을 떴는데, 아들이 아기였을 때나 지금이나 한사코 끝날 것 같지 않았다. 아들은 어릴 때부터 공처럼 두툼하게 말린 보드라운, 환한 색상의 털실과 기다란 아이보리 뜨개바늘을 기억했다. 어머니가 유쾌하고 친숙한 소리를 내며 뜨개질을 할 때면 바늘은 기운차게 톡톡거렸다. 지금까지도 바늘이 톡톡거리는 소리를 들을 때면 아들은 잼을 바른 커다란 빵 조각을 입 안에 넣을 때 맛이 났다. 귓가에는 해거름에 마음이 편해지는 성경 이야기가 소곤거렸다.

부인은 항상 조용한 수다쟁이였다. 단조롭게 잔잔히 흐르는 말로 가득했다. 뉴욕에서의 시간이 그녀의 육체를 시험하고 향수병으로 마음을 무겁게 한다 해도, 어느 누구도, 조지 트렌트조차도, 그녀 얼굴을 스치는 그림자를 보았을 때 정도밖에 놀라지 않을 것이다. 청년은 감독과 배우들을 쫓는 데 지칠 줄 몰랐다. 그래서 그녀는 계속 혼자 있었다. 하지만 집안일로 자신을 기꺼이 바쁘게 하거나 이웃에 관해 유별나게 궁금해하는 것으로 기분 전환을 삼았다. 그녀는 한두 번 아들에게 어디에 갔었느냐고 물었다. 로라를 만나고 온 다음 날 아침에는 더욱 그랬다.

"어제 어디에 갔는지 말하지 않았다, 트렌트." 그녀가 아침 식사를 하면서 말했다. "중요한 사람 만나지 않았니? 비벌리 피어스가 한 말이 생각나는구나. 북부에서는 모든 게 소개를 통해서 이루어진다시."

트렌트는 대답하기 전에 어머니를 잠시 가만히 보았다. 커피 쟁반 뒤 그녀의 모습에서 사랑스러운 면을 모두 찾고 있었다. 백발 머리와 손때 묻은 커다란 은제 식기에 어린 아침 햇살, 그들 사이에 서 있는 호리한 보헤미안 꽃병의 외톨이 장미—그가 길거리에서 구입한 장미였고, 꽃병은 그녀 뒤 찬장의 진기한 옛날 도자기 중 하나였다—하얀 삼베로 촘촘히 짠

옷깃과 소맷부리의 우아한 장식, 그리고 그녀 옆에 놓인 뜨개질이 발하는 생생한 색상.

"로라 와일드를 만났어요." 그가 이내 답했다. "하지만 어머니는 시를 읽지 않으니 그게 무슨 의미인지 모르실 거예요."

부인은 커피 잔 위로 크림 병을 균형 있게 잡으며 미심쩍이 살짝 그에게 웃어 보였다.

"그게 누구지, 아들? 숙녀겠지, 정말 좋은 숙녀?"

"네, 진짜 숙녀죠."

"근데 네 말은, 시를 쓴다는 거지! 그게 부도덕한 거니?"

의아해하는 그의 눈이 빛났다. "부도덕하다! 허, 어머니, 대단한 생각이시네요!"

"나는 그게 어떤 건지 잘 모르겠구나." 크림의 적당량을 조심스럽게 눈대중하며 어머니가 대꾸했다. "하여튼 여자가 시를 쓴다고 하면 대개 상스러워 보이더라. 마치 그들의 못된 행실을 급하게 떠벌릴 목적으로 그러는 것 같거든."

"아이쿠!" 살짝 비웃듯 트렌트가 소리쳤다. "어머니 나이에 혹시 '사포'*를 읽고 계신 건 아니죠?"

부인은 아들을 계속 덤덤히 보았다. 평온한 파란 눈에 유머러스한 기색은 거의 없었다. "네 할아버지는 '사포'를 좋아해서

---

* 기원전 6세기경의 그리스 여류 시인

자주 인용하곤 하셨지.” 그녀는 생각에 잠겨 응수했다. “아니, 포프 씨던가? 누군지, 뭔지 잘 모르겠다. 한 가지 분명한 것은 숙녀 앞에서 암송할 만한 것은 아니었어.”

트렌트가 커피 잔을 받으며 기분 좋게 웃었다.

“그러니까 어머니는 로라 양에게 품행을 지적할 수 없어요.” 그가 항변했다. “그녀를 이해하는 사람이라면 누구라도 그 앞에서 자유롭게 암송할 수 있을 테니까요.”

“그 애가 속이 깊으냐?”

“무지하게 깊어요. 훌륭하죠. 그녀는 천재예요.”

부인은 미덥지 않은 듯 고개를 흔들었다. “여자가 천재가 될 만한 자질을 가졌다고는 생각하지 않는다.” 그녀가 지적했다. “그리고 내가 여류 작가들에게 편견을 갖는 것도 어쩔 수 없어. 네 아비지도 늘 그랬거든. 마치 여자들이 남자만큼 아는 체하는 것 같아. 책을 내면 남자들이 읽을 거라 기대하겠지. 그 자체가 일종의 교만이야.”

트렌트는 논쟁을 포기하고 늙은 흑인 하인이 가져온 케이크를 먹었다.

“음, 로라 양에게 어머니를 찾아뵈라고 말할 필요는 없겠네요.” 그가 웃었다. “어머니도 어머니 같은 여자 지식인을 우연히 만나기는 쉽지 않을 거고요.”

“오, 내 걱정일랑은 하지 마라.” 연로한 부인이 애교스럽게 대답했다. "하지만 네가 집에서는 만나지 못할 여자들이랑 쏘다니는 것은 못 참겠구나."

"로라 양은 집에서 만나면 절대 안 되겠네요. 그 말씀이시죠!"

"이렇게 칸막이 친 새장에서 살고," 부인이 무미건조한 목소리로 부드럽게 말을 이었다. "네 옷을 이웃집 지붕에다 말리는 것만으로도 충분히 힘들다. 그러나 보통 사람과 억지로 관계를 맺는 게 아니라면 나는 참을 수 있지. 물론 버지니아 관습을 여기서 기대하는 것은 아니다만." 마지막으로 양보하며 그녀가 덧붙였다. "하지만 사실 말이지만, 내가 만났던 사람들은 그리 예의 바르게 보이지는 않더구나."

"굳이 말하자면, 그 사람들에게도 우리가 딱히 세상 물정에 밝은 것처럼 보이지는 않아요."

부인은 거의 듣고 있지 않으면서도 고개를 끄덕였다. 한편 그녀의 차분한 어투는 그녀 자신의 색다른 견해 위에 잔물결을 일으켰다. 그 견해는 얕은 개울 속 작은 은빛 자갈들처럼 아들의 마음에 반짝였다.

"나이 든 여자들은 보닛*을 색과 꽃으로 꾸민다는 사실을 인정하마." 어머니가 계속했다. "목 부분이 패인 드레스는 말할 것도 없다만, 그래도 약간 평범한 예의는 보여 주는 것 같더라.

* 턱 밑에서 끈을 맬 수 있는 여성용 모자

아래층 아파트에서 나오는 의사를 만났다. 흔히 하는 인사로, 나는 곧바로 누가 아픈지 물었다. 그리고 닭고기 젤리도 한 컵 가져갔지. 문을 연 여자는 오히려 무례하더라." 그녀가 한숨을 쉬며 말을 맺었다. "평생 살면서 그 여자는 그런 일을 겪어 보지 못한 게지."

트렌트는 커피세트를 사이에 두고 맞은편에 앉은 어머니에게 다정한 눈빛을 보냈다.

"그럴 거예요." 그가 동의했다. "하지만 제가 어머니라면 그렇게 젤리를 낭비하지는 않겠어요."

"알았다." 그녀가 뾰로통해 매듭지었다. "그게 내가 가장 그리워하는 거야. 아픈 사람을 찾아보는 것."

하지만 그녀는 완전히 포기했다. 다시 열심히 찾아다니고 싶은 의지가 보이지 않았다. "예전 같지 않을 세다, 아들아. 난 이상한 영세민이 아니라 진짜 친구를 원하지. 글쎄," 비참할 정도로 낙담하며 그녀가 덧붙였다. "오늘 아침에는, 내가 거리에서 만나면 이야기를 나눌 수 있는 사람이 몇이나 되는지 세어 보았다. 쉽게 한 손으로 꼽을 수 있더라. 누구냐 하면," 약간 망설이다가 털어 놓았다. "의사, 식육점 아들, 청소하러 오는 여자. 그 여자가 얼마나 재밌는지 너도 알면 놀랄 거야."

트렌트는 의자에서 일어났다. 그녀가 앉은 데로 가더니 아이처럼 정이 담긴 포옹을 했다. "어머니는 진짜 천사 어머니예요." 그가 말했다. 그리고 아직 그녀를 안으며 장난스럽게 덧붙였다. "그렇게 해도 다섯은 안 되는데요."

부인은 커다란 하얀 손으로 아들 이마의 머리카락을 매만졌다. "그저 어제 엘리베이터에서 만나 알게 된 사람들이니까." 그녀가 대답했다.

"엘리베이터요! 어떻게요?"

"난 그걸 타면 항상 긴장하잖니. 너도 알지만, 난 참을 수가 없어. 그냥 일곱 개 층을 계단으로 오르내리는 게 훨씬 나아. 근데 내가 막 걸어가려던 차에 그 아가씨를 만났다. 엘리베이터 안으로 들어오라고 권하더라. 그러고는 1층으로 내려갈 때까지 내 손을 잡아 주었지."

"정말로요," 아들이 의아하게 물었다. "누구였어요?"

"이름이 크리스티나 코울스라고 하던데. 클라크 카운티에서 왔대. 내가 걔 할아버지를 알지."

"정말 다행이네요!" 그가 들릴 듯 말 듯 말했다. 행운의 안도와는 어울리지 않는 음성이었다.

"정말 예쁜 아가씨다. 코울스 성을 가진 사람은 모두 잘생겼지. 일찍이 그 애 고모할머니도 한 미모 했어. 내가 그 사람 말한 것 기억하니, 베티 코울스 양이라고?" 트렌트는 머리를 흔들었다. 부인은 추억을 되새기며 말을 이었다.

"그러니까 그녀는 스물다섯 번째 생일에 프러포즈를 50개나 받았다는 말이 있어. 하지만 결혼하지 않았지. 나를 마지막으로 찾아왔을 때는 무척 늙은 부인이었단다. 왜 그랬냐고 물었더니, 그녀가 하는 말이 '순전히 까다로워서요.'라고 하더라." 부인은 자줏빛 숄을 집어 들었다. 긴 아이보리 뜨개바늘이 톡톡거리기 시작했다.

"근데 저는, 엘리베이터에서 만났다던 그 젊은 아가씨에게 관심이 가는데요. 어떻게 생겼어요?"

"베티만큼은 아니지만 그래도 진짜 예쁘더라. 베티처럼 파란 눈에 갈색 머리였는데, 50년 전에 제 고모할머니가 하던 대로 가르마를 탔더구나. 그래도 염려가 되더라." 그녀는 중얼거리듯 말을 맺었다. "걔가 글을 쓸까 걱정된다."

"그래요? 그렇게 말하던가요?"

"말은 안 했는데, 네 원고 같은 꾸러미를 가지고 있더라고. 그리고 자기 일에 대해서도 말했지. 어, 되게 신중하게. 그게 아기라도 되는 것처럼 한참 말하더구나."

"진짜요!" 그가 숨을 들이마셨다. 그리고 잠시 후, "어쨌든 그녀가 어머니한테 위안이 되면 좋겠네요."

부인은 손에 뜨갯감을 들고 그대로 일어나 창가로 갔다. 거기에 서서 검게 그을린 굴뚝 단지 위에 내려앉은 햇빛을 잠잠히 보았다. "적어도 그 애 고모할머니에 대해 이야기할 수는 있잖아." 부인이 대꾸했다. 그러고는 더욱 집중해서 응시했다.

그녀의 코가 창에 눌려 거의 평평해졌다. “저기 비상구에 저 여자가 지금 뭐하고 있는지 모르겠네.”

트렌트는 코트를 입고 그녀에게 다가가 작별 키스를 했다. “점심때까지는 알아 놓으세요.” 그가 장난스럽게 말했다.

이내 트렌트가 엘리베이터에 들어서자니, 이미 젊은 숙녀가 타고 있었다. 어머니가 크리스티나 코울스라고 묘사했던 여자라는 걸 알 수 있었다. 그녀는 매우 아름다웠다. 하지만 미모보다도 외모에서 풍기는 독특한 꿋꿋함이 인상적이었다. 그녀는 관심 있는 하나의 목표에 전념하는 사람 같았다. 더불어 그녀가 입고 있는 작은 황갈색 코트가 약간 낡은 것도 눈에 띄었다. 장갑 손가락 하나에는 작은 동그란 구멍이 나 있었다. 그녀가 엘리베이터를 관리하는 사람에게 열쇠를 맡기면서 하는 말을 들으니, 목소리가 대단히 맑고 다정했다. 그들은 함께 건물 밖으로 나왔다. 그녀는 서둘러 브로드웨이 쪽으로 걸었다. 한편 그는 4번길을 따라 '골동품'이라 쓰인 가게 창에 진열된 물건들을 멍하니 쳐다보며 여유 있게 걷는 것이 좋았다.

하지만 트렌트는 자신이 쳐다보고 있는 보물들에 생각이 미칠 정도는 아니었다. 평일 아침 시간에 허둥지둥 바삐 움직이는 사람들에게도, 절묘하게 높이 솟은 몽환의 성에 쳐들어와 시끄럽게 빽빽거리는 자동차들에게도 아니었다. 전날 저녁부터 그는 이 환상적인 마천루로부터 흐르는 어떤 정열적인 음악 선율에 짜릿해하며 상상하고 있었다. 축축한 햇빛이 내리는 인도를 걸으며 그는 놀라울 정도로 아직 그 들뜬 기분을 유지하고 있었다. 평생 한 번도, 가장 엉뚱한 문학적 환상 속에서도, 장래에 대해, 그 너그러움에 대해, 그 아름다움에 대해 이처럼 확신을 가져 본 적이 없었다. 그는 태어났다는 사실만으로도 감사함에 가득 부풀어 올랐다.

트렌트는 스물다섯이었다. 자신의 능력에 확신이 있었다. 자신에게 힘주어 말했다. 처음으로, 한 번뿐인 사랑에 빠졌다고.

얽히고설킨 환상 속에서 그는 로라를 보았다. 그녀는 닿을 수 없는 곳으로 자라나는, 하지만 완전히 경계 밖에 있는 것은 아닌, 어떤 굉장한 하얀 꽃 같았다. 그는 즉각 성공했고, 그녀에게 갈 수 있는 다리가 놓였다. 그가 그리는 그림에서는 공연에 앞서 풋라이트*가 휘저었다. 벌써 공연장을 메운 사람들의 환호성이 들렸다. 머리가 성공에 도취되어 가는 느낌이었다. 일 막 일 막, 장면 장면, 그는 상상 속에서 멋진 연극을 시연했다. 풋라이트 앞에 모여 있는 배우들이 보이고, 또 무대 옆 특별석에서 다소곳이 박수를 보내는 로라도 보였다. 이 상상에는 낙담의 순간도 있었다. 공연 리허설을 하면서 비참하게 절

* 무대 앞쪽 아래에 설치된 조명

망하며 그는 몸을 움츠렸었다. 하지만 지금은, 빛이 터져 나오면서 흩어지는 안개처럼, 모든 불확실성이, 모든 불안이 사라졌다. 무대의 특수 효과를 위해 사용된 조명처럼—마치 무대의 모든 사물이 잠깐 붉은빛을 받아 형태가 달라 보이듯이—이 빛은 이 순간 정말 엄청난 붉은 광선을 한껏 발산하며 빛났다. 그래서 지금 외부의 추한 것들은—그는 그 사이로 움직이고 있었다—지금 상상의 선명한 빛에 흠뻑 젖었다.

결말이 나오는 데 오래 걸릴 때면, 종종 그것은 결국 젊은 날의 환상이 된다. 트렌트는 몸이 지쳐 자신의 영혼이 땅으로 내려왔을 때, 지나가는 차를 타고 점심을 먹으러 집으로 갔다. 박쥐의 날개가 머리 위에서 퍼덕거리듯 돌연 꿈의 마력이 희미해졌다. 기분이 새로워지면서 그의 예전 자의식이 부활하는 것을 느꼈다. 그녀에게 자기가 미래의 극작가라기보다는 현재의 바보로 보였다는 생각에 그는 짜증이 났다. 그의 어색함은 묘하게 편안한 애덤스의 태도와 대조가 되었다. 여자는 그녀가 남자를 처음 만났을 때 느꼈던 그때 그 인상을 언제나 잊을까? 앞으로 명성을 쌓는다면, 그 명성으로 자신의 어쭙잖은 전날 인상을 로라의 기억에서 지울 수 있을까? 여자의 마음에 중요한 것은 외모가 주는 인상이라는 말이 있다. 잠시 그는 페리가 부러워졌다. 혈색이 좋은 잘생긴 얼굴과 느낌 좋은 동물적 자성. 페리는 어리석고, 이기주의자였다. 그럼에도 그의 부인 거티는 모든 미모와 기지로 그를 흠모한다고 들었다. 한편 페리는 그녀를 공개적으로 무시했다. 결국 다른 사람에게 무심한 것이 성공의 비밀이었나? 아니면 오히려 오직 자신이 원하는 것만이 가치가 있는 것이라고 세상을 설득시킨 배짱이었을까?

트렌트는 점심에 늦었다. 어머니는 기다리고 있었다. 그가 응접실에 들어서니, 어머니는 코울스와 함께 있었다. 그녀는 여전히 모자를 쓰고 있었지만 재킷은 벗었다. 그것은 소파 위 작은 갈색 꾸러미와 함께 놓여 있었다. 그녀가 말할 때 보니, 특이하게 집중하는 그녀의 표정이 다시 새롭게 다가왔다.

"당신 어머니 말씀이, 각본을 쓰신다고요." 약간 쑥스레 그녀가 입을 열었다. "훌륭하다고 말씀하시던데."

"'어머니 말씀이'라고 표현을 잘하셨네요." 그가 장난스럽게 응수했다. "그런데 저는 당신이 예언자 중 하나라고 들었는데요."

"나한테는 그것뿐이에요." 그녀가 진지하게 대답했다. "그게 나한테는 모든 것이에요. 제 인생이죠."

코울스의 진솔함에 그는 얼핏 기분이 나빴다. 어쩌면 소녀다운 미모에 그가 스스로 반발하는 것인지도 몰랐다. 그 상태로 그는 관심을 끌듯 어머니를 흘긋 보았다. 어머니는 뜨개질하는 시늉을 하며 끼어들었다. "이 아가씨도 이야기를 쓴다는구나." 부인이 말했다. 그녀는 뜨갯감에 아이보리 바늘을 찔러 넣으려고 했다. "내가 예상했던 대로야."

숙녀는 날렵하게 트렌트의 눈을 쳐다보았다. 그는 어미 사자가 위협받는 어린 것을 보호할 때 보이는 모습이 어렴풋이 떠올랐다.

"나는 아직 아무것도 쓰지 못했어요." 그녀가 딱 잘라 말했다. "하지만 쓸 작정이에요. 내가 살아 있는 시간이 전부 걸린다 해도 쓸 작정이에요." 그러고는 갑자기 태도를 바꾸었다. 마치 단단했던 절제가 느슨해지는 것 같은 인상을 주었다. "아, 로라 와일드를 만났다고 하시던데!"

정열적인 몽환이 끝나고 마치 미간에 얼얼한 주먹을 맞은 것처럼 그 신성한 이름이 그를 때렸다. 그는 멍한 반감의 모습을 보이며 숙녀의 명랑한 몸짓을 보았다.

"그녀를 만났어요. 맞아요." 그가 차갑게 대답했다.

하지만 코울스의 관심은 하얀빛을 내고 있었다. 예쁘장하다고 생각했던 것이 의심할 여지 없는 미모로 변하는 것을 그는 보았다. "그리고 당신도 나처럼 로라 양의 작품을 좋아하나요?" 그녀가 외치듯 물었다.

두 사람의 열정은 잠시 머뭇거리다 서로 부딪쳐 불꽃을 튕겼다. "아, 그럼요. 그녀 작품도 좋아하고, 그녀도 좋아하죠!" 그가 말했다.

6장

세속에 밝은 남자는 남자나 여자 어느 쪽에나 잘 어울린다

며칠이 지나고 트렌트는 우연히 애덤스가 한 말을 듣고 코울스라는 인물에 대해 조금 더 생각해 보았다. 트렌트는 거티를 처음으로 방문하러 가던 길에 애덤스의 사무실에 잠깐 들렀었다.

애덤스는 트렌트에게 그의 일과 그 위대한 벤슨의 희망적인 평가에 대해 호의적으로 몇 가지 묻고는, 어수선한 큼지막한 책상 위 서류 사이에 아무렇게나 놓인 편지에 손을 댔다.

"이 같은 편지에는 뉴욕 비극의 절반이 있지." 애덤스가 말했다. "아무튼 이 소용돌이에 빠진 외부 문학 종사자 태반이 거의 한 집단을 구성한다는 걸 아나? 여기 이 아가씨를 봐. 그녀는 야망에 사로잡혀 있지. 왜 그런지 누가 알겠어. 멀리서 편안히 있지 않고, 여기 와서 다락방에서 배를 곯고 있지. 참, 생각나는 게 있는데," 그가 갑자기 기억난 듯 덧붙였다. "자네랑 같은 지역 출신이던데."

"맞아요!" 트렌트는 마음의 확신처럼 직감했다. "여자 이름이 혹시 코울스 아닌가요?"

"그럼 자네가 아는 사람인가?"

"만난 적이 있습니다. 근데 선생님 말씀은 그녀가 능력이 없다는 건가요?"

"어떤 일에 대해서는 분명 그녀가 놀랄 만한 능력을 가졌을 거야. 다만 그녀는 자신이 타고난 소질에 대해 잘못 알고 있어. 내가 보기에 그녀는 살림이나 해야 될 여자 같아. 그것이 안 되면, 굳이 말하자면, 병원에서 좋은 일을 하든지."

"그녀에게는 문학적 직관이 없다는 말씀인가요?"

"직관도 직관이지만 문학적 소양도 없어. 그 분야에서는 다른 수많은 사람과 별 차이가 없지. 창작을 하고 싶은 충동으로 불타는 것은 알겠는데, 그 능력, 창의력이 그녀에게는 없어. 그냥 내버려 두면 죽을 때까지 '헛발질'만 계속하게 될 거야."

"하지만 매우 예뻐요." 신사적 염려를 보이며 트렌트가 말했다. 그리고 그는 기억했다. 두 갈래로 나뉘어 장밋빛 귀 뒤로 넘긴 그녀의 보드라운 갈색 머리, 꽃처럼 생생한 파란 눈, 얼굴에 어린 독특한 꿋꿋함을.

"더 안타까운 게 있지." 애덤스가 말했다. 입 주변의 근육이 살짝 씰룩거렸다. 그가 깊이 동요될 때면 언제나 그랬다. "이건 크나큰 손실이야. 내가 아버지처럼 그녀에게 편지를 써서 포기하라고 종용했어. 그녀가 회신을 했네." 그가 펴진 종이를 톡톡

쳤다. "이 고약하고 가소로운 작은 편지를 나한테 보내 자기는 일생을 헌신할 거라고 당당히 알렸네. 헌신이라, 맙소사!" 그는 동정하며 한탄했다. "일요 신문에 짜깁기한 글이나 종종 싸구려 잡지에 시를 내는 것에 헌신한다니."

"그러면 할 수 있는 일이 전혀 없나요?" 트렌트가 물었다.

질문을 들으며 애덤스는 눈살을 찌푸렸다.

"오, 모든 것을 한꺼번에 끝장낼 거라면, 그녀가 쓴 허접하고 틀에 박힌 기사를 내가 계속 발행하지. 가브리엘 천사가 나팔을 불어 재낄 때까지 말이야."

"하지만 어차피 별로 도움이 안 될 것 같은데요."

"글쎄, 그러겠지…… 가장 빠른 방법이 가장 관대한 거야." 애덤스가 가볍게 웃으며 말했다. 그는 늘 이런 무던한 농담에 웃었다. "가능한 한 서둘러 그녀를 굶겨야지." 그가 주저 없이 말했다.

그 이야기는 그만하려는 것처럼 애덤스는 편지를 접어 다시 봉투에 넣고 북직대는 작은 신반에 놓았다. "정말 다행이네, 자네의 경우는 이처럼 절망적이지가 않으니까!" 그는 열의를 담아 크게 말했다.

"어쩐지 성공이란 게 이기주의처럼 보이는데요." 잠깐 우울함에 빠진 듯 트렌트가 응답했다. 그는 변덕스러운 기분에 쉽게 음울해지곤 했다.

그 말에 애덤스는 연민의 미소를 지으며 그 청년이 내민 손을 따스하게 꼭 잡았다.

"우리는 그렇게 만들어진 거라네." 그가 격려하듯 대답했다. "어떻게든 성공하려면 그래야 하지."

트렌트는 오랫동안 애덤스의 말을, 특히 그 표정을 잊지 못했다. 그것은 일시적인 흥분 뒤 그에게 찾아온 낙담의 시간에 부는 상쾌한 돌풍 같았다. 청년은 얼굴을 기억하는 비결이 있었다. 일상적인 모습이 아닌, 어떤 생생한 경험의 순간에 활기를 띠고 변형된 얼굴을 기억했다. 트렌트는 나중에 애덤스를 생각하며, 눈에 번득이는 찰나의 다정한 빛, 입 언저리에 나풀거리는 대담한 우스갯소리, 평소 조용한 음성에서 나는 결연한 울림을 떠올렸다.

소란스러운 거리를 걸어가며 트렌트는 이제 깨달았다. 성공이나 실패는 관념적 성질의 것이 아니라 상대적 가치를 지니는 것이라는 것을. 어떤 사람은 세상의 눈에 화려하게 성공한 것처럼 보이지만 자신에게는 상대적으로 실패자일 수 있다. 트렌트에게 애덤스는 수년 동안 교양 있고 학자다운 비평가를 대표했다. 제한된 한 분야에서 경쟁할 수 없는 곳에 '도달한' 작가였다. 지금 처음으로 트렌트는 깨달았다. 그 편집장은 자기 자신을 한갓 소소한 업적을 이룬 남자로 본다는 것을, 그리고 실현한 것에 비해 생각이 엄청 넓기에 자기가 이 땅에서 성취하지 못한 사람들에 속한다고 믿는다는 것을.

얼마 되지 않아 트렌트는 69번가 거티의 집에 도착했다. 하인이 그를 맞았다. 트렌트는 아래서 잠시 기다리다 하인을 따라 위층 응접실로 올라갔고, 이윽고 2층에 있는 멋진 방으로 안내되었다. 방에 들어서자, 연한 담배 연기구름이 그를 향해 늘어졌다. 그는 갑작스럽게 빵 터진 웃음소리에 당황하며 멈칫했다가, 조그만 동양식 테이블에 둘러앉은 부인들에게로 나아갔다. 테이블에는 터키식 커피 쟁반이 놓여 있었다. 그가 다가가자, 거티가 모임에서 일어나 한 걸음 앞으로 나왔다. 긴 드레스의 연녹색 주름장식이 발 주위에 잔잔하게 흐느적거렸다. 머리는 느슨하게 정리되어 있었다. 그의 편협한 생각에는 '보자기'라 할 수 있는 것을—가냘픈 어깨에서부터 통으로 자르르 흘러내리는 세련된 드레스를 그는 단순히 그렇게 불렀다—입고 있었다. 그 모습에 트렌트는 야릇한 인상을 받았다. 그는 어머니가 생각나 웃지 않을 수 없었다. 여자란 자고로 이성異性을 대할 때면 '스테이스'와 몸에 꼭 맞는 보디스*를 완전히 둘러야만 한다고 어머니는 늘 강조했었다.

거티는 방문객들을 소개하고는, 쇠잔한 녹색 파도를 가라앉

---

* 스테이스는 코르셋처럼 몸통을 가늘게 지탱하는 옷이고, 보디스는 그 위에 입는 옷이다.

히며 자신이 일어났던 의자에 앉았다. 그녀는 초대하는 몸짓으로 트렌트를 향해 담배를 들었다. 그녀의 섬세한 우아함은 그 자세에 위험한 매력을 더했다. 거티는 이내 입술을 모아 둥글게 작은 원형 연기를 뿜어냈다. 트렌트는 그것을 흥미롭게 보았다. 그녀는 담배를 피우며 턱을 약간 치켜세웠다. 그러고는 거슴츠레 눈을 뜨고 짓궂고 경솔한 농담을 하며 그를 내려다보았다.

“당신이 교황이래도,” 마음 없이 사과하는 것처럼 거티가 말했다. “아마 난 머리에 테이블보를 덮어쓰는 정도였을 거예요. 아침 내내 벨벳 가운을 입어 보았거든. 아마 당신이래도 지금은 안락의자에 앉아 담배 한 대 피우고 싶을 거야.”

트렌트는 그럴 것 같다고 수긍했다. 그러고는 앞서 인사를 나누었던 방문객을 향했다. 희끗한 머리에 잘빠진 여자였다. 머리가 억지로 꾸민 듯 부자연스러워 보였다.

“옷을 입어 보는 것보다 더 힘든 일은 안 했으면 좋겠어.” 여자가 말했다. “근데 말이야, 옛날 애인과 점심을 먹었어.”

“가엾기도 하셔라.” 거티는 트렌트에게 커피를 건네주며 측은하게 중얼거렸다. “그가 잔인하게, 당신은 젊어졌다고 말하던가요?”

“더 심했어.” 잘빠진 여자가 한숨을 내쉬었다. “내가 그렇지 않다고 강조하더라구.”

"어, 그가 당신이랑 결혼했더라면 그보다는 나았을 거예요." 재밌게 비꼬면서 거티가 단언했다.

"남편으로 삼기에는 잔인하리만큼 솔직했죠." 커피를 홀짝거리며 다른 방문객이 말했다. "당신은 제가 생각했던 것보다 판단력이 더 좋은 것 같아요, 수지."

"오, 나를 칭찬하실 필요는 없어." 수지가 부정했다. "그 사람 그때는 한 푼도 없었으니까."

"정말로요! 그럼 지금은 어때요?"

"지금이야 많이 가지고 있지. 하지만 자기 부인에게 착 달라붙어 있지 뭐야. 나는 내 남편에게 붙어 있고. 그러니까, 솔직히 그가 유감이라는 말은 못하겠지." 수지가 웃었다. "그가 빈곤한 바닥에서 살았다면, 빨간 것에 대한 열정이 없었을 거야…… 그는 빨간 넥타이를 매지. 노내세 왜 그래야 하지?" 그녀는 모인 사람들을 보며 한탄했다. "왜 남자의 마음은 꼭 격렬한 색깔로 기우는 걸까?"

"그 색깔이 우리의 야만적인 부분을 자극하는지 몰라요." 트렌트가 넌지시 말했다. 그는 공허한 논쟁 사이에 있는 것이 은연중에 편해졌다.

"트렌트 씨도 빨간 것에 약하나요?" 거티가 물었다.

거티가 참견하자 그의 눈에서는 불꽃이 튀었다.

"머리카락의 경우에만 그렇죠." 그가 대담히 응수했다.

거티가 트렌트를 잠시 빤히 바라보았다. 트렌트는 로라의 집에서 느꼈던 것처럼 거티가 발산하는 매력, 개성적 광채를 느꼈다. 뿐만 아니라 그녀의 가슴속에 깊은 증오와 무거운 환멸이 흐른다는 것도 느꼈다. 과장된 발랄함도 그것을 감출 수는 없었다. 아름다움조차도 가식을 암시하고 있었다. 머리와 입의 밝은 표정 또한 그녀의 훌륭한 매너처럼 인위적인 것일까, 그는 알고 싶었다. 격조는 높으나 어쨌든 진짜는 아니었다.

"지금 당신에게 경고하지만," 거티는 잠깐 멈추었다가 말을 이었다. "당신이 첫 작품을 빨간 것으로 묶으면 나는 안 읽을 거야."

"그런 식으로 도망가면 안 되죠." 트렌트가 응수했다. "내가 초록색을 쓰도록 할게요."

"오, 당신은 페리보다는 교양이 있군요." 다시 무례하게 조롱하며 거티가 공언했다. 그녀가 직관에 따라—살짝 놀라는 표정을 짓는 것은 그 환상에 기분 좋은 자극이 된다는 것을 가르쳐 준 직관에 따라—행동하는 게 아닐까, 트렌트는 궁금했다. "그리고 당신을 보니, 우리가 방치한다면 남자들은 미개한 상태로 돌아가 가죽으로 허리를 두를 거라는 확신이 드는데."

"가죽은 페리에게 더 잘 어울릴 것 같은데, 그렇지 않나?" 잘빠진 여자가 물었다. "방망이를 들고 있는 모습이 상상이 돼…… 바그너 가게의 남자처럼."

"내가 싫어하는 건 야만인의 방망이가 아니에요." 거티가 차갑게 부인했다. "취향이죠. 내가 페리랑 결혼한 지가 5년이에요." 회상에 잠기는 듯 그녀는 계속했다. "오랜 시간이죠. 그 시간이면 심지어 벌건 토인종이라도 내가 핑크빛 닮은 거면 무엇이라도 머리가 뻗친다는 것을 배웠을 거예요. 하지만 지난 가을에 핫스프링스에 다녀오니 페리는 나를 위한답시고 이 방에다 적갈색 테라코타를 발라 놓았더군요."

트렌트는 태피스트리로 장식된 벽을 멍하니 바라보았다.

"테라코타는 보이지 않는데요?"

"없앴죠."가 거티의 짧은 답변이었다. 한참 담배를 피우다가 그녀가 덧붙였다. "그게 바로 내가 뱀의 지혜를 가진 덕분이에요. 내 자랑이지만," 그녀가 자족하며 인정했다. "나는 소질이 있어요. 그래서 멋지게 해냈죠. 당신처럼 순진한 청년은 문제를 도살하듯 난도질했을 거예요. 그러고는 집안 다툼의 순교자처럼 자랑스럽게 여겼겠지. 하지만 나는 불운한 일을 겪으며 깨달은 게 한두 가지 있어요. 그중 하나는, 남자는 그가 갖지 못한 속성을 소유하는 데 항상 뿌듯해한다는 것. 이건 완벽한 안전 수칙이죠." 거티는 이야기에 부연 설명을 붙였다. "나는 한때 작품을 보며 예술가를 칭찬하곤 했어요. 아폴로 같은 미남자를 보면 그 외모를 칭찬하고. 하지만 전연 효과가 없더군. 그 사람들은 내가 항상 과소평가한다고 보았어요. 그래서 지금은 지혜로운 사람의 우둔함을, 어리석은 사람의 지혜를 열심히 찬양하죠."

"그리고 페리의 인테리어 소질도 찬양하고." 한 방문객이 웃음을 터트렸다.

"웃지 않아도 돼요." 거티가 말했다. 트렌트는 그녀의 눈에서 작은 초록빛 불꽃이 춤추는 것을 보았다. "재밌지 않아요…… 철학이죠. 내가 살면서 만든 거예요."

"아무튼 테라코타는 어떻게 됐어?" 수지가 물었다.

"오, 내가 말했듯이, 무모한 일은 하지 않았어요." 쿠션 사이에서 몸을 편하게 하며 거티가 말을 이었다. "그의 뺨을 때린 것도 아니고, 히스테리를 부리지도 않았어요. 프리마 돈나나 된다면 모를까 이런 전술은 효과가 없더라고요. 그래서 그가 신경 써 준 것에 대해 칭찬을 늘어놓았죠. 그러고는 앉아서 기다렸죠. 그날 저녁에 그는 클럽에 식사를 하러 갔어요. 나에게 그 아름다운 놀람을 선사했으니 약간의 자유를 누릴 자격이 있다고 생각한 거죠. 그가 문을 닫자마자 돈을 주고 관리인을 불러 그 벽에 연기를 피웠어요. 그 사람은 하지 않으려고 했어요. 그래서 내가 돈을 많이 주었답니다. 페리의 만찬복도 한 벌 주고. 그 사람은, 페리처럼 보이는 게 평생 꿈이었으니까요."

"세상에 그 사람이 그걸 어떻게 했대?" 수지가 집요하게 물었다. "그 연기 말이야, 남편처럼 옷 입는 거 말고."

"우리 집에는 정말 램프가 많아요. 그걸 전부 가져왔어요. 관리인은 위험하다고 경고했는데, 내가 미쳐 버릴 것 같다고 그를 설득했죠. 그렇게 해서 정리가 됐어요. 만찬복도 그렇고. 페리가 집에 돌아왔을 때는, 방이 사멸한 화산 같았어요."

"남편은 전혀 모르던가?" 수지가 물었다. 다른 방문객들이 가려고 일어났다.

"당연하죠! 그가 정말 여자처럼 직관이 있다고 생각하세요? 글쎄, 가려고요…… 잘 가요…… 그리고…… 아…… 내일 저녁에는 내 가운 좀 그만 봐요, 그렇지 않으면 당신들은 부러움에 파랗게 변할 거예요."

트렌트가 방문객들을 따라나서려고 하자 거티는 그에게 가지 말라는 손짓을 했다. "잠깐 있어요, 그리 지루하지 않다면." 그녀가 요청했다. "하지만 당신이 못 참게 지루하다면, 잡지 않을게요. 가끔은 나도 내 자신이 지루하니까."

트렌트는 다시 의자에 앉으면서 친밀감을 느꼈다. 신기하게도 그 친밀감으로 인해 금세 신경 쓰이던 어색함이 사라졌다.

"지루하지 않아요." 트렌트가 말했다. "그저 당혹스러울 뿐이죠."

"오, 알아요." 거티가 고개를 끄덕였다. "하지만 괜찮아질 거예요. 나는 처음에는 누구나 당혹스럽게 만들죠. 근데 오래가지 않아요. 나는 흐르는 물처럼 투명하니까. 내가 쾌활한 것이나 기분이 좋은 것은 단지 경박함에서 오는 즐거움이에요. 알죠?"

"모르겠는데요." 트렌트가 부인했다. 그는 눈이 화끈거렸다.

그가 가진 호감이 숨김없이 드러났고, 그게 다른 무엇보다도 기분 좋은 듯 그녀가 가볍게 웃었다. "당신은 아직 청년기의 거룩한 신앙을 잃지 않았군요." 그녀가 팔꿈치에 있는 작은 테이블에 담뱃재를 툭툭 털며 말했다. 이내 다 탄 꽁초를 은빛 재떨이에 던지고는 결연한 태도로 그것을 멀리 밀었다. "여섯 개비를 피웠어요." 그녀가 말했다. "그게 내 한계예요."

"제가 알고 싶은 것은," 신중하게 앞으로 기울이며 트렌트가 토로했다. "당신은 어째서 로라 양에게 그렇게 관심이 많은가예요?"

거티는 쿠션으로부터 벌떡 일어났다. "왜, 그러면 안 되나요?" 그녀가 따져 물었다.

"왜냐하면," 그는 잠시 멈칫거리다가 무지에서 나온 뻔뻔함으로 계속했다. "당신들은 개똥지빠귀와 잉꼬 같아요."

거티가 다시 웃었다.

"그래, 당신은 나를 잉꼬로 보는 건가?"

"로라 양과 비교하자면요."

"음, 나는 카나리아라고 했을 텐데." 그녀가 응석 부리듯 지적했다. "하지만 그만하지요. 여하튼 이해가 안 되네요." 그녀가 진지하게 말을 이었다. "왜 잉꼬는 개똥지빠귀를 좋아하면 안 되나요?"

트렌트는 웃음 지으며 고개를 흔들었다. "약간 이상해 보이잖아요. 그것뿐이에요."

"그래요. 혹시 당신이 알고 싶다면 말하죠." 거티가 당당하게 말을 이었다. "나는 무릎으로 한 걸음 한 걸음 걸어서라도 브루클린 다리를 건너 로라에게 갈 거예요. 로라를 믿으니까." 그녀가 단호하게 마무리 지었다. "게다가 다른 사람은 별로 믿지 않거든."

"그러니까 당신은 그녀를 잘 아시는군요?"

"학교를 같이 다녔어요. 그녀를 흠모했죠. 하지만 지금은 그때보다 훨씬 더 좋아해요. 왠지 그녀는 언제나 좋은 것만 찾는 것 같아요. 그리고 마침내 그게 드러났죠. 그녀는 매우 참을성 있게 서서 기다리니까. 나를 만날 때마다 그녀는 나를 새롭게 해요. 그녀는 머릿속에 가지고 있는 이상적인 나의 형상을 따라 나를 만들어요. 그리고 나는, 조금이라도 그에 부응하지 못하면 창피해서 죽을 지경이 되고."

"알겠습니다." 트렌트가 천천히 말했다. "누군가는 높은 산의 강풍을 느끼는 것처럼 그녀를 느끼죠. 그녀에게는 거대한 무언가가 있어요."

"로라는 다른 사람들과는 달라요." 거티가 설명했다. "그녀는 삶과 너무 동떨어져 있어서 삶을 오직 원초적인 싱싱함으로 알죠. 그녀에게는 진리를 보는 일종의 육감이 있어요. 그녀가 시詩나 미美에서 느끼는 것처럼. 우리가 구차하게 트집 잡는 것이나 끊임없이 어리석게 구는 것에 그녀는 결코 신경 쓰지 않아요."

거티가 말을 마치자 하인이 카드를 가지고 들어왔다. 그녀는 이름을 보고 곧바로 관심 있는 태도를 보였다.

"올라오라고 해." 거티가 하인에게 말했다. 트렌트가 가려고 일어나자 그녀는 곧바로 덧붙였다. "아놀드 켐퍼라는데, 기다렸다가 만나고 갈래요?"

트렌트는 고개를 저었다. 그러고는 웃으며 손을 내밀었다. "그냥 가겠습니다." 그가 답했다. "그를 별로 좋아하지 않아서."

거티가 어리둥절해하며 올려다보았다. 궁금한 듯 그녀의 눈썹이 찌푸려졌다. "좋아하지 않는다고요! 왜, 만난 적도 없잖아요."

"그게 무슨 상관이에요?" 그는 은근히 밀어붙였다. "만나 봐야만 사람이 싫어지는 건 아니니까요."

"아둔한 편견을 가진 사람이나 그런 거예요."

"아마, 제가 그런가 봐요." 그가 인정했다. "하지만 나도 나름 이유가 있어요."

문이 열리자 트렌트는 서둘러 돌아 나섰다. 다음 순간 입구에서 거티의 방문객과 얼굴이 마주쳤다. 짧은 찰나에, 그저 켐퍼가 훤칠하고 의기양양한 모습으로 유별나게 힘차게 걸어오는 것을 트렌트는 보았다. 트렌트는 자신의 호기심만큼이나 민감하게 그것을 의식했다.

7장

저항할 수 없는 힘

거티는 쿠션을 옆에 두고 앞으로 몸을 기울였다. 방문객이 다가오자 그녀는 손을 내밀었다. 아직 담배 냄새가 어렴풋이 났다. "커피 마실래요," 그녀가 물었다. "아니면 차를 달라고 할까?"

켐퍼는 트렌트가 앉아 있던 의자에 앉았다. 그는 어느 정도 몸이 피곤한 듯한 몸짓을 하며 반응을 보였다. "커피 마실게." 그가 대답했다. "아침 내내 골프를 쳤어. 네가 정신적으로 자극하지 않으면 여기서 잠이 들 거야. 오늘 내가 몇 개 홀이나 쳤는지 알아?"

거티는 작은 커피 잔을 들고 어깨를 들썩였다. "내가 어떻게 알겠어요. 관심도 없고." 그녀가 대꾸했다. "6개월간 유럽에 다녀와서도 여전히 운동의 신이 되고 싶어요?"

그녀는 켐퍼가 밉지 않게 빈정거리며 웃는다는 사실이 새삼 떠올랐다. 희롱하듯, 탐색하듯, 그의 시선은 한가로이 그녀의 늘씬한 몸매를 아래로 훑었다. 그는 다소 크고 짧게 깎은 갈색 머리를 의자 등받이에 기대며 느긋하게 커피를 홀짝거렸다. 거티는 끌어당기는 듯한 동물적 자성을 느꼈다. 불쾌하지는 않았다. 그녀는 이것을 '개인의 역량'이라 불렀다. 그가 풍기는 남성적 무뚝뚝함 뒤에 놓인 자성이었다.

"아예 드러눕지 그래?" 이글거리는 눈빛으로 켐퍼가 물었다. 켐퍼는 자기가 자기 친구들 중에 여자에게 절대 알랑거리지 않는 유일한 남자라고 떠벌리는 걸 좋아했다. 그럼에도 거티는 자신이 틀림없이 멋있게 보일 거라고 믿으며 기분이 좋았다. 돌연 몸이 뜨거워지는 것을 느꼈다. 켐퍼는 이처럼 엉뚱한 말로 사람을 우쭐하게 만드는 재주가 있었다. 말하자면, 은근히 비꼬는 말을 응대하고 기분 좋게 반박하면서 듣기 좋은 말을 했다.

거티는 교육의 혜택을 받지 못한 세상 여자가 아니었다. 지금 그녀는 뒤로 기대어 앉아 그의 얼굴에 환한 미소를 보냈다. 그가 처음에는 외견상 무뚝뚝하지만, 그들은 필연적으로 상대방의 관심을 끄는 장난으로 내려가리라는 것을 그녀는 알았다. 그에 대한 저울질은 오래전에 끝났고 그녀는 그것을 저장 폴더에 끼워 놓았다. 그 폴더에는 깔끔하게 레이블을 붙인 남성 세계의 다양한 패턴들이 정리되어 있었다. 하지만 동시에, 5분 안에 그가 그녀의 관심과 기호를 새로이 자극할 것이라는 것 또한 잘 알고 있었다.

"불장난으로는 몸을 따뜻하게 할 수 없지." 거티는 한때 그에게 말했었다. 잠시 후 그녀는 그가 말한 대담한 말이 내포하는 의미가 무엇일까 궁금했었다.

켐퍼는 여전히 커피를 홀짝거리며 그녀에게 유쾌한 농담을 던졌다. 농담은 그의 표정에 매력을 더했다.

"너는 왜 내가 운동하는 것에 반대하는지 모르겠어. 나는 운동 때문에 사는데." 담배를 집어 들며 그가 말했다. 그러고는 알코올램프로 불을 붙이려고 앞으로 구부렸다.

"반대하지 않아요. 단, 나를 지루하게 만들지는 마세요." 거티가 편하게 대답했다.

켐퍼는 아직 웃으며 고개를 들었다.

"너도 그것을 좋아하곤 했잖아." 그가 주장했다.

"많은 것을 좋아하곤 했어요. 지금은 다 지루하지만."

"그래. 넌 나를 좋아하곤 했지." 그가 장난스럽게 응수했다.

거티는 분명 이 말이 나올 줄 알고 있었다. 이에 대해 그녀는 너무 솔직한 틈을 남겼었다. 늘어진 눈꺼풀 아래로 그를 내려다보며 입술이 약간 비웃듯 불안하게 떨렸다. 이 놀이는 에덴동산만큼 오래된 것이었다. 그녀는 잘하든 못하든 요람에서부터 이 놀이를 해 왔으나 비로소 약간 지치기 시작했다. 그녀는 사해의 열매 속에 숨겨진 지혜를 찾았고, 아직 그 씁쓸한 맛이 입 안에 있었다. 그녀는 믿게 만들어진 거짓말의 세계에 살았다. 너무나 풍성한 나머지 예쁘게 장식된 가짜는 그 밑의 추한 진실을 가까스로 덮었다. 그녀는 거짓에 믿음을 찔러 넣고, 작은 신들에게 제물을 바쳤다. 하지만 그녀 안에 구원받지 못한 영혼이 깨어나 태아가 자궁을 휘젓듯 휘젓는 순간들이 아직도 있었다. 그녀는 다시 이 놀이에 끼어들었지만, 이것은 공허한 말과 허접한 위선의 싸움이라는 것을 알았다. 그럼에도 불구하고, 이 생각이 깨운 불쾌감이 아직 마음에 남아 있는데도, 그녀는 다시 놀이를 시작했다.

"그랬던 것도 같고." 유혹하듯 어깨를 들썩이며 거티가 고백했다.

"하지만 마지막에는 돌아섰지…… 여자들은 늘 그렇지." 켐퍼는 담뱃재를 털면서 맹랑하게 한탄했다. 기억을 떠올리는 듯 그가 잠깐 정지했다가 그녀를 가까이 보려고 앞으로 몸을 기울였다.

"아무튼, 오늘 네 친구를 잠깐 봤어." 그가 말했다. "옛날 사진처럼 생긴 숙녀 말이야. 글을 쓴다고 했던. 도대체 그녀는 왜 시를 쓰는 거야?" 그가 성마르게 물었다. "난 정말 싫어. 그건 순전히 미친 짓이지."

"글쎄, 몇몇 미치광이는 다르게 생각하죠." 거티가 지적했다. 그리고 바로 이어 말했다. "그러니까, 로라를 만났군요. 오, 켐퍼와 로라라! 주체할 수 없는 힘과 꼼짝하지 않는 몸이 만난 셈이군요. 그래서 어떻게 되었나요?"

켐퍼는 진지하게 그녀를 보았다. 담배의 붉은 눈이 그의 손가락 사이에서 타고 있었다.

"아무 일도 없었어." 그가 이윽고 대답했다. "만난 게 아니라, 그저 흘깃 보았지. 눈이 두 개던데. 너는 나한테 그런 말 안 했잖아."

거티가 고개를 끄덕였다.

"참, 그녀가 코도 있고, 입도 있고, 턱도 있다는 말을 내가 깜빡했네. 도대체 뭘 본 거죠."

"아, 난 다른 거는 신경 안 써." 켐퍼가 말했다. 어느 정도 진심인지 아니면 완전히 장난인지 거티는 헷갈렸다. "근데 그만, 그 눈에 너무 흥분해 버려서 깊은 곳은 못 봤어."

거티는 잠시 기가 막힌 듯 그를 노려보았다. 그러면서 순간, 지금부터는 남자의 머리가 할 수 있는 어떤 별난 짓에도 대비하리라고 자신에게 말했다. 거티는 볼이 뜨겁게 상기되며, 새롭고 여자다운 결단이 울리는 음성으로 말했다.

"오빠는 그 애를 좋아하지 않을 거예요. 그리고 그 애는 오빠를 증오할 테고."

즐겁게 감탄하며 그가 테이블 위에 커피 잔을 내려놓았다.

"그렇다면 그녀는 아주 어리석은 여자로군." 그가 말했다.

"로라는 오빠가 비웃는 것을 모두 믿어요. 영혼을 믿고, 사람을 믿고, 사랑을 믿죠."

켐퍼는 낙담한 척하며 부인했다. "오, 아가씨, 저는 사랑에 너무 세게 맞아서 이제는 믿지 않을 수 없답니다. 반대로 그에 대한 신념이 강해서 그것을 완전히 치유할 수 있는 것은 오직 결혼뿐이라고 생각하지요."

거티가 당장 반감을 표시하자 켐퍼는 가소로운 눈빛을 흘기며 조롱의 말을 던졌고, 그녀는 그를 보고 웃으며 생뚱맞은 농담을 했다. 그녀에게 그런 농담은 대개 자연스러웠다. 켐퍼는 자신이 존중하는 화제조차도 짓궂게 대하는 버릇이 있었다. 실제로는 그가 그녀 자신보다 덜 차가운 냉소가라고 거티는 종종 생각했다.

켐퍼는 기회가 있을 때마다 재미를 찾았다. 다른 사람에게 재미를 주고 싶어 안달복달하기도 했다. 그가 그렇게 하는 것이 때론 안쓰럽기까지 했다. 거티는 이제 알았다. 그가 상상력이 넘치는 까닭에 그것과 짝을 이룬 미덕인 연민에 빠져 실패했다는 것을, 그리고 예리한 회색 눈은, 쾌활한 비웃음을 완벽히 표현하는 그 눈은, 미소 짓는 다정함 속에 금방 따스해진다는 것을.

"로라는 숨 쉬는 사람 중에 가장 진지한 사람이에요." 잠시 후 거티가 말했다.

"그래? 그렇다면 유머 감각이 꽝이겠군."

"그래도 그녀는 명예 감각은 있죠."

켐퍼는 웃으며 더 편하게 의자에 자리 잡았다. 그 움직임을 보면서 거티는 그 자연스러움에 약간 매료되었다. 돌연 손을 뻗어 강인해 보이는 넓은 어깨를 만지고 싶은 충동이 일었다, 마치 동상의 어깨를 만지듯. 청동처럼 정말 단단할까, 그녀는 궁금했다. 아니면 잠재력에 대한 암시는, 휴식 중인 힘에 대한 암시는 그녀 위를 날름거리는 눈빛만큼이나 기만적인 걸까? 그 눈빛은 그녀가 아는 한 아무런 의미도 없었다. 그는 페리가 옆에 있어도 그런 식으로 그녀를 쳐다보았을 것이다. 어쩌면 그녀의 어머니를 보듯, 그는 매우 다정하게 빛을 냈을 것이다. 하지만 거티는 자신이 가진 세상 지식에도 불구하고 미묘한 아침에 무너지듯 그것에 무너졌다. 거티는 여전히 그를 보고 있었다. 그리고 그는 그녀의 시선을 마주했다. 눈에 담긴 모든 열정에 신랄한 모순의 날이 선 눈빛. 그의 시선에는 어떤 의미, 어떤 신비감이 있었다. 하지만 마침내 소리가 되어 그에게서 나온 말은 허탈하기까지 했다.

"아, 그 정도면 충분해." 켐퍼가 말했다. "하지만 안전장치로는, 살아 있는 어떤 미덕도 유머 감각을 따를 수는 없지. 우스운 것에 대한 본능은 남자가 악마가 되는 것을 막아 주니까."

거티의 얼굴에는 즐거움을 거부하는 표정이 어렸다. "오빠를 보호해 주었나요?"

"나? 어, 꼭 그런 건 아니야, 너도 알잖아…… 근데 왜 물어?"

거티는 살짝 멈칫거리다, 방금 전에 자신이 당혹스러웠던 것을 기억하며 막연히 그를 벌주고 싶어졌다. 왜 그러는지는 그녀 자신도 알 수 없었다. 이 애매함의 순간이 너무 강했던 까닭일까, 아니면 불만족스런 호기심이 너무 날카롭게 찔러서일까?

"음, 그러니까, 사람들은 귀가 있어요." 거티가 무심히 대답했다.

"사람들은 귀가 있다고! 그래 사람들이 무슨 소릴 들었지?"

그의 목소리가 분노한 듯 험악해졌다. 이 예민한 반응에 거티는 덜컥 겁이 났다. 그러면서도 이렇게 느끼는 자신이 싫었다.

"며칠 전에 한 남자가 뭐랬는지 알아요?" 그녀는 냉철하게 도도함을 지키며 계속했다. 켐퍼는 엉겁결에 숙연해졌다. "신이 파괴하는 인간은 먼저 이성을 잃는다…… 오페라 가수에."

거티가 직설적으로 말했다. 그녀가 말을 마치자 그는 의자에서 일어나 짜증 난 듯 그녀를 내려다보았다.

"이것 때문에 오라고 한 거야?" 그가 추궁했다.

"오, 켐퍼!" 그녀의 목소리에 쾌활함이 다시 깃들었다. 짐짓 무서운 듯, 그 작은 얼굴이 매혹적인 표정을 지었다. "오빠가 곰이 되면, 나는 도망갈 거야."

거티가 손을 뻗었다. 그는 그 손을 잡고 다시 의자에 풀썩 주저앉았다.

"사실은, 난 정말로 그녀에게 미쳐 있었어." 그가 말했다. "앨타 마담. 하지만 이제 끝났지. 무대에 발을 올려놓는 것이라면 무엇이든 아주 질려 버렸거든."

"마담이 정말 그렇게 예뻤어?" 그녀가 궁금해하며 물었다.

켐퍼가 예민하게 웃었다. "예쁘지! 그녀는 말 그대로 육체의 여신이야…… 네가 그걸 묻는다면."

켐퍼는 성난 듯 한숨을 몰아쉬었다. 거티는 담배에 불을 붙여 그를 달래는 태도로 내밀었다. 그는 자주 초조하게 움직거렸다. 그건 그의 특징이었다. 그런 몸짓이 사내다운 인상을 더욱 강하게 하는 게 아닐까, 거티는 자문했다. 얼마 동안 그는 말없이 담배를 피웠다. 그러다가 여전히 시선을 피한 채로 물었다. 목소리가 달라졌다.

"네 친구에 대해 말해 봐. 누군지 궁금한데."

"궁금하다고! 로라가?"

거티가 큰 소리로 되묻자, 그는 웃음 지으며 말을 이었다. "그녀에게는 내가 좋아하는 뭔가가 있어. 인간적이고, 자연스럽고, 진품처럼 보이거든. 정말로 커다란 감동을 줄 것처럼 보이지. 마치 잠자리를 같이하지 않고도 좋아할 수 있는 사람이랄까…… 그녀에게는 뭔가 새로운 게 있어."

거티는 너무 뜻밖이라 멀거니 그를 바라보고만 있었다. 그녀의 빨간 입술이 살짝 벌어졌다. 어안이 벙벙할 정도로 그녀는 순전히, 정말로 놀랐다.

뭔가 새롭다!

놀람은 점차 가라앉았다. 이제야 알겠다고 그녀는 혼잣말했다. 늘 그래 왔던 것처럼 그는 변하지 않았다. 그는 신선한 흥분을 뒤쫓는 조급한 추격자였다.

"로라에게 관심을 갖는 폼이 꼭 페리 같네." 거티가 말했다.

켐퍼는 재밌어하는 눈빛을 지었다. 그러자 이 말이 돌연 실없는 소리처럼 들렸다. "적어도 한 가지는 페리랑 다르지." 그가 반박했다. "난 너랑 결혼하지 않았으니까."

"음, 오빠가 나한테 한 번도 기회를 주지 않아 다행이라고 해야 할까." 그녀가 가볍게 맞받아쳤다. "나는 페리가 로라에 관해 들떠 이야기하는 것도 가만두지 않아요. 질투 나서가 아니라, 쉽게 싫증이 나니까."

"네가 질투를 한다…… 상상이 안 되는데." 평소처럼 친밀감을 유지하며 그가 말했다.

"페리 때문에! 내가 설마 그렇기야 하겠어요!" 거티가 재밌게 냉담한 몸짓을 했다. "질투는 미개인이 좋아하는 미덕이죠. 내가 성인은 아닐지 몰라도 적어도 교양은 있잖아. 음식이 있고, 따뜻한 불이 있고, 등 덮을 옷이 있으니까, 나는 만족해하며 열정 따위는 포기하지."

"사랑도?" 켐퍼는 여전히 웃으며 물었다.

거티는 우아하게 어깨를 들썩였다. 오직 한두 여자만이 가질 수 있는 우아함이었다. "다른 사랑이라…… 관심 없어요……

왜 내가 관심 둬야 하죠? 난 편하게 살 거예요."

켐퍼가 충동적으로 이내 가까이 다가왔다. 그저 인간에 대한, 다채로운 인생사에 대한, 소모적인 충동이었다.

"너는 '도착'했기 때문이라고 말하지." 그가 잘라 말했다. "네 친구가 문학에 도착하듯, 너도 사랑에 '도착'했잖아. 결국 수습 단계만이 가치가 있는 것이지, 그리고 넌 그것을 지나 너무 멀리 갔어."

"모든 부분에서 너무 갔어요." 거티가 웃으며 항변했다. "나는 세상을 졸업했죠. 로라는……."

그 이름을 듣고 그는 다시 정신을 차렸다. 거티가 말을 멈추자 그는 그 이름을 따라 말했다. "로라…… 이름 소리가 낭랑한데…… 세상에, 만나기도 전에 이렇게 많은 말을 들은 여자는 오랫동안 보질 못했어. 글쎄, 벌써부터 그녀가 좋다니까. 네가 파도처럼 시끄럽게 떠들지 않아도 난 그녀의 매끄러운 검은 머리가 좋아. 강렬하고 진지한 인상도 좋고, 이마와 턱의 강인함도 좋아. 심지어는 옷 입는 스타일도 맘에 들고……."

거티가 까르르 웃었고, 켐퍼는 슬쩍 기분이 나쁜 듯 멈추었다.

"혹시 로라는 요부가 아닐까요?" 그녀가 물었다. "한편 나는 평생 잘못된 원칙을 따른 걸까? 나는 솔직히 남자들을 즐겁게 해 줄 요량이었는데, 그 때문에 내가 잘못된 길로 빠진 걸까?"

"그래, 네가 원한다면 나를 무안하게 하며 웃을 수도 있겠지." 그가 대꾸했다. "하지만 나도 산전수전 다 겪었어. 게다가 그녀가 자연스럽게 옷을 입는 모습이 나는 좋아."

그는 다시 애매한 침묵 속에 담배를 피웠다. 그러다가 느닷없이 물었다. "언제 나를 데려가 소개시켜 줄래?"

거티가 머리를 흔들었다.

"오빠를 데려가? 아니, 오빠는 기회를 놓쳤어."

"하지만 다른 기회를 만들면 되잖아. 왜, 안 돼?"

"솔직히 말하면, 로라가 오빠를 싫어할 거야."

"사랑스런 아가씨, 그녀는 눈곱만치도 핑계를 찾지 않을 겁니다. 평생 어떤 여자도 나를 거부한 적은 없었으니까."

"그렇다면 굳이 그 경험을 찾아서 할 필요는 없겠네. 로라가 오빠를 참을 수 없었다는 사실을 당장 인정하는 게 나을 거……."

아직 말이 채 끝나기도 전에 문에서 웃음소리가 났다. 그들은 재빨리 돌아보았다. 문에는 로라가 서 있었다.

"로라라니, 무슨 이야기를 하고 있었어?" 로라가 따스한 알토 음으로 물었다. "집에서 플루트 소리를 끼고 자란 사람은 무한한 인내심이 있다고 할 수 있지."

로라가 다가왔다. 켐퍼는 벌떡 일어나 소개되기를 기다렸다. 로라의 등장은 전체적인 분위기에 활력과 산뜻함을 더했다. 그는 그것을 즉각 알아차렸다. 거티 음성의 경박한 모순, 세상의 궤변은 로라의 진지한 위엄에, 그가 아는 여자들과는 확연히 다른 커다란 인간의 모습 앞에, 바로 자리를 내주었다. 그녀에게는 진실함이 있었다. 게다가 거티의 천박함과 뜨거운 집안 공기가 발산하는 가식적인 매력에 그는 숨이 막힐 지경이었다. 로라의 얼굴에는 그가 여태 한 번도 보지 못한 호소력이 있었다. 약동의 바닥에서 바로 끌어낸 듯 보이는 표현이 있었다. 돌연 그는, 이제껏 말로 표현하지 못했던 의식에는 깊은 곳이 있음을, 거기에는 얼핏 본 적도 없는 생기발랄한 경험이 있음을 느꼈다.

'그녀는 다르다. 근데 어떻게 다른가?' 켐퍼는 속으로 의아해하며 물었다. '단순히 성숙한 인간성을 가진 걸까, 아니면 내가 아는 어떤 여자들보다 더 여성스러운 것일까? 나에게 어필하는 게 무엇일까? 나는 무엇 때문에 관심을 갖는 걸까?'

켐퍼는 자신이 사랑의 충동이 아닌 다른 충동에 빠진 것이 이상하고 황홀했다. 섹스의 유혹과는 다른 속성 때문에 여자가 매력적인 것도 그랬다. 그 결과는 즉시 나타났다. 켐퍼는 깨끗하고 완전히 건전하게 만족했다. 그의 눈에 자신이 한층 성장한 듯 보였다. 그를 꽤 오랫동안 지배해 왔던 늙은 아담이 갑자기 왜소해지고 시들해진 것 같았다. '한 여자를 좋아하면서도 성관계를 갖지 않는 것은,' 그가 다시 생각했다. '젠장맞을, 뭔가 품위 있는, 정말 가치가 있는 일일 것이다.' 그러다가 자신은 당당한 지성을 가진 여자와 친했던 적이 없었음을 기억했다. 그 색다름에 그는 신선한 모험의 흥분으로 들떴다.

로라는 자신이 가지고 다니는 커다란 머프* 위로 그를 향해 고개를 숙였다. 그의 흥분이 깨어나 얼굴과 목소리에 드러났지만, 그는 가볍게 입을 열었다. "나는 거티의 판단의 불운한 대상이었어요. 이에 대해 항소할 수 없나요?"

로라는 대답으로 미소를 지었고, 그것은 무심히 베푸는 친절이 되었다. 그는 그녀의 진중함이 마음에 들지 않았지만 그래도 그녀가 좋았다.

"항소요! 누구에게요?" 로라가 물었다.

"당신에게요…… 당신의 자비에." 켐퍼가 웃었다.

로라는 무덤덤한 눈빛으로 거티를 흘긋 보았다. 그녀는 분명 관심이 없었다.

"하지만 당신이 왜 나의 자비가 필요하지요?" 로라는 쿠션이 쌓여 있는 작은 소파에 앉으며 물었다.

켐퍼의 시선은 로라의 벨벳 모자 밑 매끈한 검은 머리에 잠깐 머물다 거티의 화려하게 빛나는 물결 머리로 옮겨 갔다.

"내 친족에게 물어 봐요." 그가 신이 나서 말했다.

그 둘이 만나는 것을 원하지 않았던 이유가 무엇이었든지 간

* 모피로 만든 토시 모양의 방한 용구. 겨울에 양손을 넣어 온기를 유지하는 데 사용한다.

에 거티는 지금 그것을 드러내지 않았다. 그녀는 그 상황을 기꺼이 받아들이며 밑으로 숨겼다.

"어, 켐퍼 오빠가 너를 만나게 해 달라고 했어. 그렇게 하겠다고 약속하라고." 거티가 설명했다. "하지만 네가 관심을 보이지 않을 거라고 했지. 그는 네 시를 읽지 않았거든."

로라는 눈을 들어 켐퍼의 얼굴을 보았다. 켐퍼는 다시 속을 알 수 없는 사람의 속을 들여다보는 듯한 느낌을 받았다.

"당신이 읽지 않아서 다행이네요." 로라가 응수했다. "그 시에 대해 나에게 말하지는 않을 테니까."

"그럼, 다른 사람들이 당신 시에 대해 이러쿵저러쿵하는 걸 싫어하나요?"

로라는 질문에 간단명료하게 답했다. "내 시요? 당신이 그에 대해 이야기하는 건 별로예요."

"왜죠?" 켐퍼가 웃으며 답을 요구했다.

"아, 모르겠어요." 로라는 자신의 솔직함이 주는 웃음에 눈을 반짝거리며 대꾸했다. "누가 설명할 수 있겠어요? 하지만 분명 당신이 좋아할 타입은 아닐 거예요. 거기에는 액션이 없어요."

"내가 역동적인 인간이라고 거티가 말했나 보군요?"

"그랬을 수도 있을 거예요. 기억나지 않아요." 로라가 몸을 돌려 다정하게 거티를 내려다보았다. 그 다정함에 거티의 얼굴이 물들었다. "나한테 했던 말이 뭐지, 친구?"

"내가 무슨 말을 했더라?" 거티가 따라 했다. 그녀는 아직 로라의 손을 잡고 있었다. "아, 켐퍼가 시는 산문의 광기라고 말한 끔찍한 사람에 동의한다고 했을 거야."

로라가 켐퍼를 흘낏 쳐다보며 웃었다. 그에게는 로라의 깊은 알토 음성이 거티의 플루트 같은 소프라노와 대비되어 들렸다.

"음, 그가 맞는지는 모르겠지만, 그래도 다수의 뜻에 따르기는 하네." 로라가 말했다.

로라가 무심하자 그는 발끈해 반항심이 생겼다. 주저하는 그녀의 관심을 억지로 끌어내고 싶은 충동이 일었다. 그녀가 지금 무시하는 그 기질이 느낌을 받도록 자극하고 싶었다.

"어, 나는, 내 시는 내가 찾은 곳에다 그냥 그대로 두죠." 켐퍼가 응대했다. "그게 주로 삶 속이에요. 책이 아닌."

로라가 머리를 휙 돌렸다. 순간 절제된 그녀의 감정이 올라왔다. 켐퍼는 자신의 말에 그녀의 상상력이 움직이는 것을 보았다. 그녀는 방에 들어온 이후 처음으로 그를 하나의 개별 존재로 인정하는 것 같았다.

"그렇다면 당신은 무리의 뜻에 따르는 게 아니군요. 하지만 당신 말이 맞아요!" 로라가 큰 소리로 말했다.

"둘 다는 안 되나요?" 켐퍼가 물었다. 로라가 즉각 관심을 주자 그는 자신이 생각하는 것 이상으로 기분이 좋았다.

"안 된다고 생각해요." 로라가 진지하게 대답했다. "당신은요?"

"나는 절대 생각하지 않아요." 로라를 응시하며 켐퍼가 웃었다. "그냥 살죠."

로라의 얼굴에 활기가 돌았다. 내부 빛으로부터 나오는 발광 같았다. 트렌트가 앞서 생각했던 것처럼 켐퍼도 그녀의 영혼이 내면에서 황금빛 불꽃처럼 타오른다고 생각했다. 그건 삶과 지식과 경험의 숨겨진 경이로움을 향해 날름거리는 불꽃이었다.

"제가 남자라면 아마 저도 그럴 거예요." 로라가 말했다.

로라는 목 주위로 모피를 추스르며 일어났다. 그러고는 거티를 두 팔로 안고 볼에 키스했다.

"단지 너를 보러 잠깐 들른 것뿐이야." 로라가 토로했다. "너를 볼지, 시내에서 렘브란트를 볼지, 둘 중 하나를 고르는 거였어. 근데 너를 골랐지." 로라는 거티를 잠깐 떼어 놓았다가 다시 그녀를 안았다. 켐퍼는 로라가 친구의 미모에 거의 황홀해하는 것을 보았다. 그녀의 우정에는 종교적 열정 비슷한 것이 있었다.

"가지 마, 나랑 있어." 거티가 부탁했다. "네가 있으면 좋겠어…… 나는 네가 필요하다구."

"하지만 나가서 식사할 거잖아."

"오, 깜빡했네. 잠깐 기다려. 내가 금방 취소할게. 지금부터 난 아픈 사람이야."

로라는 웃는 것으로 거절 의사를 밝히고, 몸을 구부려 털이 풍성한 커다란 머프를 집어 들었다.

"내일 올게." 로라가 답했다. "그러면 거짓말할 필요도 없잖아. 안녕, 우리 예쁜이, 뭐 입을래?"

거티는 무심한 몸짓으로 손을 흔들었다.

"운명의 여신과 아넷에게 달렸지." 거티가 답했다. "초록, 파랑, 하양. 뭐든 상관없어."

"나는 상관있어." 로라가 주장했다. "하얀 거 입어." 그러고는 켐퍼를 향해 말없이 고개를 숙이고 문 쪽으로 돌아섰다. 그녀는 거기서 잠깐 멈칫하다가 다시 돌아와 상냥하게 웃으며 손을 내밀었다. "만나서 반가웠어요." 로라가 말했다.

"적어도 당신이 내려가는 것은 보았으면 하는데, 괜찮겠죠?" 켐퍼가 물었다. "어떻게 가시나요?"

"당신이 염려할 것까진 없어요." 로라가 대답했다. "일부는 마차로 갈 거니까."

로라가 나갔다. 켐퍼는 그녀를 따라 층계를 내려가면서 스스로에게 황당한 질문을 했다. '그녀는 다른 여자들과는 달라. 하지만 어떻게 다르지?'

로라에게는 분명 육감적인 매력과는 다른 매력이 있었다. 그것 때문에 그녀가 좋다고 그는 여전히 확신했다. '이런 게 바로 오래가는 거지. 진정으로 한평생 지속되는 거라구.' 그는 속으로 말했다.

8장

가난한 연인은 훌륭한 친구가 될 수 있다

그날 밤, 로라는 거실에 앉아 새 시집의 초안을 교정하다가 켐퍼의 얼굴을 떠올렸다. 거의 빈 마차의 긴 의자, 그녀 맞은편에는 그가 앉아 있었다. 주변에는 도시가 윙윙거렸다. 점점 어두워지는 해거름에 하얀 꽃처럼 가로등이 피어났다. 앞서 그랬던 것처럼 그는 보석상 창을 향해 얼굴을 돌렸다. 로라는 크고 강렬한 이목구비 선을 하나하나 보았다. 환한 배경에 윤곽이 뚜렷이 드러났다.

로라는 거티의 집을 나와 함께 마차를 타고 오면서, 이 사람은 내가 친하게 지냈던 어떤 남자보다 더 남성적이다,라고 두 번 의식했다. 처음에는, 그가 초조하게 움직이는 것이—외모에서 풍기는 불타는 듯한 활력이—너무 공격적이라 마음에 들지 않았다. 로라는 남자의 사려 깊은 친절에 익숙해 있었고, 그의 태도는 솔직히 호의적이었지만 한편 퉁명스러워 보였다.

로라는 하던 일을 옆에 놓고 그를 생각했다. 그녀는 자신이 그의 상냥한 이기주의를 혐오하는지 지금까지도 확신할 수 없었다. 그녀의 직감은 이렇게 말하고 있었다. 그는 친절하고 관대할 수 있다, 그는 이기적이지 않은 충동도 가질 수 있다, 또 넓고 아량 있는 인간미도 넘친다. 하지만 마음속 무언가는, 더 섬세한 영적 판단은, 그의 외적 매력을 거부하며 전쟁을 일으켰다. 생각이 깊은 사람은 아니었다. 외견상이라도 책을 좋아하는 사람도 아니었다. 그럼에도 어떤 자성의 매력—한낱 독보적인 사내다움—덕분에, 그녀는 하던 일을 제쳐 두고 그가 감질나게 눈웃음을 치며 했던 말에 빠져 있었다.

'나한테 전화하라고 하지 않아서 다행이네.' 연필을 잡으며 로라는 생각했다. '그에게 관심도 없고, 다시 볼 일도 없어. 만나서 좋기는 했는데, 우연히 만난 사람을 모두 알아야 할 필요는 없지.' 그가 굿나이트 인사를 했을 때 자신이 너무 거리를 두고 약간 무례하기까지 했다는 생각이 들었다. 로라는 사람을 끄는 힘이 있는 진솔한 그의 미소가 떠올랐다. 간절하면서도 겸손한 태도로 그는 그녀 집 현관에서 초대해 주길 기다렸었다. 그녀는 초대하지 않았다. 그리고 자신이 너무 두드러지게 무뚝뚝했던 것을 은연중에 후회하고 있었다. 단지 성격이 기대와 다르다고 현관에서 남자를 돌려보내야 할 이유는 없었다.

로라는 그의 어떤 모습, 어떤 말에 반감을 느꼈는지 잠시 마음을 모아 생각해 보았다. "아니야, 그가 어리석은 말을 한 건 없어." 이윽고 그녀는 털어놓았다. "그저 친절하고 다정했지. 기분을 상하게 한 건 바로 나야. 터무니없이 미워하도록 내버려 둔 건 나였어." 난데없이 그녀 자신을 향한 짜증이 머릿속에 일었다. 다음에 만나거든 좀 더 정감 있게 대해야겠다. 억지로라도 각별히 다정하게 굴 생각이었다.

로라는 앨타 마담과 그의 연정에 대한 옛 생각이 났다. 그리고 날카로운 호기심과 동시에 짙은 불쾌감이 일었다. '그런 남자는 미친 듯이 사랑을 하지.' 로라는 생각했다. '하지만 그들 사이에 있던 것이 사랑이었는지 아닌지 내가 어떻게 알겠어, 그리고 내가 왜 그걸 판단해야 하지?'

그녀는 손을 맞잡고 눈앞으로 올리며 조용히 기도했다. "제가 멀리 있게 하소서, 오, 주님, 저를 순결하고 구별되게 하소서."

로라는 고개를 숙인 채 잠시 앉아 있었다. 그러다가 손을 무릎 사이로 떨어뜨리며 혼자 히죽거렸다. "내가 얼마나 어리석은지, 하여간," 그녀는 한탄했다. "남자를 만났어, 그것도 한 번, 한 시간. 별로였어. 그런데 내 안의 평정이 깨져서 일에 집중할 수가 없으니. 뭐가 문제지, 내 기분을 상하게 했던 낯선 사람이 어떻게 내 생각을 지배할 힘을 가졌지? 그저 하찮은 일이었어. 한 시간 딴눈을 판 거지. 그 이상 아무것도 아니야. 게다가, 내가 그를 좋아하든 그렇지 않든 내일이면 그의 존재는 잊힐 거야."

그러나 다시 그의 얼굴이 떠올랐다. 어스름하게 불을 밝힌 마차에서 켐퍼는 맞은편에 앉아 있었다. 그는 그녀가 알게 된 첫 남자였다. 로라는 그 사실에 다시 흠칫했다. 잠시 후 그녀는 생각했다. '하지만 그는 나를 매료시키지는 못했어. 그리고 그를 다시 보는 일은 없을 거야.'

로라는 책상에서 작은 종교 서적을 집어 들고 흩어진 집중력을 모으려고 했으나 잘 되지 않았다. 돌연 삶이 무척 충만하고 아름답게 보였다. 주변의 혼잡한 도시를 생각하자니, 그녀 자신과 거리의 사람들과 돌고 도는 별들이 모두 신의 손 안에 안전하게 있는 듯했다. 이미 예정된 선善을 위해, 고귀한 목적을 위해 자신은 보호되고 구별되었다는 믿음이 그녀 안에서 깨어났다. 그 목적이 이미 도시를 떠나 그녀를 향해 오고 있는지, 그 목적의 끝은 그녀 천성의 법칙을 이루는 것인지 궁금했다. 로라는 닫힌 침실에 앉아 안젤라 고모를 생각했다. 고모는 보호되었을까? 고모 또한 구별되었을까? 하지만 이 생각으로 심란하지는 않았다. 로라는 자신을 안젤라 고모보다, 다른 고모들보다, 삶을 이해하지 못한 퍼시벌 삼촌보다 더 큰 성장으로, 더 담대한 영혼으로 보았다. 그들은 패배했다. 이루고자 하는 배짱이 부족해서 패배한 게 아닐까?

이튿날 아침 로라는 방에서 차와 토스트를 먹었다. 식사 후에는 늘 그렇듯 안젤라 고모의 침실로 갔다. 이른 시간이었지만 로자 고모는 이미 치장을 하고 내려와 있었다. 아침 햇살이 로자 고모의 얼굴을 비추었다. 환한 억지 미소가 가득한 얼굴에 비애가 드러났다. 장난스런 기괴함에 더욱 애처롭게 보이는 비애였다.

로자 고모는 빛을 잃어 가는 노쇠한 여배우 같았다. 예술을 향한 억누를 수 없는 기운에 불붙어 주름진 얼굴로 로맨틱한 열정의 무아경을 흉내 내려고 고집 부리는 여배우. 나이는 평정을, 잔잔한 단념을 보일 때만 아름답다. 로라의 눈에 나이는 단지 젊음의 핼쑥하고 우스꽝스러운 패러디로만 보였다.

안젤라 고모는 창가 작은 테이블에 앉아 아침을 들고 있었다. 로라가 들어서자 그녀는 로라를 향해 안도의 한숨을 내쉬었다.

"로자 고모가 특별히 너와 이야기하려고 왔구나." 안젤라가 설명했다. "그녀 마음을 짓누르고 있는 게 있어."

로자 고모는 그 순간에 고개를 돌렸다. 로라는 잠깐 묘연히 고모를 보다가 그녀의 손가락을 만졌다. 장신구를 한 손가락들이 벌어져 있었다.

"한숨도 못 잤다, 얘야." 연로한 고모가 위로해 달라는 듯한 어조로 시작했다. "네 고모부 말을 듣고는, 그 뒤로는 우연히 눈을 깜빡이는 일도 없었어."

로라가 의아한 표정으로 물끄러미 쳐다보자 로자 고모가 얼굴을 획 쳐들었다. 그 바람에 말들이 입술에 걸려 넘어져 나뒹구는 것 같았다.

"어쩌면 내가 그것을 너한테서 배웠는지도 모르겠다." 기분이 상해 얼굴이 뒤틀리며 로자 고모가 덧붙였다. "하지만 안젤라에게 방금 말했듯이, 나는 절대 네 자존심을 건드리지 않을 게다."

"호레이스 고모부가 뭐라 하셨어요?" 로라가 궁금해하며 물었다. "제가 고모부께 무슨 말을 했는데요?"

로자 고모는 의자에 편안하게 앉아, 안젤라가 먹던 토스트 조각을 쟁반에서 들어 입에 대고 딱딱한 가장자리를 멍하니 조금씩 갉아 먹었다.

"도대체 고모부가 다른 무슨 말을 했겠니? 그 한 가지 말고는." 로자 고모가 따지듯 말했다. "드디어 윌버포스 씨가 청혼을 했구나."

"드디어라고요!" 로라가 꾸밈없이 명쾌한 웃음을 터트리며 따라 말했다. "하기야, 오래 걸리기는 했군요!"

그 말에 안젤라 고모는 호소하는 몸짓으로 연약한 손을 뻗으며 로라를 향해 몸을 숙였다.

"결혼하지 마라, 로라." 안젤라가 주문했다. "하지 마, 결혼하지 마. 남자에게는 오직 불행만 있을 뿐이다. 불행과 후회."

"내가 알기로는, 그가 백만장자라지." 교회에서 신앙 고백을 암송하듯 로자 고모가 말했다. "남편감으로 말하자면, 나이 때문에 손해를 보는 건 나는 본 적이 없다. 노쇠함이란 남자를 영원히 길들이는 유일한 것이지. 내가 세상을 살아 보니 알겠더라."

로라는 맞은편에 앉았다. 그러고는 두 손을 맞잡고 최후 결정의 자세를 취했다.

"저를 설득할 필요는 없어요, 로자 고모." 로라가 답했다. "저는 결혼하지 않을 거예요. 그가 억만장자라 해도 안 해요."

잠시 로자 고모는 말은 없지만 위엄을 풍기는 인상으로, 빤히 쳐다보는 로라를 응시했다.

"그렇게 무례할 것까지는 없다." 로자가 마침내 입을 열었다. "특히 가여운 안젤라 앞에서."

"하지만 나는 괜찮아, 괜찮아!" 안젤라가 소견을 냈다. "내가 참을 수 없는 건, 얘 결혼일 뿐이야."

로자는 나약한 동생을 향해 못마땅한 눈길을 보냈다.

"주님께서는 우리가 참을 수 있는 것을 주신다고 나는 확신하는데." 로자 고모가 말했다. "특히 우리의 십자가가 다른 사람에게 선이 될 때는 더욱 그렇지. 네가 완고한 태도를 취하는 데는," 그녀가 다시 로라를 다그쳤다. "어떤 이유라도 있니?"

로라가 고개를 저었다.

"나는 어떤 태도도 취하지 않아요." 로라는 대답했다. "단순히 그분의 청혼을 거절하는 거예요. 그게 전부예요."

"하지만 너는 그를 좋아하잖니. 네가 말을 많이 하는 것을 내 귀로 직접 들었는데."

"제가 그분을 신랑감으로 좋아한다는 말은 결코 듣지 못하셨잖아요."

"내가 들었다면, 그건 상당히 외설스러운 얘기가 되겠지." 로자 고모가 말했다. "하지만 일단 그가 청혼을 했으니, 결혼의 충분조건은 됐다는 것을 너에게 강조하고 싶구나. 네가 조금이라도 좋아하는 마음이 있다면, 모든 면에서 온당한 결혼일 거라는 말이지. 말도 안 되는 로맨스에 대해서라면…… 그러니까, 결국에는 모든 게 같아지지. 남자를 사랑해서 시작했든 미워해서 시작했든, 6개월이 지나면, 그리스도인의 인내로 그를 바라보는 것 말고는 아무것도 기대할 수 없단다."

로라는 성급히 몸을 돌렸다. 퍼시벌 삼촌이 아이처럼 맹맹한 얼굴을 열린 문으로 들이밀고 있었다.

"네가 조용한 밤을 보냈기를 바란다, 안젤라." 삼촌은 삑삑거리는 고음으로 말했다. "좋은 아침이구나. 나는 벌써 한 바퀴 돌고 왔지." 삼촌은 코트 속에 작은 무언가를 숨기고 그 위로 코트를 움켜잡고 있었다. 그는 로자 고모에게 냉소를 지으며 인사했다. "일찍 내려왔구나, 로자. 좋은 습관이다."

로자 고모는 참을 수 없는 변덕스런 기분으로 그를 훑어보았다.

"내가 이 나이에 좋은 습관을 만들려고 노력하겠어요." 소리가 갈라지고 귀에 거슬릴 때까지 음성을 높이며 그녀가 대꾸했다. 그리고 그녀는 먹어 삼킬 듯한 의심에 사로잡혔다. "오빠 코트 밑에 있는 게 뭐예요?" 그녀가 엄중히 다그쳤다.

삼촌의 흐물흐물한 입이 깜짝 놀라 떡 벌어졌다. 삼촌은 즉각 잘못을 저지른 어린 학생의 표정이 되었다.

"이…… 이건 안젤라한테 줄 작은 선물이야." 삼촌이 대답했다. "안젤라가 좋아할 거라고 생각했지만, 로자 네가 관심을 가질 거라고는 생각하지 못했는걸."

"뭔데요?" 로자 고모가 굴하지 않고 차분히 따져 물었다.

코트 아래 물건이 움직였다. 삼촌은 조심스러우면서도 떳떳하게 그것을 끌어내 동그래진 눈 앞에 내놓았다. 허우적거리는 하얀 토끼였다.

"안젤라가 좋아하면 좋겠어." 아연실색한 세 얼굴에서 헛되이 공감대를 찾으며 삼촌이 다시 말했다.

토끼가 그의 손아귀에서 버둥거렸다. 삼촌은 목덜미를 잡아 움직이지 못하게 하고, 다시 코트 안쪽에 품었다. "거리에서 여자가 팔고 있어서." 그가 풀이 죽은 목소리로 말했다. "박스에 한가득 있었거든. 그래서 내가 하나 샀지."

"잘했군요." 로자 고모가 심하게 돌려 쳤다. "당장 그 녀석을 돌려줘야 할 거예요…… 아니면 물이 빠져 죽이던가, 그렇게 하는 것이 오빠 마음에 편하다면."

"그래도 나는 안젤라가 좋아할 거라 생각했어." 삼촌이 낙담하는 표정을 보이며 말했다.

안젤라 고모는 그 짜증나는 광경을 그만 보려는 듯이 눈을 꼭 감아 버렸다.

"세상에 내가 하얀 토끼를 가지고 무얼 하겠어요?" 그녀가 물었다.

"하지만 내가 돌볼 수 있어." 삼촌이 고집을 피웠다. "내가 아주 잘 돌볼 수 있다고."

로라는 코트에서 토끼를 꺼내 잠깐 품에 안았다.

"조그마한 게 예쁘네요." 그녀가 무심히 말했다. 그리고 덧붙였다. "삼촌이 그냥 키우시는 게 어때요?"

퍼시벌은 로라를 흠칫 올려다보았다. 그의 얼굴에는 활력의 빛이 감돌았다.

"그렇게 못할 이유야 없지, 그래, 그렇게 못할 이유는 없어!" 삼촌이 흥분하며 주상했다. 로자 고모가 솔로몬의 심판으로 참견하기 전에 삼촌은 서둘러 나갔다.

"이 일로 네가 남자에 대해 한 가지 배웠으면 좋겠구나." 보닛 끈을 묶으며 로자 고모가 나가기 전에 마지막으로 한마디 했다.

로라는 가족이 극도로 싫어졌다. 권위적인 로자 고모나 노쇠한 퍼시벌 삼촌, 서글픈 안젤라 고모, 더 이상 참을 수가 없었다. 로자 고모에게서 마치 터무니없는 기괴함을 처음 보는 것 같은 충격을 받았다. 돌처럼 무정한 눈과 세심하게 분칠한 주름에 진절머리가 났다.

로라는 퍼시벌 삼촌과 하얀 토끼가 주는 교훈에 답하지 않고 방을 나갔다. 아침 산책을 하려고 서둘러 옷을 입었다. 집이 점점 답답해지고 그녀를 짓누르고 있었다. 얼굴과 손발에 1월의 추위가 몰아닥쳤으면 하고 바랐다. 그 순간 그녀는, 마음이나 몸을 위축시키는 것은 무엇이라도 참을 수 없었다.

로라는 공원을 활기차게 걷고, 두 시간이 지나 돌아왔다. 아래층 응접실에서는 윌버포스 씨가 그녀를 기다리고 있었다. 흘긋 보니 지난 며칠 동안 그는 더 늙어 보였다. 그러나 얼굴에는 경쾌함과 차분함이 있었다. 그것은 잘생긴 창백한 얼굴에 감미로운 빛처럼 비추고 있었다. 그는 포기하지 않으려고 수년간 몸부림쳐 오다가 마침내 '환멸의 매력' 일부를 얻는 것으로 안정을 찾은 남자였다. 그가 사랑에 대한 희망을 접은 것을 로라는 직감할 수 있었다. 하지만 로라는 그와 묘하게 연민을 교감했다. 그가 영혼의 평화를 얻었음을 알 수 있었다. 어떤 식으로든 진지한 자기 포기 뒤에 오는 영혼의 평화.

"반가워요." 로라가 말했다. 그녀는 잠깐 그의 손을 잡고, 옆자리에 앉았다.

윌버포스 씨는 말없이 그녀를 보았다. 창백하고 마른 얼굴에 이글거리는 두 눈이 반짝거렸다. 타는 듯한 사막에 살아 있는 두 개의 횃불 같았다.

"한동안, 내게 없는 것을 당신에게 요구하는지도 모르겠다고 생각했소." 한참 후 그가 말했다. "젊음 말이오…… 하지만 당신은 그렇게 할 수 없지." 그가 웃으며 덧붙였다. "처음에는 공허하고 실망스런 미래만 남은 것 같았지만, 난 이내 그날 밤에 지혜를 배웠어." 그가 잠시 머뭇거리다 진중하게 더했다. "당신이 나에게 젊음을 줄 수 없다 해도, 적어도 내 노후를 즐겁게 해 줄 수는 있을 거라는 생각을 했거든."

"그럴 수 있어요. 그럴게요." 로라가 갈라진 목소리로 대답했다. 씁쓸했던 그의 모습이 완연히 밝아졌다. 결국 신의 지혜란 아무것도 없는 곳에서 빛을 창조한 엄청난 권능이라기보다 사건의 방향을 틀어 행복으로 향하게 하는 용기가 아니었을까, 로라는 생각했다. 이것을 깨닫기 위해서는 나이가 들어야만 했다. 노년이 되어야만 젊음이 헛되이 바라는 불멸의 영혼에 활력을 불어넣을 수 있는 숙명, 로라는 이 숙명에 순간 반감이 들었다.

"내가 너무 많은 걸 바라는군." 윌버포스 씨가 말했다. "하지만 나는 아주 조그만 것에 만족할 거요."

"나의 모든 신앙과 우정으로……." 로라가 응답했다. 그렇게 말하면서 그녀는 가슴에 경련이 일었다. 그녀가 느끼는, 미신에 사로잡힌 것처럼 아무 생각 없이 맹세한, 미지의 결심에서 오는 떨림이었다. 운명은 그녀에게 이것을, 이 좋은 기회를 하나 주었었다. 이제 그녀는 이것을 놓아 버려야만 했다. 그녀는 완전 막연한 상태로 기다렸기 때문이다—무엇을 위해 그랬을까? 어쩌면 사랑일지도 모른다. 하지만 유일하게 영원한 사랑이란, 탄력적 젊음이 있기에 절대 늙지 않는 젊은이가 늙어서 하는 사랑이라는 것을, 로라는 여자의 육감으로 알았다. 이때, 깨우침의 섬광처럼 순식간에, 켐퍼가 그녀의 상상 속에서 번득였다. 간절하면서도 공손한 태도로 문 앞에서 기다리던 그의 모습. 이 이미지가 자신의 환상을 망쳤다고, 그녀는 지금도 믿었다. 하지만 이것이 진정 그녀에게서 감흥을 끌어낼 열정이라면, 그녀가 켐퍼처럼 당당한 힘을 지녔을 때 와야 한다는 것을 그녀는 알았다. "그랬으면 진정 좋았을 텐데." 로라가 중얼거렸다. 그렇게 말하면서도 그녀는 평생 다른 것을 원해 왔었다. 윌버포스가 제안한 사랑과는 완전히 다른 사랑.

"그래 왔어." 윌버포스 씨가 대답했다. 이 침울한 친절의 말은 그의 눈 속의 연기 자욱한 모닥불 위에 떨어진 이슬 같았다. "그래 왔지, 귀여운 아가씨. 내가 죽을 때까지 변함없이 그럴 거야."

9장

가면극과 무언극에 관하여

다음 날 오후, 특별 배달부가 왔다. 로라는 거티로부터 긴급 호출을 받았다.

"당장 와." 미친 듯이 급하게 쓴 것으로 보이는 쪽지에는 이렇게 쓰여 있었다. "심각한 문제가 생겼어. 네가 필요해."

글쓴이의 근심은 그 과장된 표현만큼이나 매우 분명해 보였다. 로라는 서둘러 마차를 타고 달렸다. 혹시 모를 부득이한 장면에 맞서려고 로라는 초조하게 용기를 내며 마음의 준비를 했다. 그 문제의 밑바닥에는 페리가 있었다. 과거에도 자주 이런 호출이 있었다. 그래서 이 사건의 원인을 정확히 간파하고 예상할 수 있었다. 페리는 주기적으로 새로운 사고를 치는 경향이 있었다. 그의 탈선 환상은 특이한 방향으로 어슬렁거렸다.

거티의 쾌락주의 철학은 여느 때처럼 구체적인 사실을 밝히지 못했다.

로라가 이해할 수 없는 것은, 페리의 변덕이라기보다는 거티의 터무니없는 가치관이었다. 거티는 너무 빤하고 무력한 계략으로 감정을 유지하며 그 가치관을 지켰고, 로라는 혐오감을 참으며 페리의 변덕을 용인하기에 이르렀다. 로라가 알기로는, 그의 뉘우침보다 짧은 것이 딱 하나 있었는데, 그건 아무리 너그럽게 생각해도 그가 꼭 가졌어야 할 법한 뉘우침의 감성이었다. 그는 천성적으로 타고난 바람둥이였고, 넓게 해석하자면, 이건 그가 집중화 성향보다 다양화 성향이 강하기에 발생하는 그저 단순한 사고였다.

마차가 모퉁이를 도는데, 거리를 걷던 남자가 로라를 향해 고개를 숙였다. 켐퍼였다. 로라는 그가 그의 친척과 공통점이 있는지 얼핏 궁금해졌다. 그가 페리를 약간 닮았다고 생각하니 기분이 찜찜했다. 로라는 거티에게 반항적인 동정심이 일었고, 페리의 육체가 발하는 사내다움에 적개심이 나려고 했다.

“오, 주님, 저를 구별하소서!” 지난밤에 기도했던 것처럼 로라는 열심히 기도했다. 그녀에게는 신앙의 방패만이, 몰려드는 인생의 허무함을 막을 수 있는 유일한 방패로 보였다. 거티는 오래전에 신앙을 잃었다. 이것을 기억하며 로라는 떠들썩한 속세와 무절제한 욕망에서 친구를 낚아채고 싶은 절박한 충동을 느꼈다. 안쓰러운 거티의 영혼은 죽음의 그림자가 서성이는 환경에서 살려고 몸부림치는, 지지러지고 허기진 도시의 아이 같았다. 아쉬워하며 애원하는 모습으로 그녀를 향해 돌아선 아이의 얼굴. 로라의 머릿속에서는 그 모습이 너무 선명했다.

마차가 움찔거리며 멈춰 섰다. 잠시 후 로라는 닫힌 거티의 침실 문을 가볍게 노크하고 있었다. 그와 동시에 문이 열리고 프랑스인 하녀가 나왔다.

"부인이 두통으로 힘들어하세요." 닫혀 있는 덧문을 가리키며 그녀가 설명했다. "음식을 안 드시네요."

로라는 황급히 그녀를 지나, 뒤로 문을 닫았다. 그러고는 곧장 창으로 가 덧문을 활짝 열어 오후 햇빛이 들어오게 했다.

"빛이 조금 들어오는 게 나쁘지는 않을 거야." 로라가 웃으며 말했다.

아직 일제 기모노 잠옷 가운을 입고 있는 거티는 옷자락을 아무렇게나 놓았다. 머리카락은 찬란한 소나기처럼 어깨에 펴져 있었다. 거티는 청구서 더미를 정리하는 척하며 책상에 앉아 있었다. 이 우스꽝스러운 연기에도 불구하고, 아름다운 초록빛 눈동자는 놀라고 화난 표정을 머금었다. 얼굴은 열이 오른 것처럼 달궈져 붉으락푸르락했다.

"너에게 오라고 하고 바로 후회했어." 로라의 포옹 인사에 거의 응하지 않은 채 거티가 말했다. 거티는 신경질적으로 청구서를 찢어서 열고는, 흘긋 보지도 않고 옆에 던져두었다. "매번 같은 일이야. 말해 봐야 소용이 없어. 난 죽을 거야."

"안 되지, 안 돼." 로라는 거티를 안으며 위로했다. "너는 너무 예뻐. 평생 오늘보다 더 사랑스러웠던 적이 없었어."

"그래도 그를 잡지는 못해." 거티가 버럭 소리를 질렀다. "그리고 결코 더 나아지지도 않을 거야. 나는 알겠어. 이게 아니면 다른 일, 하지만 항상 누군가가 있지. 1년 전에 다시는 내가 질투하게 하지 않겠다고 약속했었어. 그가 맹세했고, 나는 믿었지…… 그리고 이…… 이……."

거티는 흐느껴 우는 것처럼 분노가 목에 걸렸다. 그녀는 무릎에 있던 서류를 떨리는 손가락으로 찢다가 돌연 결의에 차 이마가 찌푸려졌다. 그녀는 마치 인생에서 가장 중요한 일이 드레스메이커에게 지불한 금액인 것마냥 긴 목록을 훑어보고 있었다.

"너는 분명 내가 무슨 생각을 하는지 알 거야." 로라는 거티의 귀에 입술을 대고 속삭였다.

"그는 그럴 가치가 없어." 거티가 끄덕였다. 화가 나고 수치스러운 그녀는 거반 폭발할 지경의 표정이었다. "그러니까, 나도 그렇게 생각해. 당연히 그는 가치가 없어. 하지만 그렇다고 그게 나아지는 것은 아니야…… 쉬워지는 것도 아니고."

"너는 그를 단념할 수 없다는 말이야?"

"내가 죽으면 그럴 수도 있겠지. 그 전에는 아니야." 거티는 눈을 감았다. 온몸에 긴 전율이 흘렀다. "결혼한 이후로 줄곧 싸워왔어…… 그를 지키려고. 결혼이 안식이고 만족이라고 생각하곤 했었지. 하지만 지금은 전쟁이야…… 항상…… 매 순간. 한 번도 평범한 순간이 없었어. 시작부터 한 번도 추악한 의심 없이 지낸 적이 없어. 앞으로도 계속 그럴 거야. 이젠 알겠어. 내가 아는 한 그는 최고로 나를 사랑하지. 마음에 항상 나를 최우선으로 두고. 하지만 다른 것들도 있어. 나는 그의 마음을 가질 수 없을 거야. 나는 항상 혼자일 거야. 그가 사랑하는 유일한 사람이 되든지, 그게 아니라면 난 아무것도 아니야. 내가 처음에는 지지 않을 거라고 말했지. 그래…… 나는 지지 않을 거야." 거티는 잠깐 멈추고 숨을 내쉬었다. "지금껏 그래 왔고." 그녀는 씁쓸한 승전보로 마무리했다.

"넌 절대 그러지 않을 거야, 친구야." 로라가 단언했다. "세상에 누가 너보다 빛이 나겠니?"

거티의 얼굴에서 그 격렬함은 점점 희미해져 갔다. 정신적 혐오에서 오는 불쾌함으로 표정이 바뀌었다. 사랑하는 것을 증오하는 인간의 혐오였다.

"하지만 그건 가치가 없어, 가치가 없고말고." 화가 난 듯 서류를 한쪽으로 밀치며 거티가 한탄을 토했다. 그녀는 의자에서 일어나 빠른 걸음으로 위아래를 왔다 갔다 했다. "그건 가치가 없어. 하지만 나는 매여 있지…… 벗어날 수가 없어. 나는 그 수레바퀴에 묶여 있어. 내 스스로…… 내가 변해서…… 그저 내 몸에 속한 노예가 될 수 있을까? 넌 어떻게 생각해? 하루벌이 일꾼도 쉬는 날이 있는데, 어째서 나는 쉴 수가 없는 거지. 미모를 지키기 위해 아무것도 하지 않을 때는 없어. 스타일을 구상하거나 혹은 트리트먼트를 받지. 자고 싶을 때 자지도 못하고, 씻고 싶을 때 씻지도 못해. 먹고 싶은 것조차 못 먹고. 내 무언가를 지키는 데 모두 다른 사람의 시스템이야. 뚱뚱해지지 않으려고 샐러리와 사과만 먹고, 늘씬하게 유지하려고 매일 마사지 받고…… 그래도 아침에 걱정 없이 일어나 본 적이 없어. 거울을 보면 첫 주름을 발견하지 않을까 걱정이지. 상상해 봐." 거티가 냉소를 지으며 끝마쳤다. "페리는 어떤 감상적인 이유로 다이어트를 하거나, 내 사랑을 받으려고 테라핀*을 포기하곤 하지!"

"나는 그렇게는 못하겠어." 로라가 퉁명스럽게 털어놓았다. "그건 내 능력 밖이야. 하지만 너는 그러지 마. 그를 지키기 위해 다른 걸, 한 단계 높은 걸 시도해 보면 어떨까."

"그가 갖고 있지 않은 것으로 사람을 잡고 있을 수는 없어." 거티가 경박하게 비웃으며 대꾸했다. 그녀는 이 비웃음을 필사적으로 붙잡고 있었다. 남편에게 하듯 자신에게도 가차 없이 퍼붓는 비웃음. 이윽고 똑같이 신경질적이고 막가는 태도로 거티는 그 씁쓰름한 푸념을 다시 시작했다. "주름이 나를

* 식용 거북 (요리)

죽일 거야." 그녀가 계속했다. "어떤 고통이라도 참겠어…… 페리가 비웃던 어떤 여자처럼 나는 산 채로 껍질이 벗겨질 거야. 하지만 주름이 없을 수는 없겠지. 15년, 10년, 아마 5년 안에 생길 거야. 아니 내일 생길지도 몰라. 너는 어떻게 생각하니?" 거티가 난데없이 비관적으로 물었다. 보잘것없는 명분에 걸맞은 정도의 비관이었다. "늙으면 정말 더 이상 신경 쓰지 않을까? 껍데기가 시들기 전에 안에서 죽는 거 말이야…… 감각이나 감정."

거티가 잠시 멈추었다. 로라는 부드러운 온정의 눈빛으로 거티를 계속 보고 있었다. 거티가 다시 돌아서서 벽에 전기 스위치를 만지자 방에 빛이 쏟아졌다. 놀라운 변화가 일어났다. 해거름에 침침하던 모든 사물이 순식간에 또렷이 튀어나오는 듯했다. 구석의 의자에는 하얀 시폰 디너드레스가 아무렇게나 걸려 있고, 그 옆 바닥에는 조그만 새틴 슬리퍼가 던져져 있었다. 벗을 때 그랬는지 발가락 부분이 뒤집어진 채 약간 비스듬히 놓여 있었다. 로라는 버림받은 작은 신발에서 종종 하찮은 무생물에게서 볼 수 있는 비애감을 엿보았다. 사회가 다시금 끔찍한 전쟁터로 보였다. 정열은 이상을 잡아먹고, 육체는 영혼을 갉아먹는 곳. 로라는 페리를 생각했다. 건강한 애니멀리즘,** 득의만만한 자존심. 그녀 심장이 더 단단해졌다. 사랑이란 요컨대 영혼의 확장이 아니라 그저 육체의 종속을 의미하는 걸까? 드레스메이커의 예술과 사냥의 원시적인 본능에 의해 사랑의 존재가 좌우되는 걸까? 그 안에서는 어떤 영혼도 깨끗할 수 없을까? 그것은 오직 감각의 눈이나 감각의 귀로만 보거나 들을 수 있는 걸까?

"오, 거티, 거티." 로라가 말했다. "네가 볼 수 있다면 좋겠다!"

하지만 거티는 어떤 우스갯소리에—그녀의 기분을 일순간 너무 불현듯 억누를 수 없게 만드는 우스갯소리에—돌변하듯 한바탕 찬웃음을 터트렸다.

"이기든지 죽든지, 나는 준비가 되어 있어." 거티가 명랑하게 말했다. 그러고는 침대로 가 그 위에 있던 큰 하얀 상자를 열고 휘황찬란한 이브닝드레스를 들어 올렸다. 은빛 망사가 있는 초록색 드레스였다. "1000달러를 줬어." 딱딱한 업무적인 말투로 거티가 말했다. 로라는 염려되기 시작했다. "다음 주 파티에 가려고 보관하던 거야. 하지만 비상 호출 같은 호출은 없지. 페리가 환상을 품은 추잡한 년도 거기 올 거야." 거티는 세련된 드레스를 한아름 안고 감탄하는 불행한 눈빛으로 훑어보며 더했다. "그리고 우리는 죽는 날까지 전쟁을 할 거야. 이것 때문에 그가 전 재산을 날린다 해도." 그녀는 조용히 생각에 잠겼다. 1, 2분 정도가 흐르고, 억지 배짱을 부리는 것처럼 말

** 짐승처럼 본능적인 욕망을 따르는 생활 태도, 수욕주의라고도 함.

을 했다. "그녀가, 아니, 내 말은 그년이, 어젯밤에 이것처럼 생긴 것을 입었더라. 근데 그다지 예쁘지 않았어. 기괴하게 폭발한 것처럼 보였지…… 심지어 페리도 그걸 알던데."

거티는 침대에 조심히 드레스를 펼쳐 놓고 거울로 가 자신을 뚫어지게 관찰했다.

"기다렸다 옷 입는 거 볼래?" 거티가 물었다. "아넷이 내 냉수욕을 준비했어. 난 색이 있어야 해. 그래도 욕조에는 1분도 안 있을 거야."

"너 진짜로 오늘 저녁에 나갈 생각이니?" 몇 시간 전에 받았던 절망적인 메모를 떠올리며 로라가 물었다.

거티가 끄덕였다. "저녁 식사하고 댄스. 내가 가만히 무시당한 아내 역할을 하고 있을 거 같아?"

거티의 눈이 번득였다. 대담무쌍한 사냥꾼이 필사적인 추격에 앞서 번득이는 살기 같았다. 꼼꼼히 몸단장을 하는 내내—얼굴을 마사지하고, 머리를 정리하고, 아름다운 목과 팔에 향수를 뿌리고—그녀는 전과 다르지 않은 경박하면서도 신상한 목소리로 신나게 재잘거렸다. 마침내 하녀가 물러갔다. 거티는 은은히 반짝거리는 은빛 망사를 입고 로라 앞에서 포즈를 취하다 몸을 숙여 로라의 볼에 뜨거운 입술을 살짝 댔다. 망사는 어스름히 비추는 달빛을 연상케 했다.

"이건 칼을 대동한 전쟁이야." 거티가 웃었다. 색상의 특이한 광채는 거티의 아름다움에 과격한 기질을 더했다. 그 순간 그녀는 의기양양하고 야만스러워 보였다. 로라에게는 그녀가 지금보다 더 아름답고 또 지금보다 더 불행한 적이 없어 보였다. 별안간 거티의 태도에 의아한 변화가 일었다. 얼굴이 마법에 걸린 것처럼, 익숙한 가면이—미소 짓는 세상 여자의 외형틀이—자리 잡았다. 페리가 문에 나타났다. 거티는 태연히 그를 위해 문을 열었다. 그 태연함에 로라는 어리둥절했다.

"들어와요, 들어오고 싶으면." 거티가 차갑게 말했다. "로라는 괜찮아요."

거티가 방 중앙으로 빠졌다. 그리고 무심히 거들먹거리며 장갑을 꽉 끼었다. 흠칫한 페리의 시선이 아직 혼란스러워하는 거티에게 달려들었다. 정신적으로 준비가 안 된 그는 그것을 숨기지 못했다.

"젠장, 외출하는 거야?" 페리가 물었다. "죽을 듯 아픈 줄 알았는데. 그래서 의사를 부를 참이었어. 정말 다행이네…… 진심이야." 그가 조신하게 덧붙였다.

로라는 진정으로 걱정하는 그의 목소리를 들으며, 몇 시간 후면 거티의 격앙된 감정은 냉정한 판단 뒤로 물러나 있을 거라고 쉬이 짐작했다. 페리는 낙관적인 사고방식을 가진 사람이 느낄 수 있는 정도로 불편해 보였다. 마치 크레용으로 급하게 몇 번 색칠한 것처럼 그의 낯빛에 수치의 흔적이 역력히 드러났다.

하지만 옷차림을 보자니, 구김살 없는 자존심을 눈에 확 띄게 하려고 노력한 듯했다. 정황상 솔직해야만 했기에 결과적으로 그의 낙담은 가식적으로 보였다. 다른, 더 자연스런 표현이 그의 표면적인 가책 밑 어디엔가 아직 깔려 있었다. 덩치를 고려해도 크고 불그레한 고급 패션으로 빼입은 모습이 인상적인 것은 분명했다. 로라도 인정했다. 그러다가 돌연 그는 맹하고 아이처럼 쩔쩔매는 모습을 보였다. 로라는 그에게 유죄 판결을 내렸지만, 그래도 그 모습에 마음이 누그러졌다. 그때 그는 마치 잠잠히 야단맞을 준비를 하고 있는 개 같았다. 잘생기고 재밌는, 그러나 말을 듣지 않는 개.

"그러니까, 엄청 다행이야." 페리가 반복했다. 그리고 말을 멈추었다. 그는 혼란스런 마음에 그 말 말고는 딜리 멍청하게 들리지 않을 말을 생각할 수 없었다.

"오, 내가 인간미가 전혀 없는 건 아니에요." 거티가 쏘아붙였다. "주인에게 윤리적 부담감을 주어서는 안 되죠. 게다가," 기분 좋게 웃으며 그녀가 토로했다. "에이더 롤리가 내 드레스를 보고 짓는 표정을 보면 재밌을 거예요. 실제처럼 매일 늙어 보이고 싶지 않은 이상 은빛 망사는 절대 입지 않을 거라고 어젯밤에 나한테 말했거든. 켐퍼는, 그녀가 외모보다 성질을 버리는 게 나을 거라고 했어요. 그래서 그녀는 약간 상처를 받았죠. 가여운 사람…… 하기야 지금 어느 것이 됐든 많이 남아 있지는 않으니까." 아니꼽게 웃으며 거티가 입바른 말을 했다.

거티가 일부러 무례하게 공격하기 전에 페리는 뜻밖에 서둘러 물러났다. 그는 마치 촛불이 깜박거리듯 눈을 깜박거렸다. 억지로 눈을 뜨고 보는 아이처럼 그는 아내의 화려한 모습을 응시했다. 그 순간 서서히 돌아가는 그의 머릿속에서는 아름다운 그녀가 활활 타오르는 것 같았다.

"우아, 대단한데!" 그가 감탄했다. 그리고 또 했다. "대단해!"

"당신이 좋아하니 다행이네." 엉겁결에 어깨를 들썩이며 거티가 응대했다. "살림살이라면 나는 본이 되는 여자는 아닐 거야. 하지만 최소 내 색깔과 명예는 지켜 왔지." 그녀가 책상으로 건너갔다. 서랍을 열어 은녹색 부채를 꺼냈다. "당신이 꼭 올 필요는 없어요, 알죠." 거티가 아무렇지도 않게 말했다. "켐퍼가 올 거예요. 그리고 감히 말하지만, 그는 내 마차를 타고 돌아오고 싶을 거예요."

"감히 말하지만, 그러겠지." 페리가 말했다. 거기에는 시샘하는 분노가 없지는 않았다. "그리고 감히 말하지만, 내가 그걸 허락한다면 당신도 기분이 좋을 거고."

거티가 서랍을 쾅 닫으며 웃었다. "글쎄, 내가 꼭 신경 쓰는 건 아니에요." 그녀가 대꾸했다.

화해, 화해가 그런 것처럼, 즉 의심과 깨진 믿음의 일시 봉합은 분명 급속한 진전을 보였다. 로라는 연민을 느꼈다. 역겨움이 없지 않았다. 로라는 코트를 입고 계단으로 천천히 나아갔다. 그녀 뒤로 플루트 음악 같은 거티의 웃음소리가 마지막으로 들렸다. 약간 지치고 의기소침한, 완전히 환멸을 주는 웃음이었다.

로라가 밖으로 나오는 찰나에 한 남자가 인도를 지나가고 있었다. 문 닫는 소리에 그는 직감적으로 올려다보았다. 로저 애덤스였다. 그는 바로 멈춰 서서 로라가 계단을 내려올 때까지 기다렸다.

"지금 그래머시 파크로 가는 길인가요?" 그가 물었다.

로라가 끄덕였다. "하지만 한두 블록 걷고 싶어요. 오후 내내 서티랑 갇혀 있었거든요."

"아픈 게 아니면 좋겠네요." 그녀 옆으로 한 발쯤 떨어져 그가 말했다. "나는 늘 거티 부인을 좋아했어요. 페리도 그렇고. 최고의 친구죠."

한동안 로라는 대답 없이 빠르게 걸었다. 애덤스가 페리를 좋아한다는 고백을 들으니 구역질이 날 듯했다. 일찍이 자신이 존경했던 그의 인자한 인간미에 지금은 화가 났다.

"그는 내가 좋아하는 타입은 아니에요." 로라는 무심히 한마디 하고는 충동적으로 도망가듯 빨리 움직였다. 이윽고 덧붙였다. "근데, 있잖아요, 그의 친척을 만났어요."

애덤스는 그녀의 말을 따라 하며 약간 혼란스러운 듯 보았다. "그의 친척이요?" 그러다 그는 금세 무슨 말인지 알아들었다. "아, 아놀드 캠퍼!"

"거티 집에서 만났죠." 로라가 설명했다. "하지만 딱히 관심이 가지는 않더라고요. 뭔지는 모르겠는데, 내가 가진 선입견에 부딪히는 뭔가가 있어요."

애덤스가 웃음을 터트렸다.

"선입견이란 게 절반 이상은 가십이라고 난 생각해요." 그가 말했다.

"그에 대해 들었던 것을 나는 잊었어요." 로라가 고개를 저으며 응수했다.

그들은 건널목에 닿았다. 그녀가 사람들을 따라 걸었다. 남부 어머니에게서 물려받은 힘찬 걸음걸이였다. 그는 약간 뒤처졌다가 반대편 모퉁이에서 그녀를 다시 따라잡고, 하던 대화를 다시 이었다.

"요즘은 캠퍼를 통 보지 못했어요." 애덤스가 말했다. "그래도 변함없이 어느 면에서는 친구라고 느끼죠. 내일이라도 길을 가다 만나면 나를 반가워할 거예요. 만난 지 15년이 됐는데, 그렇지 않은 것처럼. 그를 마지막으로 봤던 것이, 노바스코샤* 해변에서 함께 거칠게 가을을 보냈을 때죠. 빙하에 갇힌 어부들을 구하려고 그는 자원해서 가장 먼저 폭풍 속으로 뛰어들었어요. 허리를 밧줄로 묶고 들어가서 남자들을 데려왔죠. 우리는 그의 손이 얼어 버릴까 잠시 걱정하기도 했었는데."

"오, 내가 봐도 그는 담력이 있어요." 절제하는 듯한 음성으로 로라가 말했다. 그녀는 불현듯 도덕적 감동이 이는 것을 의식했다. 훌륭한 시를 읽거나 무대에서 상연되는 셰익스피어 비극을 보았을 때 종종 느끼는 감동이었다. 거리에서는 불빛과 소음과 사람들이 야릇이 생생하게 다가왔다. 왜 그런지 설명할 수는 없지만 로라는 기분이 들떠 계속 걸었다. 모든 게 즐거웠다. 켐퍼가 더욱 고상하게 보였다. 거의 영화로워 보였다. 자기도 모르게 그녀는 시인과 몽상가의 숙명적인 열의로 그를 이상화하기 시작했다. 그의 영웅적 행동에는 찬란한 빛이 있었다. 선명한 오로라처럼, 그 빛 속에서는 폭풍과 위험과 빙하에 갇힌 어부들조차도 아름답게 보였다. 자기가 전에 그에게 무례했던 것을 용서받지 못할 거라고 로라는 중얼거렸다.

'어쩌면 내가 불공평했던 것 같아.' 로라는 이내 후회했다. '하지만 인간은 결코 직감을 거부하지 못하지. 결국 이건 별 문제가 아니야.'

그들은 함께 전등 아래를 걷고 있었다. 로라는 애덤스를 보

---

* 캐나다 남동부의 반도

았다. 얼굴의 주름들이 무척 초췌해 보였다. 정신적 짐을 진 것처럼 그는 어깨가 굽었다. 길고 홀쭉한 허약한 모습은 육체가 노쇠한 듯했다. 그녀의 눈에 그의 신체적 결함이 이처럼 또렷해 보인 적은 없었다. 그것은 그녀가 예리한 자의식—그녀는 자기가 그를 켐퍼와 비교하고 있음을 깨달았다—으로 흘긋 본 것이었다. 갑자기 내부를 비춘 랜턴의 불빛처럼.

10장

자질이 부족한 영웅을 보다

애덤스는 로라와 헤어지고, 5번길을 따라 35번가로 내려가 동쪽으로 방향을 틀어 집으로 향했다.

코니는 평소처럼 외식을 나가고 없었다. 그는 혼자 식탁에 앉아 보잘것없는 저녁을 먹었다. 그러고는 실내용 재킷을 입고 서재에 가서 조용히 담배를 피울 요량으로 층계를 올라갔다. 코니의 침실에 전깃불이 켜져 있었다. 그는 절약하려는 마음에 불을 끄러 들어갔다. 방은 엉망진창이었다. 불쾌하지만 말없이 지낸 수년 동안 익숙해진 외견상 모습보다 훨씬 험악했다. 내면을 아직 포기하지 않았다면 말이다. 코니는 체계적으로 생각하는 습관을 갖는 데 관심이 없었고, 그에게 그것은 일상의 사소한 골칫거리 중 하나였다. 일상의 삶에는 특별한 철학이 있어야 한다고 그는 늘 생각해 왔었다. 하지만 지금 보는 엉망진창은 너무 심했다. 인간이 이런 곳에서 잠을 잘 수 있을까 막연히 자문하지 않을 수 없었다.

애덤스는 바닥에 흩어진 드레스를 몇 개 집어 옷장에 넣었다. 새틴 신발이 늘어서 있는 침대도 정리했다. 난로 깔개에는 은빛 브러시들이 떨어져 있었다. 그것들을 주워 책상에 놓으려던 차에 가장자리가 레이스로 장식된 손수건 더미 밑의 약병이 눈에 들어왔다. 반쯤 차 있는 조그만 약병이었다. 자세히 보니, 코카인 액이었다.

애덤스는 너무 놀라 잠시 꼼짝도 할 수 없었다. 이 마약이 여기에 있는 이유야 뻔하지만, 그는 그것을 부정하고 변명하려는 듯 많은 순간들을 되돌아보았다. 최근 코니의 성격이 돌변하던 것이 떠올랐다. 통제할 수 없는 신경과민성 발작, 경련성 몸짓, 갑자기 총알처럼 떠드는 히스테리성 수다. 공포감이 가슴을 조여 왔다. 돌아서려는 차에 그는 열린 서랍 한쪽 구석에 아무렇게나 놓인 구깃구깃한 청구서 더미를 보았다. 어제 그녀는 쓸 돈이 없다고 불평했었다. 그는 대충 한번 훑어보려고 서류를 꺼냈다. 코니는 제한된 용돈을 끝없이 초과할 뿐만 아니라 그녀보다 조금 더 나은 그의 수입도 훨씬 넘어서 소비하고 있었다. 청구서가 아니더라도 그는 이미 알고 있었다. 그녀 스스로도 감히 인정할 수 없을 만큼 빚이 쌓여 있음이 분명했다. 그는 사태의 심각성을 깨닫고, 찢기고 구겨진 종이들을 반듯이 펴 서재로 가지고 갔다. 지금까지 그는 코니의 사치를 절제 능력이 없어서 생기는, 그저 순진한 아이 같은 실수로 보았다. 그녀는 웃으며 말했었다. "한꺼번에 계산할 거예요." 하지만 지금 그는 초록빛 램프 그늘에 앉아 마음을 졸이며 항목에 항목을 더해 갔다. 이 최근의 무모함은 그녀의 행복뿐 아니라 그의 체면에도 영향을 미치는 듯했다. 그는 천성적으로 다혈질적인 사람이었다. 너무나 터무니없는 지출, 불필요성, 결과적으로 큰 액수가 되어 버린 비싼 자질구레한 것들로 인해 처음에는 어지럽게 분노가 끓어올랐다. 그녀가 집에 있었다면 당장 쫓아가 한바탕했을 것이다. 하지만 그녀는 쉼 없이 쾌락을 추구했고 지금은 그의 영향력 밖에 있었다. 그는 조용히 앉아 깔끔하게 정돈된 서류 더미를 물끄러미 바라보았다. 점차 격앙된 감정은 가라앉았다.

애덤스는 그대로 의자에 앉아 있었다. 금세 기분이 방의 적요함에 빠져드는 것을 느꼈다. 강요된 씁쓸한 인고의 나날과 실패한 야망으로 단단해진 독특한 인내심으로, 이성적이고 객관적인 관대함으로, 코니의 입장을 유연하게 판단하기 시작했다. 낭상은, 그의 마음에 동정심은 없었다. 거리의 낯선 사람에게 베풀 만한, 그저 쌀쌀하고 일상적인 자선만 있을 뿐. 그녀에게 최소한의 것만 주는 것은 돌연 거의 불가능해 보였다.

코니는 몇 해 전에 끝없이 한심한 변덕으로 그를 빚으로 몰아넣은 일이 있었다. 그는 보수가 그리 많지 않은 직장에서 허약한 몸으로 열심히 일해 왔다. 소박한 취향에 맞춰 살자면, 그

월급으로 물질적 안락은 말할 것도 없고 비교적 사치스런 쾌락도 즐길 수 있었을 것이다. 하지만 코니가 있었다. 그가 기억하는 모든 상황에 코니가 있었다. 그녀가 현재의 편안함을 유지하고 미래 생활을 보장받을 수 있도록 정작 그 자신은 가장 필수적인 것에만 지출을 제한했었다. 자신에게 유일하게 기쁨을 주는 소중한 책들. 애덤스는 책들이 나열되어 있는 벽들을 암울하게 둘러보았다. 이 특별한 보물들을 시장에 가져가면 그 가치를 충분히 받을 수 있을까, 그는 궁금해졌다. 그는 이런 생각에 잠겨 경건한 마음으로 책들을 보았다. 훈련받은 눈이 아니라 타고난 수집가의 정열적인 눈으로. 하지만 여기에는 값나가는 희귀한 서적은 없다. 그는 늘 신중히 비용을 계산했었다. 억지로 그렇게 하는 것이 더 극적인 감동을 주리라 믿었다. 사실 금전적으로는 변변치 않은 가치였다. 하지만 신성한 것이 위협받을 때 그 앞에서 움찔하는 것처럼 그는 다시 시선을 멀리했다.

그때 흥미로운 물건이 눈에 들어왔다. 그는 그것을 바로 알아보고 그게 무엇인지 기억했다. 코니가 값을 치르지 않은 물품들 중 하나였던 한 쌍의 진주 귀걸이였다. 그 물건은 그 가치에 비해 묘하게 눈에 띄었다. 그보다 훨씬 비싼 물건도 있었지만, 그는 그것을 생각할 때면 더 짜증이 났다. 여자가, 특히 그의 아내가, 귀걸이를 갖고 싶어 하는 것은 그에게 미개해 보였다.

하지만 그건 시시한 일이었다. 1분 후에는 머릿속에서 깨끗이 사라져 버렸다. 램프 불빛 아래 안락의자에 앉아 그는 서서히 지난날을 돌아보았다. 비극적이지만 평온무사했던 인생사를 여행했다. 작은 서부 농장에서의 어린 시절, 가족의 평범한 빈곤, 불타던, 고달픈 그의 야망. 그 야망 덕분에 변변찮은 돈으로 대학을 마쳤고, 졸업하던 해에는 여러 최우수상을 휩쓸었다. 그리고 끝에는, 그가 시작했을 때 꽤나 건장했던 체격이 결딴났다.

하버드 마지막 학기에는 열정으로 잠을 잃었다. 최후의 승리를 거두지 못하게 했던 혹독한 피로와 결국 박살난 건강으로 폐 질환 전문의를 찾아가야만 했던 오랜 병세 또한 떠올랐다. 이 시간 그는 눈을 감고 그 상담의 세세한 부분까지 뚜렷이 불러낼 수 있었다. 대기실에서 지루하게 기다리던 그 시간이 되살아났다. 테이블에 흩어져 있는 잡지들, 벽에 걸린 전혀 예술적이지 않은 인쇄물, 벽난로 선반 위 키가 큰 청동 시계의 똑딱거리는 소리, 심지어 그가 읽었던 잡지의 페이지 수. 그는 조직하는 습관이 있었다. 접이문 뒤에서 진찰을 받으려고 잡지를 한쪽에 놓았을 때 무심결에 그 숫자를 머릿속에 새겼다. 사소한 것에 인내를 가지고 집중하는 것은 그가 가진 문예적 직관의 한 부분이었다. 기억은 카펫 위 못생긴 노란 사각형들을 가로질러 그 위대한 남자를 따라가다 테이블 위 나무 선반에

줄지어 세워진 초록빛 작은 병들에 고정되었다. 30분 방문 내내—30분이면 무심코 그를 죽음으로 보낼 수 있는 짧은 시간이었지만—그 홀쭉한 녹색 약병은 엉뚱하고 기괴한 인상을 또렷이 남겼다.

"이런 기후에는 3년 정도 남았습니다…… 약간 더 길게 갈 수도 있고요…… 그래요, 내 생각엔 약간 더 길게 갈 수 있겠네요." 그 위대한 남자가 말했다. 애덤스에게 선심 쓰는 듯한, 말도 안 되는 추정이었다. "이보다 건조한 공기에서는 아마 서른다섯이나 마흔까지도 괜찮을 겁니다." 그가 어깨를 들썩이며 동정심을 보이는 몸짓을 했다. 하지만 그것은 그의 우쭐한 태도를 나타낼 뿐이었다.

애덤스는 에테르 냄새가 나는 숨 막히는 작은 진찰실을 걸어 나왔다. 어릴 적 학교에서 축구를 하면서 가슴을 턱 맞았을 때 같은 야릇한 느낌이었다. 인상적이었던 녹색 병이 고집스럽게 다시 떠올라 그는 현관 계단 근처에 멈춰 서서 큰 소리로 웃었다.

이 일이 있고, 다음 몇 주는 공백으로 남았다. 운명에 반항하는 짐승처럼 괴로워했다는 것 말고는 아무것도 기억할 수 없었다. 열매 없는 노동, 희생된 야망, 자기 부정의 무익한 씁쓸함에 반항하며…… 세상, 운명, 삶, 죽음, 신에 대한 반항! 그 강렬한 반항은 반작용을 불러왔다. 이내 영혼이 무감각해졌다. 애덤스는 한두 가지 소유물을 챙겨 콜로라도 시골로 향했다. 그가 보기에 삶을 지탱하는 모든 것을 뒤로 하고 떠났다. 그것들을 반쯤 동물적인 본능으로부터—그가 더 이상 가치를 두지 않는, 그저 벌거벗은 존재의 작은 조각을 지키던 본능으로부터—떼어 놓는 것이었다. 그는 가고 싶지 않았다. 그러나 여정의 걸음걸음마다 자기 자신을 더욱더 가차 없이 증오하길 바라며, 그는 갔다.

책상 위 램프가 변덕스럽게 너울거렸다. 애덤스는 심지를 낮추려고 돌아서다 코니의 사진과 맞닥뜨렸다. 부풀어 오른 아기 같은 얼굴은 그녀를 처음 보았을 때로 되돌아가게 했다. 그때 코니는 팔랑거리는 체리색 리본을 매고 있었다. 지난 반 시간의 분노는 이제 완연히 녹아 사라졌다. 몇 달 동안 그의 안에 흔들거리던 불이 생生의 불꽃을 향해 필사적으로 날뛰었다

그는 코니를 결코 마음에서 지울 수 없음을 알았다. 짧았던 로맨스, 그리고 세 시간을 살았던 그의 아이를 위해……. 의자 팔걸이에서는 핏줄이 울긋불긋한 가는 손이 일순간 떨렸다. 마치 몸에 날카로운 고통이 가해지듯 갑자기 맥박이 요동쳤다. 비루한 결혼의 실패, 외로움과 환멸로부터 그 세 시간이 되살아났다. 살아 있는 아기의 얼굴을 지켜보던 시간, 그건 가장 심오한 감정, 완벽한 조화의 시간이었다.

그는 자신을 감성적으로 종교적인 사람이라고 생각하지 않

았다. 10년 전, 아들이 죽던 날 밤, 자신 안에 있던 불멸의, 불변의 부분은 사라졌다. 그 영원한 보편 의식—모든 인간의 갈망이란 단지 이 보편 의식에서 갈라져 나와 방황하는 형태일 뿐이다—을 향한 비통한 갈망으로 넘쳤고, 이를 통해 처음으로 그는 깊은 생의 실재를 경험했다. 그 순간부터 죽음은 그에게 더욱 사적인 언약이 되었다. 주어진 기회를 살리고 이루어야 하는 책무는 그가 단지 동물적 책임이라고 불렀던 것과는 다른 의미를 갖게 되었다.

죽은 아이는 그에게 가까운 친밀한 핏줄이었다. 사뭇 생명이 살아 있는 핏줄. 상상과 기억이 기이하면서도 서글프게 뒤섞이면서, 자라지 못한 그 작은 영혼은 매일 실제로 그의 생각 속에서 교제를 나누며, 눈에 보이게, 소통할 수 있게 꽃을 피웠다.

애덤스는 초록빛 램프 아래 앉아 있었다. 신의 침묵을 들을 귀와 보이지 않는 아름다움을 볼 수 있는 눈을 갖기에는 자신이 너무 하찮은 사람으로 보였다. 수척한 긴 몸을 가죽 쿠션 위에 가만히, 느긋이 놓았다. 학자의, 사색가의 손은, 마디가 두꺼운 비쩍 마른 손은, 둥그런 의자 팔걸이 위에 손바닥을 아래로 하고 펼쳐져 있었다. 생김새 어디에도, 연한 갈색 머리에 초췌한, 익살스런 얼굴 어디에도, 그가 대담한 연애가이거나 감수성이 넘치는 몽상가라는 단서는 없었다. 하지만 그의 천성 가장 깊은 곳에서 그는 둘 다였다.

근심은 회한의 깊은 곳으로, 꿈의 유순함 속으로 점차 누그러졌다. 잔혹하리만큼 미묘한 신중함에 그는 아내에게조차 이 슬픔에 대해 입도 벙긋하지 않았다.

'조그만 녀석.' 애덤스는 머릿속에서 그 아이를 이렇게 불렀다. 그에게, 그 녀석은 자라서 한 인격체가 되었다. 자신을 무척 닮아 보였지만, 그래도 분명 달랐다. 애덤스는 이 아이와 함께 하루하루를 살았다. 램프가 켜진 방에서 아이와 얼굴을 마주하고, 아이가 보았을 법한 첫 어린이 책들을 열심히 읽어 주고, 아이가 배웠음직한 라틴어에 착수하기도 했다. 젊고 열정적인 마음에서 비롯된 정신적 교감을 아이에게 가르치고 훈육할 것이다. 그는 이렇게 상상하기를 좋아했다.

이 아이는 결혼 이후 줄곧 가슴에 타오르는 하나의 욕망이 되었다. 자주 그러하듯, 그는 오늘 서녁에도 혼자 집에 앉아 아이가 시저 장난감을 가져와 발받침에 놓는 상상에 흐뭇해했다. 그는 본능적으로 도덕에 결백한 남자였기에, 심지어 상상 속에서도 그 들썩거리는 감각을 이성으로 단호히 억눌렀다. 애정에 관한 한 오직 이 아이뿐이라고 그는 혼잣말했다. 그 외는 정말 아무것도 원하지 않는다고.

부성에 대한 열망이 너무 간절한 나머지 간혹 쓰라린 고독의 순간이 있었다. 그럴 때면 무릎에 아이의 손이 닿는 듯한 느낌이 들었다. 절박한 현실보다 꿈이 더 선명할 때 그는 미묘한 시간을 가졌다.

열쇠가 잠금 장치에 끼워지면서 딸까닥 소리가 나자 애덤스는 곧 일어났다. 이내 현관문이 닫히는 소리가 들렸다. 코니의 카랑카랑한 목소리는 짧게 "굿나이트!"라고 말하고, 현관 카펫 위를 빨리 걷는 발걸음 소리가 났다. 애덤스는 위층으로 그녀를 따라갈까 망설이며 기다리는데, 문이 활짝 열리고 닫혔다. 그녀가 들어와 램프 옆 의자에 몸을 던졌다. 금발 머리가 쿠션 위에 무겁게 떨어졌다. 얼굴 위에서 비추는 빛에 지난 12개월 동안 더 앙상해진 윤곽이 드러났다. 그 윤곽은 이목구비 자체보다는 그 뒤에 놓인 불안한 생각 때문인 듯했다.

코니의 얼굴은 어떤 표정을 보이기에는 언제나 너무 작았다. 탈선의 성품을 보이기에는 너무 반듯했다. 지금은 얼굴의 고운 피부가 너무 얇아지고 너무 투명해졌다. 그것을 관통해 연약한 육체에 갇혀 몸부림치는 초조한 생기가 보이는 듯했다. 똑같은 생기가 그녀의 여윈 가슴에 맥박처럼 두근거렸다. 가슴이 깊이 파인 이브닝드레스에 지극히 작은 골격만은 여전히 아름다웠다. 불안의 고뇌는 그녀를 삼키고, 태웠다. 불안은 영속적이고 완전히 통제되지 않은 열정의 발작처럼 그녀의 빈약한 판단을 지휘하고 지배했다.

애덤스는 잠시 아무 말도 하지 않고 물끄러미 그녀를 보았다. 그녀는 손가락으로 이브닝 랩의 줄을 풀려고 불안하게 꼼지락거렸다. 그가 의자에서 일어나 그녀를 도우려고 몸을 기울였다.

"매듭이 꽉 묶였어." 코니가 짜증내며 말했다. "풀 수가 없네."

애덤스는 묶인 것을 풀고 물러서며, 시선이 그녀 관자놀이의 푸르스름하게 움푹 들어간 곳에 닿았다. 그 위로는 가볍게 말린 고수머리가 정교하게 정돈되어 있었다. 그는 그녀의 체력이 황폐된 것을 새삼 느꼈다. 이 시점에서 재정적 어려움과 같이 비천한 것을 말하는 것은 너무 시시하게 들릴 뿐 아니라 단연 예의에도 맞지 않을 것 같았다. 변덕스런 기억이 묘기를 부렸다. 불현듯 사형 선고를 받고 서부 교도소에 살던 남자가 생각났다. 사형이 집행되기 전날 밤, 그는 샴페인 열두 병에 대한 계산서를 받았다. 코니의 방종이 일종의 도덕 샴페인처럼 보였다. 암울한 의식에 그녀가 선택한 독특한 대마초. 어떻게든 살아 보려면 사람은 꿈이 있어야 한다는 걸 그는 알았다. 그리고, 그들이 이 현실을—한 남자의 영혼을 통하지 않고는 달리 출구가 없는 잔혹한 현실을—잠시 잠깐 미화했을 때, 소유에 대한 코니의 환상과, 욕망에 대한 그의 환상은 아마 같은 결과를 낳았으리라.

"당신은 정상이 아니야." 애덤스는 마침내 온정이 담긴 음성으로 말했다. "어서 빨리 뉴욕을 벗어나는 것 말고는 달리 방법이 없어."

이 제안에 코니는 당황한 듯, 거의 화가 난 듯 보였다.

"당신은 나를 플로리다로 보낼 수 없어요." 코니가 대꾸했다. "그곳은 이 계절에는 누구나 가는 곳이니까."

코니는 현기증을 억지로 참으며 바들거리는 것처럼 온몸을 떨었다. 그녀의 눈꺼풀이 불안하게 가불거리는 것을 애덤스는 주시했다.

"당신을 그곳으로 보낼 거야…… 어디로든 가야 해." 그가 말했다. "당신이 나와 약속하지 않는다면……."

그 말은 쉽게 나오지 않았다. 그가 머뭇거리고 있을 때, 그녀가 소스라치게 놀라며 올려다보았다. 그녀의 시선은 그의 얼굴을 돌아다니다 옆의 책상을 훱쓸었다. 책상에는 지불하지 않은 청구서 더미가 쌓여 있었다. 그는 말을 하면서 그것들을 램프로부터 멀리 밀어 놓았었다. 뜨거운, 성난 홍조가 그녀의 얼굴에 퍼졌다. 코니는 신경질적으로 움직이며 벌떡 일어나 섰다.

"당신은 그것을 볼 자격이 없어." 그녀가 날카롭게 소리를 질렀다. "모두 잘못된 거야. 절반은 내 게 아니야."

어리석고 무익한 거짓말이었다. 애덤스는 이유 없이 주춤거리더니 시선을 멀리 피했다. 이 일로 인해 그녀보다는 그 자신이 더 수치스러워 보였다. 남자가 처음으로 굴욕에 떨어진 것을 깨달은 것처럼 그 순간 혈관이 콕콕 찔렀다.

"그 말을 하고 싶었던 게 아닌데…… 적어도 지금은 아니었어." 그가 재빨리 말했다. "그것을 취소하고 장차 빚은 청산하도록 합시다. 용돈이 당신한테는 초라해 보여 걱정이지만, 어찌할 수 없어. 생활을 하고, 생명 보험 보험료를 내면 한 푼도 남지 않으니까."

애덤스는 은근히 비난한다는 지적을 받지 않도록 상황을 사실 그대로 진술했다. 그에 그녀가 약간이라도 고마워하는 반응을 보이길 바라며 그는 잠시 기다렸다. 하지만 그녀의 눈은 그에게 날카롭고 불만스러운 빛을 냈다. 그 순간에도 그녀는 외적인 것에 강렬히 집착하고 있었다. 램프 빛에 서 있는 남편의 사소한 것에 무게를 두며 옷차림이 형편없다고 그냥저냥 판단하고 있었다. 그는 놀라운 직감으로 그것을 알 수 있었다. 그녀의 비판적 판단은 너무 강한 인상을 주었다. 그는 버럭 화가 났다 아무래도 그들의 위치가 뒤바뀐 것 같았다. 그녀는 그를 자신의 선처 아래 놓았고, 듣기 좋은 말로 설득하지 못하자 모욕해서 말려죽일 작정이었다.

"내가 아는 사람 중에, 내가 가진 옷으로 점잖게 입을 수 있는 여자는 없어요." 방어가 필요하도록 그를 교묘하게 조정하며 코니가 응수했다.

애덤스는 서류를 모아 책상 서랍에 넣고 신경질적으로 닫았다. 회초리처럼 따끔한 이 대화에는 야비한 무례함이 있었다.

"미안해." 그가 차갑게 대답했다. "난 최선을 다했어. 더 이상 할 말이 없군." 그는 그녀의 야윈 가슴을 잠시 응시했다. 상아

빛 피부에 뼈들이 어렴풋이 드러나 보이기 시작했다. 그러고는 날이 선 그녀의 얼굴을 보았다. 눈썹 사이에 지울 수 없는 세 개의 작은 주름이 자리 잡고 있었다. 그녀는 아기처럼 갸우뚱하며 고개를 들었다. 체리색 리본을 한 그녀를 처음 보았을 때 모습 같았다.

"당신이 플로리다에 갈 경비를 마련해 볼게." 그가 천천히 말했다. "당신이 마약을 그만두겠다고 약속한다면."

코니는 외투를 집어 들고 방을 나가려는 듯 움직였다.

"마약이라고! 정말, 말도 안 돼!" 그녀가 비웃으며 소리를 질렀다. 애덤스는 그 음성에서 차가운 증오의 칼날을 느꼈다.

그녀는 웃음을 멈추지 않고 밖으로 나가 층계를 올랐다. 몇 분 후 위층 방에서 초조하게 움직이는 발걸음 소리가 들렸다. 애덤스는 다시 청구서들을 꺼내 자신의 채무가 어느 정도인지 정확히 가늠하기 위해 밤의 절반을 보냈다.

11장

진실의 좋은 부분이 거짓일 때

코니는 아침 식사에 나타나지 않았다. 애덤스가 드레스 룸에 갔을 때 보니 그녀는 자고 있는 듯했다. 1시가 되어서야 그녀와 다시 이야기할 수 있었다. 그가 다이닝 룸에 들어서니 점심은 이미 준비되어 있었다.

코니는 초록색 벨벳 가운을 입고 반짝이는 해오라기 깃털로 장식된 작은 초록 벨벳 모자를 쓰고 있었다. 그녀는 불안하게 창가에 서서 눈이 내리는 것을 보고 있었다. 그가 들어서자, 그녀는 식탁으로 와 차를 만들기 시작했다. 그녀의 손이 떨렸다. 찻잔과 받침 접시를 시끄럽게 다루었지만 그녀는 단연 기분이 좋아 보였다. 무덤덤한 목소리로 다기 세트에 대해 시끄럽게 구시렁거렸다. 그 목소리에는 간간이 날카로운 가성 웃음이 때굴거렸다.

애덤스는 경멸의 침묵 속에 그녀를 유심히 보았다. 코니는 상스러웠다. 이것을 깨닫는 데 무려 10년이나 걸렸다니, 기가 막혔다. 이제야 비로소 그는 눈을 떴다. 비교의 기준을 곧추 세운 것이었다. 그는 문학적 직감이 깨어나면서 그녀가 얼마나 평범한지 선명하게 느껴졌다. 만약 그녀가 인쇄된 글의 형태로 제시되었다면 분명 이처럼 선명하게 느꼈을 거라고 그는 중얼거렸다. 매 순간 그의 안에서는 거리감과 생소함이 자라고 있었다. 그녀를 위한 선한 의도 따위는 의미가 없었다. 그녀를, 아니 어떤 인간이라도, 예민한 감수성의 손아귀에서 잡아 빼기란 전연 불가능했다.

코니의 하루는 약속으로 가득했다. 점심 말미에, 그는 아직 커피 잔을 기울이고 있을 때, 그녀가 서둘러 일어나며 말했다.

"그리고 저녁 식사도 밖에서 할 거예요." 되씹어 생각하듯 그녀가 덧붙였다. "거스 브래디가 나를 데리러 올 거예요. 오페라를 보고, 저녁을 먹기로 했어요. 힘들게 나를 기다릴 필요는 없어요."

"근데 누구랑 가지?" 코니가 활동하는 사교계에 처음으로 어렵게 관심을 보이며 그가 물었다.

코니는 짜증이 난 듯 머리를 흔들었다. 그녀 모자의 해오라기 깃털은 조그맣게 파란빛 초록빛으로 반짝거렸다.

"오, 내가 말해도 당신은 모를 거예요." 그녀는 서둘러 대답하고 속히 방을 나갔다. 질문이 반복되는 것을 회피하려는 듯했다.

이게 무슨 뜻일까? 천천히 커피를 마시며 애덤스는 한동안 궁금해했다. 그녀가 브래디와 단둘이 간다 할지라도 나쁠 게 뭔가? 순순히 인정하면 되는 것을 왜 회피하는 걸까? 그는 솔직하게 의심하지 않는 품성을 타고났다. 흔한 사교 모임을 반대해야 할 어떤 이유도 없기 때문에 요란스럽게 생각할 정도로는 관심을 두지 않았다. 이성과 레스토랑에서 식사를 하거나 그랜드 오페라 같은 공공 행사에 참여하는 것을 경솔한 행동으로 보았으나 딱히 해롭다고는 생각하지 않았다. 그녀가 자기 계획에 대해 아무렇지도 않게 명백히 밝혔다면, 이 문제는 그때 바로 그의 생각에서 사라졌을 것이다. 하지만 그녀의 비밀스런 태도는, 실제 의심을 낳지 않았다 하더라도, 여전히 생각을 복잡하게 하고 불쾌한 혼란을 야기했다. 어떤 숨은 의도가 그녀의 초조한 몸짓에 배어 있고, 심지어는 금발 머리 위 조그맣게 반짝이는 해오라기 깃털 속에서 떨고 있는 것 같았다. 여하튼 그는 행동을 취해야만 한다고 막연히 생각했다. 아내를 위해, 현명하지는 못해도 그래도 신중하게 행동해야 했나. 하지만 이윽고, 어디서 시작해야 할지 길이 보이지 않는다는 걸 그는 어쩔 수 없이 인정해야만 했다. 상처받은 남편의 태도에는 우스꽝스런 무언가가 있었다. 이런 집안 폭풍이 코니를 흔들어 제정신을 차리게 할 수 있을까 헤아리며 가만히 앉아 있을 때면, 질투의 폭발이 실제보다 덜 추잡해 보였다. 그는 결국 포기했다. 자신의 힘으로는 계속할 수 없는 광대극이었다.

"나는 맹세코 도리를 다할 것이다." 얼마 동안 생각한 후에 그가 혼잣말했다. "바보짓을 하려고 냉혈한이 되느니 차라리 목을 매지."

쾅 하고 현관문이 닫히는 소리에 애덤스는 벌떡 일어났다. 창을 통해 얼핏 보니 코니가 인도에서 신호를 보내 택시를 잡아 올라타려던 참이었다. 벨벳 가운이 그녀 뒤를 따랐다. 눈이 쌓여 발목까지 빠지는데도 그녀는 전혀 무심해 보였다. 코니는 택시에 오르려고 치마를 들어올렸다. 얇실한 실크 스타킹에 굽이 낮은 아동용 신발을 신고 있었다. 그는 그것을 보고 의아해했다. 창문을 열고 막아 보려고 했지만, 택시는 이미 5번길 쪽으로 달렸다. 젖은 발과 반짝이는 깃털, 코니는 시야에서 사라졌다.

애덤스가 외투를 걸치고 그녀를 따라 거리로 나갔을 때는 함박 눈송이가 더욱 거세지는 참이었다. 그는 금세 머리에서 발끝까지 온통 하얗게 뒤덮였다. 힘차게 사무실 쪽으로 발걸음을 옮겼다. 옆으로 여자들을 태운 임대 택시가 빠르게 지나갔다. 그는 그 여자들을 관심 있게 보았다. 그들은 코니처럼 화려한 가운 위로 초조한 얼굴을 하고 있었다. 그는, 잘 알지 못했던 화려한 세속의 삶에 눈을 떴다. 그는 늘 그런 삶을 무시해 왔었다.

불현듯 하룻밤 사이에 자신과 아내 사이가 오갈 수 없을 만큼 벌어진 것 같았다. 코니는 더 이상 그가 기억하는 체리색 리본의 소녀가 아니었다. 현실적으로 그녀는 저 지치고 초조한, 가식적으로 얼굴을 치장한 여자들만큼이나 멀리 있었다. 피곤한 그의 눈에 그들은 택시를 타고 영원히 날아가 버린 듯했다. 다시 코니가 될 수 없는 것, 코니가 절대 할 수 없는 것에 대해 깊은 회한이 몰려왔다. 그가 전혀 알지 못했던 사랑, 그에게 기회가 주어지지 않았던 부성애.

애덤스는 아직 깊은 생각에 잠겨 조용한 횡단보도로 방향을 틀었다. 누덕누덕한 개구쟁이들이 요란스럽게 눈싸움을 하고 있었다. 잠깐 멈춰 서서 눈싸움을 보는데, 반대편에서 오던 남자도 멈춰 서 보도에 흥미롭게 가만히 서 있었다. 애덤스가 가장 먼저 주의 깊게 봤던 것은 이 낯선 사람의 특이한 집중력이었다. 사색에 잠긴 그 남자의 눈빛을 보자니, 적어도 그 순간 그의 생각이 눈싸움에 깊숙이 쏠려 있는 것이 분명했다. 흩날리는 눈송이에 가려 흐렸지만 신나는 즐거움에 그의 얼굴이 달아오른 것 같았다. 불빛이 번득이며 지나갔다. 이윽고 그 쳐다보는 모습이 어쩐지 친숙해 보였다. 15년도 더 지난 대학 대항전의 기억을 더듬어 애덤스는 반가운 탄식을 터트렸다.

"아놀드 켐퍼, 맞지? 난 로저 애덤스야." 상대방의 팔에 손을 얹으며 애덤스가 말했다.

켐퍼가 곧바로 돌아섰다. 얼굴에 어려 있던 평온한 즐거움의 미소가 반가운 알아봄의 웃음으로 번졌다.

"야, 세상에, 정말 반갑다!" 켐퍼가 답했다. 기운찬 그의 악수에 애덤스는 팔을 통해 전율을 느꼈다. "이게 얼마만이야. 오랜만에 진짜 기분이 좋은데. 점심은 먹었어?"

"방금 먹었어." 애덤스가 웃었다. 15년 전 마지막으로 보았을 때도 켐퍼는 이처럼 마음을 담은 우정으로 비슷한 초대를 했었다.

이 친구가 대학 때 일을 지금까지 기억하고 있을까, 그게 가능할까? 감동을 받아 멍한 상태에서 애덤스는 궁금해했다. 아니면 그저 마지막 만남 이후 그대로 놓여 있던 기억의 행렬이 지금 그를 만나 다시 시작된 것일까? 어느 쪽이든 상관없을 것이다. 애덤스는 이 우연한 만남이 정말 좋았다.

"나는 사무실에서 막노동을 하며 노예처럼 시달리고 있지." 애덤스가 덧붙였다. "자네 자유와 자동차가 부러울 지경이야."

친밀한 호기심으로 켐퍼가 물끄러미 쳐다보았다. "그래, 듣자 하니, 『인터내셔널 리뷰』의 편집장이라고." 켐퍼가 말했다. "몇 년 동안 내가 자네를 찾아보고 싶었다는 거 아는가? 하지만 그냥 흐르는 대로 놔두자는 유혹이 강했지. 알지?"

"알다마다." 애덤스가 미소 지으며 응대했다. "나도 같이 흘러왔거든."

"그러니까, 마침내 자네가 내 길로 흘러 들어와서 정말 반가워. 음, 점심을 먹었다고, 진짜?" 외투 단추를 하나 풀어 시계를 꺼내며 켐퍼가 다시 물었다. "자네가 식사를 안 했으면 좋았을 텐데…… 클럽에서 남자를 만나기로 했는데, 늦었네. 그러니까," 그가 서두르며 성급히 말을 더했다. "내가 소유한 깔끔한 곳이 있어. 가끔 거기서 조용히 식사를 하지. 내일 7시 30분에 올 수 있어? 저녁 같이하게."

애덤스는 두 번 생각하지 않고 당장 초대에 응했다. 외식을 거의 하지 않는 편이지만 이 초대에는 매우 기분이 좋았다. 이윽고 그는 켐퍼가 준 주소를 되뇌며 다시 발걸음을 옮겼다.

켐퍼를 만난 것은 활력의 자취를 남겼고, 그 활력은 친구가 쾌활히 건던 길로 다시 떠난 후로도 반 시간은 족히 남아 있었다. 거티가 한때 격분하며 공언했던 것처럼, '켐퍼가 피상적이라면,' 적어도 그에게는 신비로운—아직 발견하지 못한 깊은 즐거움이 있을 거라 추측케 하는—개성의 잔물결이 있었다.

애덤스는 오늘까지 몇몇 환상을 붙잡고 살아왔다. 켐퍼를 좋아했던 이유가 알 수 없는 미묘함을 풍기는 그의 태도 때문이었음을 그는 이제야 깨달았다. 사람들이 보는 켐퍼의 힘은 그저 겉으로 보이는 자세에서 비롯된 착각이었다. 켐퍼는 너무나 숨김이 없어서 그 뒤에 그것보다 더 나은 기질이 있을 거라고 사람들은 순진하게 믿었다. 그것이 한바탕의 겉치레였는지 아닌지 애덤스는 아직 마음에 결정하지 못했다. 하지만 켐퍼처럼 자유로운 남자가 사는 이야기를 듣노라면 헛되이 그 힘을, 그것이 무엇이든지 간에, 다 썼다고 해야 할 듯싶었다. 직장에서 그 남자는 분명 대단한 인물이 되었을 것이다. 문득 재밌는 생각이 하나 떠올랐다. 법조계나 의료계라면 그는 천하무적의 '저명한 스타일'이 되려고 힘을 쏟았을 것이고, 그림 같이 활발한 성격으로 고객의 숫자가 부풀어 올랐을 것이다.

하지만 운명의 너절한 일탈은 켐퍼에게 너무나 풍족한 은행 잔고를 주었다. 더 훌륭한 분야에서 별이 되는 대신 경주용 자동차를 몰게 했다. 애덤스도 그것을 인정했다. 당연히 대가가 있었다. 이 경우, 그 대가라는 것이, 과연 오페라의 줄리엣처럼 매력적인 것일지 의문스러웠다.

애덤스는 유명한 러시아 혁명가와 인터뷰 약속이 있었다.

사무실에 도착하니 그 약속에 늦었음을 알게 되었다. 혁명가는 『리뷰』에 기사를 주기로 약속했었다. 매달 이맘때면 다음 호를 기획하는데, 머리기사에 대한 협의가 계속 늦어지고 있었다. 문학계 저명한 인사가 갑자기 죽는 바람에 마지막에 기사를 대체해야만 했다.

사무실은 유니온스퀘어 빌딩 8층에 있었다. 어두침침한 작은 방이었다. 바로 문 앞에는 비서들의 책상이 그의 사적 공간을 지키고 있었다. 이 보좌진은 전도유망한 젊은 남자들로 구성되어 있었다. 그를 흠모하며 열성적으로 일하는 대학 졸업자와 성마른 영웅 숭배자들. 애덤스는 이들이 멋쩍고 거북스러웠다. 하지만 평생 그리 존중받지 못한 삶에 익숙해 온 터라 최근에는 이 동료들의 따뜻한 아침 인사가 점점 절실히 기대되었다. 그중에는 볼드윈이라는 산뜻한 색상의 청년이 있었는데, 그에게 적극적인 관심이 갔다. 그의 가치는 굴뚝들 사이에서 살짝 연기에 그을린 그 작은 사무실에 한정되어 있었다. 하지만 그의 몸에서 나오는 어떤 존재감은 자극적이었다.

하루해가 저물고 있었다. 애덤스는 다시 거리로 나왔다. 5번길로 건너가 평소처럼 걸었다. 눈은 멈추었지만 매서운 돌풍에 조그만 눈보라가 연이어 일었다. 따뜻한 사무실을 나오니 사나운 강풍이 강하게 얼굴을 때렸다. 그는 퇴근할 때까지 일에 깊이 몰입해 있었던 까닭에 『리뷰』의 미래에 대한 생각을 놓을 수 없었다. 생각을 바꾸려고 애쓰기보다는 거리의 사람들을 보며 한가로이 상상의 나래를 폈다. 질질 끌리는 페티코트와 퍼플 벨벳 가운을 입은 여자의 과거를 막연히 추정하고, 머뭇거리는 불도그를 그의 뒤꿈치로 재촉하는 체구 좋은 영국인 청년에 꼬리표를 붙여 보고, 모조 보석이 진열된 창 앞에서 황홀한 시선을 떼지 못하는 초라한 코트의 예쁜 아가씨와 연관해 비극적 로맨스를 그렸다. 홀연히 시가를 피우는 두 남자가 그의 뒤로 다가왔다. 향기가 끔찍이 좋았다. 담배의 상표가 무얼까 그는 궁금했다.

"그 여자에 대해 내가 아는 거라고는," 옆을 지나가며 그중 한 남자가 웃으며 말했다. "브래디랑 단둘이서 저녁을 먹는다는 거야. 함께 저녁만 먹는 건 아니겠지……."

모퉁이를 돌자 그들은 후다닥 교차로로 내려갔다. 말의 끝 부분은 그 남자와 함께 흐릿한 안개 속으로 사라졌다.

애덤스는 남자의 말을 아내와 곧바로 연계시키지는 못했다. 그 말을 별 생각 없이 머릿속에서 되뇌다 불길한 천둥처럼 불현듯 등골이 오싹했다. 감히 그 자신에게도 소곤거릴 수 없는 예감.

'쳇! 아마 브래디가 식사하는 여자는 열둘이나 될 것이다. 그런 식이라면, 아마 브래디란 이름을 가진 사람도 열둘은 될 거다. 흔한 이름이니까.' 애덤스는 이렇게 억지를 부리며 위안을 삼았다. 의심을 버리고 마음속으로나마 코니에게 사과하는 게 품위를 지키는 행동일 것이다. 저급한 동기를 순진한 행동 탓으로 돌리는 것은 속 좁은 사람의 비열함이었다. 남자의 소심함은 일종의 잠재된 악이었다. 행동이 필요하다는 확신이 들 때까지는 머릿속에 '검은 박쥐들'을 그대로 놔두면 안 된다고 그는 굳게 마음먹었다. 코니를 사랑한다면, 이 상황을 대처

하는 데 있어 도의심보다는 열정에 더 많은 무게를 두어야 할 것이다. 하지만 오랫동안 그가 가진 사랑의 열정은 철학자의 유머로 대체되었다. 그가 그녀에게 준 것은 강직한 명예의 법칙이었다. 그 자신도 친구들과 어울릴 때면 그 법칙을 고수했다.

애덤스는 40번가에서 다시 되돌아갈 작정이었는데, 누군가가 지나가면서 그의 이름을 불렀다. 길가에 황급히 정차된 택시에서 페리가 튀어나왔다.

"잠깐 기다려 봐, 애덤스?" 장갑 낀 한 손을 저으며 페리가 말했다. 다른 손으로는 택시비를 지불하고 있었다. "자네를 찾고 있었어." 보도의 연석에서 돌아서며 그가 곧 덧붙였다. "괜찮다면 자네가 가는 방향으로 한두 블록 같이 걸을까? 방금 야회복을 입고 나오다가," 더 따뜻하게 외투 모피 깃을 추스르며 그가 설명했다. "그래머시 파크로 혼자 내려가던 로라 양을 만났어. 거기서 오는 길이지. 그리고 지금은 거티가 한 저녁 약속에 서둘러 가고 있고. 그녀가 나를 어디로 데려가는지 난 죽어도 몰라. 나한테는 뭐 어디든 상관없거든. 절반은 그 집 응접실에 턱 들어설 때까지 우리가 어디로 가는지 물을 생각도 못하니까. 항상 다른 사람 집에서 먹는 거, 그거 야만적인 생활이야."

귀엽게 불만스런 어투였다. 하지만 그 잘생긴 얼굴에는 확실히 불편한 무언가가 어려 있었다. 이윽고 페리는 질문을 하려고 상대를 보았다. 음침하게 비밀스러울 것 같은, 아직 찬란한 대중의 관심을—그는 그 관심 속에서 움직였지만—끌지 않은, 그의 두뇌 활동의 가장 작은 부분을 명명백백 빛나게 하는 질문. 하지만 별 내용 없는 문장들이 무작위로 튀어나왔다. 페리는 생각이 더뎌서 그가 하고 싶은 말을 제대로 하기 위해서는 더 큰 여백이 필요했다. 애덤스는 그걸 금세 알아차렸다. 그 모든 말 뒤에는 어떤 의미가 숨어 있었다. 그 상황이 또렷해질 때까지 그 문장들은 조용히 기다리며 당혹스러운 침묵 속을 방황했다. 실크해트*와 가장자리가 밍크로 된 외투, 남성적 듬직함, 페리가 풍기는 위엄에 애덤스는 기가 죽을 지경이었다. 허울 좋은 성격에 머뭇거리는 그를 보면서 애덤스는 옛 동요에 나오는 거지들이 생각났다. 그들은 화려한 벨벳 가운을 입고 도시에 왔었다. 페리가 사용하는 것은 전부 무척 호화로웠다. 사람들이 그를 보면 은연중에 현란한 수식어의 로마네스크식 말투를 사용하게 될 것이다.

"나한테 하고 싶은 말이 있나 보군." 이내 애덤스가 유도했다. "물론 나는 급하지 않아. 지금이 여느 때처럼 좋은 시간 아닌가?"

"그래, 그게 바로 내가 생각하고 있던 거야." 페리가 호탕하

* 정장용 서양 남자 모자

게 답했다. "근데 이건 아무것도 아니야. 자네도 알지만…… 이건…… 그러니까…… 정말…… 그리 중요한 용무가 아니지."

아리따운 여자가 전등 밑으로 홀연히 지나갔다. 페리는 꽤 당혹스러워하면서도 생글거리는 눈빛으로 그녀를 따라갔다. 사라져 가는 여성적 미모에 그는 순간 정신을 빼앗겼다.

"다행이야. 우리 사이에는 중요한 용무가 없으니 말이야." 애덤스가 응수했다. "그래서 친구랑 반 시간 보내는 건 편한 일이야. 출판사가 홍보하는 문학 작품에 대한 얘기는 아닐 테니까."

"우리가 꽤 오랫동안 알고 지냈지, 그렇지." 예쁘장한 여자에게 정신이 팔렸던 것을 잊고 페리가 말을 이었다. "난 마음에 뭔가가 있을 때면, 그러니까, 어떤 이상한 엉터리 물고기가 말하지 못하게 하는 걸 느끼네."

애덤스가 호기롭게 웃었다. "어이쿠, 물고기 상태로 오래 머물지는 말게나." 그가 대꾸했다. "자, 털어내고 끝내지. 근데 그게 나에 관한 건가, 자네에 관한 건가?"

페리는 정돈된 콧수염을 초조하게 잡아당기며 고개를 흔들었다. "노인 양반, 잘 들어 봐." 그가 비로소 입을 열었다. "코니 부인이 아기처럼 순진하다는 건 나도 잘 알아. 거티도 비슷해. 그리고 그런 여자는 수도 없이 많아. 비위에 거슬리는 건 짐승 같은 남자 놈들이지." 그가 유감스런 도덕성으로 한마디

했다.

“아, 그런가?” 냉철히 심문하는 듯 상대방을 바라보면서 애덤스가 답했다. “자, 그럼, 조용히 이야기해 보지. 자네는 나의 절친한 친구니까. 그 사람들이 내 아내에 대해서 뭐라 말하던가?”

“브래디가 죽일 놈이야!” 페리는 손수건을 더듬어 찾더니 코를 세게 풀며 소리를 질렀다.

“그래, 브래디가 죽일 놈이라고?” 애덤스가 따라 말했다.

“내가 세상 누구보다 자네를 더 생각하지 않았다면, 이렇게 말하기 전에 총 맞아 죽었을 거야.” 페리가 거침없이 말했다. 그리고 거세게 비난하며 성급하게 덧붙였다. “그 사람은 어젯밤에 샴페인을 너무 마셨어…… 그러니까 그가 칵테일을 마시고 주정 부리는 것을 보았어…… 당구를 치고 나서 그가 스킨커에게 떠들더군…… 이해하겠어, 노인 양반, 이게 다 그가 하는 허튼소리라고…… 코니 부인이 오늘 저녁 그와 둘이 저녁을 먹을 거라고 하더군. 오페라가 끝나고, 그의 방에서. 물론 그는 취해 있었어. 취해 있지 않았어도 그의 말을 믿고 돈을 걸진 않겠지만. 그는 클럽에서 누구를 따먹었는지 떠드는 그런 멍청한 놈이거든.” 날카롭게 분개하며 페리가 말을 맺었다.

애덤스는 잠시 시선을 멀리했다. 그들 앞의 가게 윈도를 말없이 응시했다. 전시된 여러 종류 도자기에 집중했다. 그러다가 페리를 똑바로 쳐다보며 강렬한 웃음을 툭 터트렸다.

"으음, 브래디가 거짓말을 했군." 애덤스가 말했다. "오페라가 끝나면 내가 아내를 데리러 가겠다고 약속했으니까." 그의 음성에는 망설임이 없었다. 페리의 얼굴에는 안도하는 표정이 어렸다. 돌연 애덤스가 멈춰 섰다. "자네는 정말 좋은 친구야." 그가 더욱 조용히 말을 이었다. "물론, 자네도 알지만, 우리 서부 전통이란 게 자네 뉴욕 전통들보다는 융통성이 있지. 아무래도……."

"난 단지 그가 어떤 유의 인간인지 자네 부인이 알았으면 해." 페리가 해명했다. "여자들이 남자들을 대하는 것이…… 그러니까, 밖으로는 우리가 모두 멋져 보이지." 이렇게 말하다가, 그는 냉정을 잃으며 분노했다. 정당한 분노였다. 진심을 실어 욕설을 퍼부었다. "에이 씨, 빌어먹을 놈! 껍질을 홀라당 벗겨서 때려죽이고 싶네."

"그렇게 말하니 고맙네." 그게 애덤스가 한 말 전부였다. 그의 목소리에는 터질 듯이 과격한 상대방의 소리를 그저 허세로 만드는 저력이 있었다. 그가 말할 때 얼굴에 슬쩍 스치는 빛을 페리는 보았다. 그건 나이 들고 지친 남자의 얼굴이었다. 애덤스는 뜻밖에 혐오스런 광경을 본 사람처럼 눈빛이 위축되어 있었다.

페리는 그가 살면서 겪었던 수많은 다양한 감정 중에 어쩌면 가장 맑은 감정으로 애덤스를 존경했다. 대학 때부터 그랬다.

성년이 되면서는 더욱 강해졌다. 그의 문학은 친절하게 증오했지만, 존경은 변함없이 계속되었다. 그건 페리가 여자의 대표자와 자신의 관계에서는 찾을 수 없는 불변성이었다. 지금 가로등 아래 초췌한 애덤스의 얼굴을 보며 그는 연민의 감정이 강하게 팽팽해지는 것을 느꼈다. 드넓은 가슴 어딘가가 아파 오는 듯했다.

"이거 봐, 노인 양반, 나랑 셰리스에 가서 저녁이나 먹지." 페리가 크게 말했다. "내가 거티에게 전화해서 그 야만스런 저녁에는 못 가겠다고 할 테니."

괴로운 사람에게 함께 식사를 하자고 제안하는 것은 믿음이 실린 위안을 주는 유일한 방법이었다. 이 관대한 충동이 무척 강렬한 나머지 페리는 애덤스가 대답을 하기도 전에 머릿속에서 주문할 코스 요리를 생각하기에 이르렀다. 굉장한, 위로가 되는, 잊지 못할 만찬이 되어야 한다고 그는 다짐했다. 친구가 주식을 해서 몽땅 잃거나 아내에게서 버림받았을 때처럼 아주 드물게 베풀 수 있는 저녁 식사.

"셰리스로 가지." 마음이 무아경에 빠지는 것을 멈추고 페리가 다시 권유했다. "대단한 저녁이 될 거라고 내 약속하지."

하지만 간교한 악의 화신은 빈정대는 기운으로 애덤스 안으로 슬며시 들어와 폭발했다. 비장한 각오로 진탕 먹고 마실 생각에 싸여 있던 페리를 흔드는 폭발이었다. 이 만유의 설계는

타이타닉의 역설을 충족하도록 계획된 듯 보였다. 돌연 애덤스에게는 자신의 우직함과 코니의 경솔함이 한낱 티끌 같은 조그만 장난처럼 느껴졌다. 자연의 모순이 일으키는 흔한 격랑 속을 돌아다니는 장난.

"하, 자네는 정말 최고의 친구야." 이윽고 머리부터 발끝까지 경련을 일으키며 사악한 웃음을 터트리며 애덤스가 더듬거렸다. "나…… 나도 진짜 그렇게 하고 싶지만 그럴 수가 없네. 사실은 이 모든 게 정말 웃겨…… 산다는 거 말이야."

그렇게 말을 하면서도 애덤스는 자신의 말이 페리에게 치욕스럽게 경박한 느낌을 주리라 생각되었다. 그런 생각이 들자 그의 발작적인 역설은 두 배로 힘을 받았다. 마치 그가 신처럼 밖에 저 멀리 서서 얽히고설킨 지구의 기이한 작은 것들을 관찰하는 듯했다. 비록 페리는 이 상황을 엄청 중요하게 여겼지만, 이런 것들은 아주 작은 것들이었다.

애덤스가 페리를 보내고 집에 돌아왔을 때는 이 일의 중압감이 머릿속을 꽉 짓누를 만큼 커져 있었다. 코니는 한 시간 전에 나갔다. 핑계를 만들어 그녀를 잡아 두기에는 너무 늦었다. 애덤스는 저녁 식사 앞에 말없이 앉아 있었다. 식사를 할 수 없었다. 달궈진 상상력은 아내가 거미줄에 걸린 파리처럼 묶여 있는 끔찍한 장면들을 엮어 냈다.

만약 코니가 정말 어떤 마약에 취해서 이성적으로 자신의 뜻을 표현할 수 없다면 어떻게 될까? 만약 그가 오페라 하우스 입구에서 그녀를 만나지 못한다면? 최악의 가정이지만, 그녀를 찾았는데 집으로 데려오기 위해 그가 만든 구실을 받아들이지 않는다면?

코니는 어떤 무모한 행동이라도 할 수 있었다. 하지만 두 눈 멀쩡히 뜨고 치욕 속으로 걸어가리라고는 결코 생각하지 않았다. 그는 다시 그녀가 극악무도한 마약에 취해 악마에게 유별나게 이용당할까 오싹했다. 그녀가 제정신이 아니라는 것에서 약간의 위안을 찾을 수밖에.

'왜 코니는 자기의 아름다움, 자기 인생까지 허비하는 걸까?' 그는 씁쓸히 물었다. '그녀의 도덕의식이 이 순간 광란의 흥분에 서서히, 유유히 갉아 먹히는 것을 보호할 수 있을까?'

과격하게 퍼덕거리는 몸짓, 취한 듯이 흥분한 목소리, 점점 누렇게 들뜨는 아이보리 피부, 누구도 속일 수 없었던 돌발적인 행동들과 거짓말들이 다시 떠올랐다. 한 시간 전에 일어났던 인생의 역설처럼, 인생의 비극은 그의 앞에 생생하게 펼쳐졌다. 체념의 아름다움도, 도전의 숭고함도 찾을 수 없는, 비열하기에 섬뜩하기만 한 비극. 이 상황에 최소한의, 가장 소소한 영예로운 정직함이 있다면, 확고한 연민은 아니더라도 아량 있고 관대한 포용심으로라도 그 비극을 대면하리라.

사랑이라는 것, 그가 이해했을지도 모른다. 여자들은 사랑이 필요하다는 걸 그는 알았다. 그는 코니에게 있어서 자신이 차지하는 부분에 대한 망상으로 괴로워하지 않았다. 그녀는 쉼 없이 자극을 좇으며 살았고, 머릿속은 쾌락을 위한 간절한 기도로 가득 찼다. 그 속에서 그는 정당화될 수 없는 것들에 대해 설명할 수 있는 어떤 의미를 찾아 무턱대고 더듬거렸다.

시간이 지겹게 꾸물거렸다. 10시가 되기 전에 애덤스는 외투를 걸치고 설상화를 신고 다시 거리로 나갔다. 그 순간 코니를 놓칠 것 같은 걱정이 앞섰다. 오페라 하우스를 향해 걸으며, 그녀를 움켜잡은 혹독한 운명이 무자비한 재앙을 일으키려고 에너지를 모으는 것 같은 불가사의한 예감을 받았다. 그는 특유의 인내심으로 자신의 양심과 일상의 사건들을 살펴보고, 아내보다는 자신에게 책임을 돌렸다. 결국 둘 중 강한 사람은 그였다. 하지만 그녀를 위해 힘이나 연민을 쏟았던 게 언제였던가? 문득, 친밀한 인간관계에서 무관심은 죄라는 사실이 보였다.

되짚어 보니 그의 결혼 생활을 지배했던 나태한 기운은 도덕적 해이의 형태를 띠고 있었다. 인간의 영혼이란 것은 옆에서 말라 죽어도 될 만큼 조그마한 것이고, 그는 현명한 사람이 아니던가? 그가 자랑스럽게 여기는 지성으로 인간적인 부분이 마비되고 연민의 샘이 마른다면 그게 무슨 가치가 있을까? 시야를 넓히니, 어떤 상황에서 인간성이란 하나의 개체이며 나뉠 수 없는 것임이 보였다. 그것은 삶의 흔한 파동을 모아 잡고 있는 유일한 유기체였다. 그는 깨달았다. 사는 것이나 죽는 것은 각각 개인 운명의 범주를 벗어난 일이다. 신의 눈에 각 사람은 자기 영혼의 수호자가 아니라 형제 영혼의 수호자이기 때문이다.

애덤스는 마음속에서 꿈틀대는 자기비판으로 인해 걸음이 빨라졌다. 입구에 닿았을 때는, 오페라가 끝나려면 아직도 한 시간을 기다려야 했다. 운이 좋아 코니를 찾는다면 꼭 집으로 데려가야만 한다는 것을 되새기며 그는 마차 대여소로 갔다가 다시 돌아와 얼어붙은 보도를 위아래로 초조하게 걸었다. 그의 마음이 둘로 갈렸다. 그녀가 다른 출구로 나가 전혀 만나지 못할지도 모른다는 우려와, 그녀를 만났는데도 같이 가자고 설득하지 못할지도 모른다는 더 참혹한 걱정. 코니는 이유를 물을 것이다. 그가 갑자기 나타난 까닭이 무엇인지 설명하라 할 것이다. 그녀가 분노로 폭발할 오싹한 가능성도 있었다.

바람이 너무 쌀쌀해 애덤스는 로비로 들어갔다. 몇몇 남자들이 마차를 잡으려고 서둘러 나왔다. 이윽고 이브닝드레스를 입은 관객들이 쏟아져 나왔다. 애덤스는 눈에 초자연적인 힘을 주며 지각력을 날카롭게 했다. 마치 스펙트럼 조명에 두드러지는 것처럼, 움직이는 무리 사이에 여자들 얼굴이 하나씩 또렷이 보였다. 한 명 한 명 똑똑히 보았다. 밝은 색과 어둔 색, 평범함과 아름다움. 그들 사이로 정성껏 정돈된 코니의 금발 머리가 빛났다. 반짝거리는 다이아몬드가 어울리지 않게 빛깔을 더했다. 그녀가 여러 사람들과 있기를 애덤스는 마지막까지 바랐었다. 하지만 그녀는 아기 턱처럼 생긴 턱을 살짝 위로 쳐들고 기운차게 보이려고 억지를 부리는 천박한 모습으로 브래디 옆에 있었다. 그들 둘뿐이었다. 나머지 저녁 시간에도 아마 둘만 있을 것이다.

애덤스는 출입구에서 떨어져 관찰했다. 코니는 그를 보지 못하고 사람들이 많은 로비에 잠깐 멈춰 섰다. 애덤스는 전날 저녁, 서재의 램프 빛에 그녀를 보았을 때처럼 감정이 미묘하게 요동치는 것을 느꼈다. 한 순간 선명하게, 그녀의 다이아몬드가 깜박이는 것을 보았다. 낡은 분첩, 볼터치를 한 뺨, 허약한 모습을 흔드는 초조한 퍼덕거림, 호감을 끄는 아름다운 얼굴을 망가뜨리는 소모적인 정염. 그리고 더 깊숙한 곳에, 거미줄에 걸려 벌거벗은 채 떨고 있는 그녀의 영혼을 보았다. 그녀는 힘이 없어 도망갈 수도 없었다.

그의 가슴에는 오직 고통스러운 연민의 감정뿐이었다. 다른 감정이 들어설 공간이 없었다. 애덤스는 그녀가 문으로 나오자 팔에 손을 댔다. 어르는 듯한 목소리로 그가 말했다. "나쁜 소식이 있어, 코니. 그래서 당신을 찾으러 왔어."

코니는 깜짝 놀라 동행자의 팔에서 손을 내려놓았다. 돌풍에 흔들리는 풀잎처럼 그녀는 머리부터 발끝까지 바들거렸다. "무슨 말이에요? 무슨 일이 있어요?" 그녀가 다급히 물었다.

애덤스는 브래디를 향해 모자를 들썩이고는 다시 그를 쳐다보지 않았다. 이제 부드러우면서도 단호한 권위의 눈빛으로 아내를 향했다. "곧 말해 줄게…… 일단 마차에 타지." 그녀의 목을 둘러싼 옷깃을 추스르며 그가 말했다. "모퉁이에 마차를 대기시켜 놓았어."

애덤스는 그녀가 놀라며 주저하는 것을 보았다. 또한 그녀가 불안해 떨면서도 그의 어울리지 않는 옷차림새를—평범한 직장인 외투, 목에 두른 파란 실크 목도리, 흙탕물이 다 튀어 있는 고무장화를—뜯어보는 것을 그는 보았다. 코니는 다시 브래디를, 가장자리가 모피로 된 코트 속 말끔한 브래디의 연회복을, 어색하게 흘긋 보았다. 애덤스는 코니를 잘 알았다. 코니는 분명 비교하고 있었다. 그녀의 얼굴에 그렇게 쓰여 있었다.

그녀가 비난하는 것을 알았지만 애덤스는 신경 쓰지 않았다. 꿰뚫어 보는 듯한 그 시선에도 전연 아랑곳하지 않았다. 그의 안에서는 전투적 본능이 살아나 빠르게 움직였다. 코니를 구원할 수 있다면, 그녀의 영혼을 위해 그는 혼자 힘으로 악의 세력에 대항해야만 했다. 이것이 남자가 태어난 목적이었다. 싸운다면 그가 이길지도 모른다. 그래서 그 야수와 연관된 영혼을 의롭게 할지도 모른다.

코니는 옆에 손을 내려놓고 있었다. 애덤스는 소유욕을 보이며 그 손을 잡아 자신의 팔로 이끌었다. 그 사이 그녀는 떨리는 목소리로 브래디에게 서둘러 양해를 구했다. 잠시 그녀는 머뭇거렸지만 애덤스는 점잖게 그녀를 끌었다. 그녀는 처음 몇 걸음을 걷더니 정신을 차리고 빠른 걸음으로 대기 중인 마차로 갔다. 마차에 올라타고는 곧바로 구석에 움츠렸다. 마차가 굴러가기 시작하자 그녀는 조바심을 내며 질문을 쏟아 냈다. "뭐예요? 뭔지 말해 봐요?"

코니는 몸서리치며 손발을 떨었다. 애덤스는 앞에 앉은 철저히 무력한 그녀를 보며 내심 안쓰러웠다. 그녀를 향한 옛 감정은 하찮고 대수롭지 않은 것처럼 보였다. 그녀의 얼굴에 비친 공포에 반응하며 그의 내면의 성스러운 부분이 깨어났다. 그는 불현듯, 이전까지는 그녀를 사랑한 적이 없었다고 느꼈다. 이제 그녀는 진정 그의 것이 되었다. 지금 그녀는 그가 필요했다. 그녀가 비루하고 어린아이 같은 어리석음으로 나아가는 미래에는, 그녀는 버림받고 무서워 떨며 홀로 서 있을 것이다. 그녀와, 이 싸움이, 그의 손에 달렸다. 그는 끝까지 저항하기 위해 마음을 다잡고 있었다.

"원한다면 알려 주지." 애덤스가 말했다. "하지만 이 문제로 잠을 잃으면 안 돼."

모퉁이를 돌아서니 가로등 불빛이 어두운 마차 안으로 들어와 코니의 금발 머리와 다이아몬드를 비췄다. 반짝거리는 다이아몬드 때문에 그녀의 파란 눈은 멍하고 시들어 보였다.

"그게…… 그게 돈과 연관된 거예요?" 코니가 다가오며 물었다.

"당신이 같이 있던 얼간이 놈보다 중요한 건 없어." 애덤스가 손을 뻗어 그녀의 손을 지그시 잡아 조이며 대꾸했다. "그가 바람둥이라는 걸 방금 알게 됐어. 1초라도 당신을 그놈에게 맡겨두기에는, 당신은 너무 소중하지. 조심해야만 해, 여보." 그가 덧붙였다. "맹세코 당신을 돕기 위해 내가 최선을 다하겠지만, 그래도 조심해야 해."

"아아!" 코니가 날카롭게 비명을 질렀다. "아아!" 마치 그가 만지면 상처라도 날 것처럼 그녀는 뒤로 물러났다. 그게 그녀가 한 말 전부였다. 하지만 그 말은 억눌린 감정과 더불어 그의 귓가에 울렸다.

그는 자신에게 물었다. 이것이 그녀를 탈출시킨 것에 대한 감사일까, 아니면 그가 한 일에 대한 분노일까?

제2부

환영幻影

1장
벼랑 끝 남자의 쾌락

애덤스를 만나기로 한 날 아침, 켐퍼는 9시 3분 전에 일어났다. 벽로 선반 위에 놓인 청동 시계의 분침이 움직이는 것을 보면서 정각이 될 때까지 정확히 3분 동안 그대로 누워 있었다. 방에 있는 다른 것들도 그렇듯 그 시계는 꽤나 값나가는 작은 장식품이었다. 그것은 진품을 고집하는 주인의 성향을 숨김없이 드러냈다.

커다란 마호가니 침대에 누워 보드라우면서도 빳빳하게 다림질한 리넨 침대보 사이에서 켐퍼는 몸을 쭉 뻗었다. 베개 한가운데에 머리를 두고 그 시각이 될 때까지 하품을 하며 기다렸다. 햇빛이 창을 통해 들어와 터키산 양탄자에 흘렀다. 그는 눈을 꼭 감았다. 부글거리는 커피의 향기가 열린 거실 문으로 들어와 그의 코에 닿았다. 텔레파시를 써서 15분 정도 분침을 뒤로 되돌릴 수 있다면 기분 좋게 다시 잠에 들 것이다. 이 생각에 눈을 감고 졸린 듯 머리 위로 손을 뻗어 맞잡으며 다시 몸을 쭉 폈다. 그때 갑자기 시계가 청동의 울림처럼 깊게 울렸다. 그는 한껏 힘을 주어 침대를 박차고 일어났다. 실내복 가운을 어깨에 걸치고 차가운 드레스 룸으로 뛰어들었다. 그가 다시 나타났을 때는 얼굴에 건강한 빛이 흘렀다. 그는 미소를 머금고 거울 앞에 서서 초록빛 형태의 넥타이를 맸다. 검은색 진주 스카프 핀을 조심스럽게 차고, 짧은 갈색 콧수염 끝을 꼬았다. 쾌활하고 다정한 기분으로 하루를 시작하는 남자의 모습이었다.

거실 건너편 다이닝 룸에는 아침 식사가 준비되어 있었다. 접시 옆으로는 우편물 몇 개와 아침 신문이 놓여 있었다. 켐퍼는 먼저 우편물을 훑어보았다. 하나 빼고는 모두 청구서였다. 미심쩍이 인상을 찌푸리며 흘긋 보고는 그것들을 한쪽으로 던져 놓았다. 그러고는 작은 사각 봉투 하나를 뒤집었다. 그가 싫어하는 여자가 보낸 만찬 초대장이었다. 그녀는 가정에 대한 불평으로 그를 지루하게 만들었다. 그의 성마른 회색 눈 위로 묵직한 이마가 험악하게 모였다. 그는 우편물을 아무렇게나 밀쳐 두고 커피 잔 자리를 만들었다. 하인은 커피에 정확한 양의 크림과 설탕을 더했다.

"이거 답하라고 나한테 말해 줘, 윌킨스." 짜증스러운 듯 켐퍼가 말했다. "오늘 오후까지는 답을 보내야 해. 꼭 말해 줘야 해."

"어제 말씀하신 것도 쓰지 않은 것 같은데요, 나리." 윌킨스가 힘주어 말했다. 존경이 배인 친근한 태도였다.

"참, 그렇지! 믿기지가 않네." 의자를 테이블 가까이 당기고 계란을 톡톡 두드리며 켐퍼가 대꾸했다. "하기 싫은 일을 하지 않아서 그렇군, 윌킨스. 내가 이 우편물에 회신하지 않고 나가려고 하면 억지로라도 못나가게 하라구. 알겠어?"

"예, 나리. 꼭 그렇게 하겠습니다." 토스트를 가지러 나가면서 윌킨스가 대답했다.

켐퍼는 무릎 위에 냅킨을 놓고 느긋하게 의자 뒤로 기댔다. 접시 옆에 있던 신문 하나를 펼쳤다. 그러면서 깊이 숨을 들이쉬어 허파가 부풀어 오르게 했다. 그는 그날 주식 시장 시황을 포함한 칼럼을 후루룩 훑어보았다. 그가 투자한 체리콕 밸리 센트럴이 30포인트 뛴 것은 이미 알고 있었다. 게다가 계속 오르고 있었다. 사랑에 빠진 사람이 이미 마음에 새긴 연애편지를 다시 읽는 것처럼 그는 식지 않은 관심으로 인쇄된 문장들을 읽었다. 체리콕 밸리 센트럴 주식을 굳게 신뢰했다. 당분간 꼭 잡고 있을 생각이었다.

이윽고 그의 시선은 다음 장으로 넘어가 기사 제목 사이를 한가로이 돌아다녔다. 그러다가 서부 뉴스 사이에 삽입된 하찮은 항목에서 문득 멈추었다. 이혼한 아내의 결혼식을 알리는 간단한 공고가 있었다. 이 알림에 그는 신경이 거슬렸다. 동시에 자신이 그렇게 느끼는 것에 자못 놀랐다. 과거로 돌아간 질투의 유령 같았다. 그가 그녀를 원하지 않는 것은 명명백백했다. 하지만 그녀가 다른 남자에게 속한다는 생각에는 분명 불쾌감이 일었다. 헤어진 지 10년이 지났다. 아직도 '지독하게 멋있을까?' 그는 궁금해졌다. 군인 같은 몸가짐의 길고 건강한 몸매를 지금도 유지하고 있을까, 독일식 오믈렛 같은 머리 스타일은 그대로일까?

"젠장, 난 완전히 딴판인데." 그가 감정을 실어 한마디 했다. "스물다섯도 되기 전에 결혼한 남자에게 흔히 나타나는 일이지. 마흔 즈음에는 회의적이 되니까."

결혼이란 남자의 자유를 끊임없이 간섭하고 지속적으로 사교성을 강요하는, 혐오스럽고 정말 지루한 제도였다. 그가 경험한 가장 행복한 느낌은, 자유를 찾았을 때의 느낌이었다. 켐퍼는 이 점을 스스로 상기시켰다. 하지만 타고난 단순함 때문에 그는 솔직히 이렇게 인정해야만 했다—지금껏 그보다 더 환상적인 감정이 하나 있었는데, 그건 그 불행한 결혼을 하게 했던 광기였다.

오, 깊은 사랑을 했다는 건 의심의 여지가 없었다! 켐퍼는 한가히 앉아 커피를 두 잔째 마시고 계란 두 개와 오렌지 마멀레이드를 바른 토스트 네 조각을 먹으며, 아내가 될 여자와 처음 키스했을 때를 음울히 기억했다. 그래도 식욕에는 전혀 영향이 없었다. 그녀는 씩씩한 군인 같은 모습으로 키가 크고 곧았다.

그 모습을 떠올리자니, 유쾌한, 순전히 육체적인 회한이 깨어났다. 그건 그저 지난 쾌락의 기억을 달콤하게 하기에 충분한 회한이었다. 그녀에게 다시 키스하지 않았다면 지금도 그녀를 황홀한 감정으로 생각할 것이다. 현실성은 없지만 그는 늘 그렇듯 솔직히 인정했다. 하지만 결혼은 초기 로맨스의 꽃을 쓸어 가버렸다. 이런 생각이 들자 그는 조물주에 신경질적으로 짜증이 났다. 조물주는 사랑의 환상이 현실과 처음 만나는 자리에서 결코 사라지지 않을 거라고 믿게 했다. 그는 속았다.

켐퍼는 표면적인 삶을 살아왔다. 그 표면이 만족까지는 아니더라도 그럭저럭 괜찮았다. 그는 자신이 최고의 인생을 살고 있는지 궁금했던 적이 없었다. 하지만 가끔 작은 일 때문에 흥분해 분개할 때면 남자가 즉흥적인 감정을 좇는 것에는 도대체 왜 그리 끝이 없는지 이해할 수 없었다. 숨차게 달려온 날들을 돌아보니, 운명이 그에게 내린 형벌이 무엇이든지 간에 그 원수는 그가 원하는 욕망의 형태로 나타났었다. 이 점을 깨닫자 화가 날 지경이었다. 어떤 것에도 그는 서슴없이 손을 댔었다. 그가 원하는 것이라면 여지없이 취했다. 충동과 열정은 리드미컬하게 규칙적으로 흘러갔다. 그럼에도 불구하고 언뜻 돌아보건대 딱 꼬집어 '이것 때문에 나는 행복했어…… 그리고 이것…… 그리고 이것.'이라고 말할 수 있는 사건은 없었다. 회상 속 쾌락은 타락한 망상의 싸구려, 추잡한 색깔로 꿰맨 실밥이 보이는 싸구려였다. 그는 문득, 삶의 잘못된 가치 판단에 사기 당했다고 느꼈다. 그는 속아서, 유치하지만 돌이킬 수 없는 실수를 범했다.

켐퍼는 신문을 펼쳐 들고 앉아, 조바심 내던 연애 초기, 짜릿한 결혼, 그리고 그가 자초한 이혼 법정의 '지긋지긋한 공황' 속에서 지냈던 수많은 해들을 기억했다. 그를 속박한 것은 윤리적 의무가 아니라 사회적 소심함이었다. 마침내 아내는 그것을 한 방에 풀어 버렸다. 그리고 모든 게 끝났다!

그는 안도의 한숨을 내쉬며 커피 잔을 비웠다. 그리고 그 생각과 그에 딸린 쓰라린 일련의 사건들을 마음에서 지웠다.

옛날 일들이 찬물을 끼얹는 바람에 잠깐 좋았던 기분이 식어 버렸다. 그 앞에 펼쳐진 쪽을 장식한 주요 뉴스가 그를 빤히 보고 있었다. 그는 인상을 찌푸렸다. 갑자기 얼굴이 점점 어두워지더니 순식간에 암울해졌다. 얼굴은 그가 겪는 미세한 감정 변화를 그대로 보여 주었다.

헤어진 후 지난 10년 동안 이혼한 아내를 본 적도 없고, 생각한 적도 거의 없었다. 하지만 인쇄된 그녀의 이름은 암흑 속에 있던 이미지를 되살려 냈다. 그 암흑 속에는 감정의 잔해가 남아 있었다. 그는 골치가 아플 지경이었다. 신문의 짧은 두 줄로 인해 그녀는 단번에 현재 그의 삶의 중요한 부분을 차지해 버렸다.

그래도 그녀는 아무런 의미가 없었다. 그의 마음에 합당한 연관성은 없었다. 켐퍼는 그가 사랑했고 기억하는 다른 여자들을 생각해 보려고 애썼다. 아니면 사랑했지만 잊어버린 다른 수많은 여자들이라도.

그러니까, 그는 남자로 살았다. 그 삶에는 어쨌든 여자가 들어와야만 하는 것이 그 삶의 액운이었다. 자신은 절대 애매한 감정을 원하지 않았다고, 반쯤 짜증이 나 투덜거렸다. 머릿속에 '사랑 사업'이라고 새겨진 것의 무미건조한 일상이 지루해 죽을 지경이었다. 그가 원하지 않아도 그것은 언제나 그에게로 왔다. 심지어는 그의 뜻을 거스르며 왔다. 그는 그것을 천박한 농지거리로 만들어 물리치려고 했다. 자동차 레이싱으로 빠르게 없애려고 했다. 그런 감정에는 만족이 없다고 그는 확신했다.

그리고…… 앨타 마담의 목소리가 들려왔다. 그녀의 특이한 고음에는 혈관에 주입된 와인과 꿀처럼 쓰라린 달콤함이 배어 있었다. 그녀는 여전히 그의 기억에 남아 감정에 영향을 끼쳤다. 아직 그가 그녀의 매력에 빠져 있을 때, 그녀는 자신이 숭배한 육체를 반쯤은 서정적이고 반쯤은 악에 받쳐 좇았다. 그러다 먼저 지쳤다. 그것을 알기에 그는 더욱 신경이 쓰였다.

인생을 철저히 사는 것, 인생의 쾌락이나 경험으로부터 최대한 많은 것을 얻는 것, 이것이 그가 가진 응용 철학의 근원이었다. 그리고 이것은 우연히 주어진 운 좋은 정신력과 말쑥함에 대한 직감과, 균형 잡힌 건강미 넘치는 육체에 대한 직감으로 가능했다. 그리하여 쾌락을 좇던 40년 끝에도 그는 온전하고 활동적인 마음과 육체를 지킬 수 있었다. 방탕하게 살면서도 품위를 지켰노라고 줄곧 자부할 수 있었다. 간혹 그는 사교계에서 자신의 입지를 공고히 한 또렷한 업적보다 자신이 이루지 못했던 일에 허영심을 불태웠다. 그의 안에는 아직 종교적 직관이 살아 있었다. 그렇다고 확신이 있는 믿음은 아니었다. 그가 앨타와의 관계에 있어 당당하지 못하고 수치스러워하는 것은 순전히 그 남자의 특성 때문이었다.

마지막까지 남아 있던 마멀레이드 토스트 조각이 접시에서 사라졌다. 켐퍼는 평소 먹던 양 이상은 절대 먹지 않았다. 상의에 묻은 부스러기를 조심히 털었다. 의자를 뒤로 밀치고 식탁에서 일어섰다. 그것은 대수롭지 않은 움직임이었지만 잠시 머물던 음울함을 떨쳐 버렸다. 그는 신문을 집어 들고 옆의 응접실로 가며 윌킨스에게 다정히 환한 미소를 지었다. 윌킨스는, 소화가 되면서 오는 만족감에서라기보다는 자신이 관심을 쏟은 덕분에 분위기가 바뀐 것으로 착각할 정도였다.

다이닝 룸을 떠나면서 켐퍼는 이미 이탈리아 곡을 흥얼거렸다. 시가를 들고 자리에 앉으니 불현듯 이 곡이 앨타 마담이 좋아하는 아리아라는 것이 생각났다. 그녀가 이 아리아를 부르는 것을 백 번은 들었다. 그녀는 고개를 치켜올리는 기교를 부리며 둥그런 하얀 목에서 곡조를 뽑어냈다. 이윽고 아름다우면서도 힘들어 보이는 그녀의 얼굴은 점점 장엄하게 작아졌다. 지그시 감은 눈꺼풀에 그늘진 눈은 장미 꽃잎처럼 보이도록 연하게 화장을 했다. 이 기억으로 그는 표정이 다시 어두워졌다. 그러다가 기분 좋은 미소를 지으며 눈에 어린 무거움을 털어냈다. 전도유망한 체리콕 밸리 센트럴 주식을 꼭 붙들고 있다는 것을 기억했기 때문이다. 그는 시가에 불을 붙이고 성냥은 빈 벽로로 던졌다. 신문을 무릎에서 밀쳐놓고, 아무 생각 없이 그렇게 20분을 흘려보냈다.

켐퍼가 앉아 있는 방은 기본적으로 남자의 방이었다. 가구는 아름다움보다는 편안함에 맞추어져 있었다. 크게 보이게 하려고 은연중에 노력했음이 느껴졌다. 조그만 장식품들은 쓸데없는 잡동사니라고 무시당하는 듯 보였다. 벽로 선반에는 외로운 장식품이 있었다. 상대를 압도한 순간 승리감에 찬 레슬러의 청동상, 기운차고 역동적인 남자의 누드 형상이었다. 바로 그 위에는 유화 물감으로 그린 앨타 마담의 초상화가 걸려 있었다. 그녀는 커다란 검은 모자를 쓰고 있고, 모자에서는 깃털 하나가 떨어지고 있었다. 머리의 금빛 후광에는 그 깃털의 그림자가 어렸다. 켐퍼는 그 그림을 잘 보지 않았다. 행여 그것을 볼 때면, 실내 가구를 쳐다보듯 그냥 슬쩍 볼 뿐이었다. 그의 감정은 실제 존재에 대한 확고한 사실에 깊이 의존했다. 따라서 그 프리마 돈나가 없는 상태에서 그녀가 변함없이 존재하는 것처럼 느끼기는 쉽지 않았다. 평생 그는 과거의 일로 인해 현재의 일에 일시적 예외를 둔 적이 없었다.

켐퍼는 시가를 다 태우고 천천히 일어나, 옷이 잘 맞게 몸을 흔드는 것처럼 힘차게 움직였다. 현관에서 외투를 걸치며 밖으로 막 나가려던 찰나에 그는 윌킨스의 잔소리를 들어야만 했다.

"사무실로 가시는 게 아니지요? 그전에 메모를 쓰고 가시면 좋겠습니다, 나리."

켐퍼는 그를 잠시 물끄러미 바라보았다. 아직 한쪽 팔을 외투에 낀 채였다.

"오, 그렇지, 윌킨스. 클럽에서 하겠네." 그가 마침내 대답했다.

윌킨스는 고개를 저었다. 부드럽게 면도한 영국인 얼굴의 모든 선에 결심이 어렸다. 그는 충실했다. 또한 인정이 많은 사람이었다. 15년 동안 켐퍼를 섬겼고 주인을 잘 알았다.

"그걸 벗는 게 낫겠습니다, 나리." 윌킨스가 어르는 듯 설득했다. "1분도 안 걸릴 겁니다. 제가 직접 그것들을 부치지 않으면 다시 늦어질 테니까요."

"음, 자네 방식을 따르는 게 좋겠군, 윌킨스." 외투에서 팔을 빼며 켐퍼가 인정했다. 하인은 곧바로 외투를 받아 들었다. "대부분 그렇게 하지. 그렇지." 그는 거실로 방향을 돌려, 책상에 앉아 펜을 뺐다. 그가 회신을 해야 할 여남은 초대장 중 세 개에 회신을 썼다. 이 일이 끝나자, 진중한 윌킨스는 그에게 모자와 외투를 건네며 그가 갈 길을 서둘러 가도록 했다.

켐퍼는 11시까지 컨피덴셜 라이프 보험사 사무실에 도착해야 했다. 그는 거기 관리자 중 하나였다. 브로드웨이를 활기차게 걸으며 그는 당장 그가 해결해야 할 일을 깊이 생각했다. 그에게는 한 가지 일에 전심으로 집중할 수 있는 특별한 능력이 있었다. 눈앞에 놓인 것에 열정을 쏟을 수 있는 이 능력은 세상에서 성공하게 했을 뿐 아니라 개인적으로도 만족감을 주었다.

집을 나오니 아침 한때 들었던 낙담은 언제 그랬냐는 듯이 완전히 사라졌다. 인쇄된 페이지에서 이혼한 아내의 이름이 다시 그를 노려보기 전까지는 그녀가 떠오르는 일은 없을 것이다. 평온함, 완벽한 관용의 상징이 가슴에 퍼졌다. 그 자리에서 그에게 종교적 신념을 밝히라고 했다면, '즐겁게 살고, 즐거움으로 사는 것'이라고 주저 없이 대답했을 터였다. 그는 민첩하고 자비로운 마음에 자연스럽게, 간절히 행복을 나누어 주고 싶을 때가 있었다. 세상 만족의 전체 값에 적절히 그의 몫을 더하고 싶을 때가 있었다. 그는 '관대한 일'에 관해서라면 확실히 믿고 의지할 수 있는 남자였다. '관대한 일'이란 언제나 그가 기꺼이 행할 수 있는 일이었다. 고대 로마 시대였다면 그는 틀림없이 인기 많은 정치가가 되었을 것이다. 그리스에서는 키레

네 철학자, 중세라면 자줏빛 의복이 눈에 띄는 성직자, 미국 혁명에서는 찬란한 금빛 레이스를 입고 대의를 따르는 신봉자였을 것이다. 애국심이 부족해서 그런 것이 아니었다. 단지 그의 애국심은 화려한 호소에 잘 반응할 따름이었다.

점심시간에 켐퍼는 사무실을 나와 클럽으로 향했다. 여자에게 장미를 보내지 못했다는 것을 기억했다. 그녀는 중요한 수술을 하려고 입원했는데, 입원하기 전 주에 그와 함께 식사를 했었다. 점심이 30분 정도 늦어졌지만 그는 23번가에 잠깐 차를 대고 꽃을 주문했다. 그리고 간단히 식사를 하고, 클럽에서 즐거운 시간을 보냈다. 클럽에서는 한 녀석에게 훌륭한 안과 의사를 소개시켜 주었다. 그는 시력을 잃어 가고 있지만 가난해서 수술비를 댈 수 없었다. 그와 대화를 나누다가 문득 한 친구가 떠올랐다. 친구는 폐렴으로 고생하고 있었다. 모퉁이만 돌면 바로 보이는 아파트에 그가 살고 있었다. 프랑스 자동차의 신차 발표회를 참관하기 전에 그 친구에게 들러 안부를 묻고 싶었다.

켐퍼는 서둘러 그곳을 나섰다. 그리고 로라를 방문하기 위해 거티와 한 약속을 지키려고 바삐 움직였다. 한 주 전에 이 약속을 할 때 그는 거티를 재촉했었다. 그러나 지금 그 시간이 다가오자 방문의 필요성이 따분하게 느껴졌다. 그의 모든 감각이 그렇듯, 로라가 그에게 준 인상은 생생했지만 쉬이 희미해져 갔다.

그 집에 도착하니, 로라는 없다고 했다. 그가 느낀 실망감에 자신도 놀랄 지경이었다.

"로라를 만나기가 쉽지 않네요." 거티는 앞 계단에 서서 모자에 달린 하얀 깃털들 아래로 멀거니 그를 보며 말했다. "퍼시벌 삼촌을 만나지 않고는 다른 방법이 없어요."

"퍼시벌 삼촌?" 성마르게 지팡이를 빙빙 돌리며 켐퍼가 따라 말했다. "그가 누군데?"

"그분은 괴까다로운 분이죠."

"어떻게 괴까다로운데? 살아 있는 거야?"

거티가 고개를 끄덕였다. "플루트를 연주하는 괴까다로움이랄까."

켐퍼는 계단을 내려가기 시작했다. 거티와 함께 마차 앞 인도에 내려설 때까지 그는 아무 말 하지 않았다.

"난 시인은 참을 수 있겠는데," 이국적으로 어깨를 으쓱하며 그가 말했다. "하지만 피리 연주가까지는 힘들어. 난 거기까지가 한계라고 말해 두지."

"흠, 오빠가 그럴 거라 생각했어요." 거티가 실토했다. "그게 아니라면 이렇게 제안하지 않았을 테니까."

"그건 그렇고, 재능이 있는 가족이네." 켐퍼가 웃었다.

거티는 마차에 오르기 전에 잠깐 멈추었다. “퍼시벌 삼촌이 정말 재능이 있는 사람인지는 모르겠어요.” 그녀가 말했다. “내 생각엔 연주가 형편없거든. 내가 태워 줄까요? 그렇게 하게 해 줘요.”

놀리듯 농담하며 켐퍼가 머리를 흔들었다. “사실 난 말을 보면 불안해.” 그가 대답했다. “말은 무서워. 그놈들이 무슨 생각을 하는지 알 수가 없거든. 그래서 걸을래. 암튼, 고마워.”

켐퍼는 그녀를 빤히 보았다. 거티는 자신의 아름다움에 감동해 번득거리는 그의 눈빛을 보았다.

“아, 무시무시한 자동차들! 영혼이 없어.” 넌더리가 나는 듯 거티가 소리를 질렀다. “그런데 로라는 자동차 싫어해요. 자동차는 머리는 없고 힘만 있는 악마래요.”

켐퍼가 무심히 웃었다. “그래? 내가 잘 가르쳐야겠군.”

거티는 마차에 오르며 질타의 눈초리를 보냈다. “하지만 그럴 기회가 없을 걸요.”

“내가 기회를 한번 만들어 보지.” 그가 유쾌하게 우겼다.

거티는 짜증나는 웃음을 얼핏 지으며 모피 융단 사이로 몸을 내밀었다. 짓궂게 흥에 겨워 그녀가 초록빛 눈을 가늘게 뜨는 것을 그는 보았다.

“만약에 조금 전에 로라가 집에 있었다고 하면 뭐라 할 거예요?” 거티가 물었다. 하지만 그가 따져 묻거나 대답을 하기 전에 마차가 굴러갔다. 그는 어리둥절해하며 인도에 못 박힌 듯 서 있었다.

로라는 정말 집에 있었을까? 의심은 궁금증을 일으켜 그를 찜찜하게 만들었다. 그가 해결할 수 없는 궁금증이었다. 해결할 수 없기에, 그를 피한 여자에 대한 관심이 되살아났고, 그는 계속 그 생각을 하고 있었다. 만약 그녀가 그의 방문을 거부한 게 사실이라면 그건 그를 싫어한다는 뜻일 거다. 싫어하는 게 그렇게 자명하다면 사실이든 육감이든 분명 어떤 근거가 있어야만 했다. 그가 기억하는 한 어떤 여자도 그를 알기 시작하면서 두드러지게 반감을 표명하는 경우는 없었다. 있었다 해도 그런 경우는 흔치 않아 쉽게 잊지 못했을 것이다. 그에게는 열정과 지배 기질이 있었고, 이 미묘한 경험에 자극받지 않을 수 없었다.

'그녀는 얼마나 이상한—엉겅퀴 깃털처럼 가볍고 민감하며 불꽃처럼 생생한—작은 괴짜인가?' 황급히 돌아서기 전 침침한 구식 주택을 흘긋 올려다보며 켐퍼는 생각했다. 눈에 띄게 우아한 로라의 모습과 깊고 검은 눈을 떠올리려고 해 보았다. 하지만 그 모습에 앞서 그녀의 황홀한 미소가 나타났다. 얼굴은 신비한 광채로 잘 보이지 않았다. 생김새 그 자체는 평범했다. 분명 아름답지는 않았다. 그럼에도 전체적 모습으로 보자면, 기억 속 그녀의 표정에는 뜨거운 매력이 있었다. 영혼이 깃든 얼굴이었다. 그녀의 미소에는 불꽃과 그림자의 모든 신비가 있었다. 그러니, 그것이 단순히 외모의 형태인지 연한 황갈색보다 연한 아이보리 피부색인지 뭐가 중요한가.

한 시간 전만 해도 켐퍼는 로라의 존재에 도무지 관심이 없었다. 거의 잊고 있었다. 그러나 지금은 허영심으로—이게 본심이 아니라면—화가 나 정열적으로 추격하는 야만인이 된 듯했다. 로라에게 관심은 없었다. 관심이 없는 것보다 더 없었다. 하지만 그는 갑자기 이치에 맞지 않는 모욕을 느꼈다. 그는 성격상 이런 모욕을 조용히 넘어갈 수 없었다.

몇 시간이 지나고 켐퍼는 애덤스와 저녁 테이블에 앉았다. 켐퍼는 그 화제가 다시 떠올랐고, 자신이 불안한 이유를 바로 논하려고 그들 동료가 겪은 여러 일들을 이야기하다가 그 말을 꺼냈다.

"그런데 저번 날 오후에 자네 제자를 만나 반가웠어." 켐퍼가 말했다.

애덤스가 묘한 웃음을 터트리며 말했다. "내 제자? 무슨 말이야, 나는 제자가 없는데." 그가 반박했다. "아, 아마 트렌트라는 청년을 말하는가 보군. 최근에 버지니아에서 온 친구지."

"나는 아마 거티가 그에 대해 말하는 걸 들었을 거야." 가운데 장식된 붉은 카네이션 건너에서 켐퍼가 대답했다. "아직 그를 만나지는 못했어…… 사실 나는 로라 양을 생각하고 있었는데……. 이 셰리 마셔 봐, 최상급이야. 내가 직접 가져왔거든."

윌킨스가 애덤스의 잔을 채웠다. 애덤스는 마시기 전에 잔을 들어 불빛에 비춰 보며 와인의 색깔을 살폈다.

"정말 최상이군. 인정하네. 훌륭해." 잔을 입술에 대며, 궁금해하는 켐퍼의 눈빛에 답하듯 애덤스가 말했다. "그래. 그녀는 꽤나 훌륭한 작품을 썼지." 화제를 다시 로라에게로 돌리며 그가 곧 말을 이었다. "그러나 그녀가 재능의 방향을 애국주의로 틀지 않는 이상 인기는 없을 거야. 이 시대에 우리가 봐 줄 수 있는 시는 구체적으로 목적이 명확한 시뿐이니까. 우리를 전쟁터로 보내든지 아니면 교회를 짓는 일에 참여하도록 해야만 하지. 단순한 사색의 풍조라는 거, 우리는 빈곤의 습관으로 간주하거든. 그건 인내심을 바닥나게 하지. 위대한 시는 고요함에서 자란다네. 그런데 더 이상 아무도 조용하지 않아. 우리가 목청껏 떠들기 시작하자마자 생각은 곧바로 우리 머릿속으로 기어들어 오니까."

테이블 끝에서는 가지가 있는 촛대가 가물거리며 애덤스의 얼굴에 진주 빛을 드리웠다. 그를 유심히 살피던 켐퍼는 애덤스가 더 이상 젊지 않다는 사실을 새삼 실감했다. 마흔은 넘지 않았을 것이다. 하지만 그는 건강이 안 좋을 뿐 아니라 감정적 격변에 충격을 받은 남자의 일그러진 핼쑥한 모습이었다. 육체적으로 지쳐 기진맥진해 보였다. 그럼에도 홀쭉하면서도 탄력적인 그의 모습에 호소하는 힘이 있다면, 그건 다른 사람이 설명하기 어려운 기운찬 인상이었다. 단지 근력으로만 따지자면 켐퍼는 그를 한 손으로 들어 창밖으로 내팽개칠 수 있을 것이다. 이렇게 생각하니 켐퍼는 꽤 기분이 좋아졌다. 하지만 그럼에도 그는 애덤스 앞에만 서면 항상 별 볼일 없는 남자가 된 듯한 느낌이 들었다. 켐퍼가 무심결에 보이는 태도는 어린아이가 월등한 지적 능력에 감동하는 모습이었다.

애덤스에게는 힘을 발하는 무언가가 있었다. 맹목적인 힘도 아니고 오만한 인격도 아니었다. 그것들보다 더 훌륭한 것이라고 켐퍼는 기꺼이 인정했다. 이 남자에 관해서라면 어떤 것도 확실해 보이지가 않았다. 우세한 자성 따위는 없었다. 하지만 그의 삶을 지배하는 보이지 않는 힘이 그의 영향력 아래 있는 사람들의 생각을 어느 정도 지배했다.

켐퍼는 페리가 했던 말을 기억하며 궁금해졌다. 한때 페리는 애덤스를 좋아한다고 한껏 떠들었었다. 어찌 되었든지 애덤스에게는 또렷한 형태의 단순한 선함이 있다고 했다. 그게 맞는 말일까?

선함이란 남자에게 볼썽사납게 어울리지 않는다고 켐퍼는 늘 생각했었다. 거짓으로 꾸민 여성스러운 미덕. 하지만 이 순간, 카네이션 건너편에 앉은 애덤스의 건강을 위해 잔을 들고 마시면서, 켐퍼는 달콤함이 깃든 매력의 힘을 다시 느꼈다. 그의 기억 속 '와인과 꿀'이 넘치는 과거를 넌더리나게 만드는 달콤함이었다.

'내가 평생 비웃어 왔던 성품 때문에 내가 이 사람을 존경하는 걸까? 그게 가능할까?' 문득 켐퍼는 자문했다. 자제력, 품위 있는 절제, 비록 원하는 것을 가질 수 없어도 말없이 희생하는 힘, 슬픔을 통해서만 배울 수 있는 감미로운 유머, 이 순간 이런 것들이 묘하게 새롭고 생생하게 빛났다.

'나는 그가 용기가 있다는 것 말고는 그의 삶에 대해 아는 게 없다.' 켐퍼는 다시 생각했다. '하지만 그거 하나만으로도, 그리고 내가 느낀 품성만으로도—그게 뭔지는 잘 모르겠지만—내가 아는 어떤 남자나 여자보다 더 빨리 그를 신뢰할 것 같다. 진짜, 내 자신을 믿는 것보다도 빠르게.'

애덤스에게는 고결한 특성이 많이 있었다. 그중에는 켐퍼가 따라갈 수 없는 곳의 진가를 아는 능력이 있었다. 직감적으로 그 기운의 훌륭한 특성을 감지할 수 있는 능력이었다. 켐퍼는 비록 모호한 철학적 위안보다는 감각적 쾌락을 선호했지만, 그렇다고 일부러 삶의 기쁨을 희생하는 사람을 존경하지 않는 것은 아니었다.

오늘 저녁 켐퍼는 애덤스가 특이하게 행복한 사람이라는 인상을 받았다. 그건 그 자신이 좇는 소모적 행복과는 달랐다. 안정과 평온과 파괴할 수 없는 매력이 있는 행복이었다. 욕망의 망상에서 오는 것이 아니라 영원한 조화에서 비롯된 화평과 결부된 것이었다. 카네이션 저편의 남자는 그의 즐거움이 시작하고 끝나는 환락의 길에서 단 한 시간도 빈둥대지 않았다. 켐퍼는 지식보다는 직관으로 그것을 알 수 있었다. 쏜살같이 지나가는 열정의 충동에 애덤스가 통제력을 잃는 것은 상상할 수 없었다. 하지만 그가 알고 있는 바로 그 힘이, 그가 어쩔 수 없이 신과 함께 걸어야만 했던 돌밭 길에서는 친구가 되지 않았던가?

켐퍼는 거기에 앉아, 돌연 평생 처음으로 지식의 깊은 곳에 숨어 있던 심오한 진리를 대면하고 있었다. 어쩌면 포기는 남자 의식에 가장 풍요로운 경험이 될 수 있다는 진리. 선善을 위해 포기하는 것은 죄를 짓지 않게 할 뿐 아니라 미덕을 이루게 한다는 사실. 행복을 포기하고도 사뭇 행복한 사람은 빼앗긴 기쁨의 아름다움을 얻을 뿐 아니라 충족되지 못한 욕망의 힘과 동일한 힘을 얻게 된다는 사실.

켐퍼는 성공했기에 언제나 자신이 강하다고 믿어 왔다. 하지만 이제 그는 애덤스가 더 강하다는 것을 알았다. 애덤스는 자신의 영혼을 위해, 없이 살아왔기 때문이다.

이처럼 애매모호한 생각을 하다가 켐퍼는 불현듯 로라에 대한 기억으로 돌아갔다.

"나는 그녀에게 정말 마음이 가는 것 같아." 상대에게라기보다는 혼잣말하듯 그가 말했다.

"그러니까, 흥미로운 여자지." 애덤스가 웃었다. "페리는 그녀가 지루하다고 해. 그녀가 책처럼 말하지 않는다고 투덜대지. 근데 그 친구는 책을 읽지 않거든. 웃기지."

"내가 좋아하는 건, 그녀가 다르기 때문이야." 켐퍼가 말했다. "맞지, 맞지 않나?"

"다른 사람하고 다르다고? 그래. 어쩌면 그렇게 말할 수도 있겠네. 하지만 와일드라는 성을 가진 사람들은 모두 그렇지. 그녀도 괴짜 가문의 사람이잖아. 페인 부인을 만난 적이 있나? 그녀의 고모 말이야."

켐퍼가 고개를 끄덕였다. 그는 그들 사이에 놓인 카네이션을 갈라놓으려고 몸을 앞으로 기울였다. "노망한 합창단원 같아 보이는 늙은 부인? 응, 그분을 만나는 영광을 누렸다네. 보기보다 훨씬 낫더군. 참, 남편은 내단한 영감이지, 맞지 않나? 지난 봄에 철강 주식을 엄청나게 가지고 있던데, 많이 벌었을 거야."

"그분은 실수로 주식 시장에 발을 들여놓은 철학가라네." 애덤스가 말했다. "아마 조그만 농장 하나에 젖소 한두 마리, 경작할 말 두 필 정도면 충분히 만족해하셨을 거야. 하지만 좋아하지도 않는 수백만 달러의 짐을 져야만 하는 저주를 받았지. 들리는 말로는, 심지어 자선 단체에 은밀히 기부까지 한다더군. 그분을 뵐 때면 로마 제국의 짐을 전부 지고 괴로워했던 마르쿠스 아우렐리우스가 생각나."

켐퍼가 테이블 위 접시에서 배를 가져다 깎다가 잠시 칼을 내려놓고 커피 잔을 옆으로 밀었다.

"자식이 있나?" 켐퍼가 별안간 물었다.

"둘. 둘 다 아들이야. 어린놈들이 속이 없다고 하던데."

"그러면 로라 양이 그 짐을 나눠 질 필요는 거의 없겠지?"

"그렇겠지. 아들놈들이 아마 절반 이상은 없애 버릴 거야. 그들 손에 오기도 전에 말이야."

"안됐군." 켐퍼가 사려 깊게 말했다. 배를 다 깎고 손가락을 핑거볼에 담갔다가 짧은 콧수염을 적셨다. 그러고는 윌킨스가 그 앞에 내민 은반 접시에서 시가를 집었다. "부를 빨리 축적하는 것보다 더 행복한 일은 없을 거야." 그가 진심 어린 목소리로 말했다.

애덤스가 소년처럼 신나게 큰소리로 웃었다. "음, 아마 자네 같은 사람이라면 자기 몫을 챙기려 하겠지." 그가 시가 재를 털며 대꾸했다.

"나?" 켐퍼가 웃지 않고 고개를 흔들었다. "오, 나는 습관 말고는 모은 게 없어. 벌어서 쓰고, 이기면 지고, 맹세컨대 나는 10년 전이나 지금이나 똑같아. 하루아침에 부자가 됐지." 유감스럽게 그가 덧붙였다. "그리고 한 시간 안에 다 말아 먹었지."

켐퍼의 얼굴이 빛을 발했다. 그는 말을 하면서 테이블에 팔꿈치를 기댔다. 눈을 감으며 시가의 맛있는 향내를 들이마셨다. 그는 늘 금융에 관심이 있었다. 물질의 세계에서 부富는 그에게 상당히 매력적인 것이었다. 숫자의 소리뿐 아니라 동전이 짤랑거리는 소리도 좋아했다. 비록 그는 충동에 따라 사는 사치스런 사람이었지만, 그의 혈관에는 돈에 대한 현대적 관심이 거세게 흘렀다. 돈이란 확고한 소유물이자 개인적 특성이었다. 하지만 여기서는 다른 방식으로, 그의 약점을 솔직히 드러내면서, 그는 생산적인 천박함에서 탈출했다. 이윽고 이야기가 주식으로 흘러갔고, 그들은 11시까지 대화를 나누었다. 애덤스가 시간을 흘긋 보더니 놀랐다. 대학 시절에 대해 더는 과장하지 말아야 하는 걸 잊었다고 애덤스가 웃으며 말했다. 그들 모두에게 즐거운 저녁이었다.

얼마 후, 켐퍼는 외투를 벗어 던지며 의아하게 돌이켜 보았다. 아무것도 않고 가만히 앉아 있었던 지난 몇 시간 동안 그는 지루하기는커녕 오히려 새 활력을 얻었다. 전반적으로, 그가 아는 어떤 남자보다 애덤스가 좋아지고 있었다. 흔들리지 않는 차분함, 하찮은 쾌락에 대한 무심함이 좋았다. 그의 인간관계를 정의할 수 있는 고요한 진득함도 좋았다. 다음 몇 년 동안은 그를 자주 만나야겠다고 켐퍼는 즉흥적으로 결심했다.

감동할 만한 밤의 결단을 마무리 지어야 할 시간이 되었다. 켐퍼는 옷깃이 잘 풀리지 않아 짜증이 나기 시작했다. 방종은

줄이고 건강에 더 관심을 두어야 할 것이다. 애덤스와의 우정이 중년에 절제된 삶을 갖도록 할 것이라는 것에 위안을 받으며 그는 기분 좋은 상상을 했다.

"아 진짜, 망할 놈의 단추…… 아 그래, 내가 기를 쓰고 비틀어 주지. …… 아 진짜, 여자와 말이 아닌 것에 관심을 두는 친구와 엮이니 기분이 좋군. 이 친구는 자신에게 흥미로운 다른 객체를 찾으니까, 아니 원한다면 그게 주체가 될 수도 있겠지."

쾌락적인 면에서 외부 세상에 조금이라도 덜 민감한 성격을 계발하면 좋을 것이다. 켐퍼는 난생 처음으로 부루퉁하게 바랐다. 그는 지식의 기쁨, 사색의 즐거움을 몰랐다. 어떤 사람에게는 이것들이 분명 영속적인 위안이 되리라는 것은 어렴풋이나마 알고 있었다. 하지만 그에게 미덕이란, 거대한 짐승의 미덕이었다. 그에게 육체의 자극이 밀려들어 올 때면 관대한 영혼의 성장을 위한 공간은 사라졌다. 그는 세상을 위해 살았다. 세상은 세상을 사랑하는 사람들이 40이 되기 전에 씁쓸하지 않은 열매로 그들을 보상했다. 세상은 그렇게 그에게도 보상했다.

한편 애덤스는 신속히 집을 향해 걸었다. 켐퍼가 꽤나 괜찮은 친구라는 생각이 강하게 들었다. 애덤스는 사람을 만나는 것이 그리 즐겁지 않았다. 남자들이 가끔 고급스런 맛을 즐기며 만족해하듯, 그 또한 질 좋은 와인이나 좋아하는 시가를 즐기는 정도였다. 추측컨대 코니는 아직 집에 돌아오지 않았을 것이다.

하지만 그가 현관에 들어서자 놀랍게도 계단에서 소리가 들렸다. 금발 머리를 어깨 위로 출렁이고 얼룩진 하얀 실크 실내복 가운을 그녀 뒤 카펫에 질질 끌며 코니가 나타났다. 그녀는 황급히 그를 반겼다.

"나는 혼자 있었어요. 너무 무서웠어요." 그녀가 울먹거리며 말했다.

현관문을 잠그려고 그가 돌아서며 그녀의 축 처진 차가운 손을 잡아 따스하게 꼭 쥐었다.

"왜, 당신이 극장에 간 줄 알았는데." 애덤스가 대답했다. "켐퍼랑 저녁을 먹었어. 하지만 세상에, 당신이 나랑 있고 싶다고 말했으면 집에 있었을 거야."

코니가 몸을 바르르 떨었다. 그가 돌아서서 그녀를 보니, 추워서 그러는 것처럼 얼굴이 옹색하고 파랬다. 하얀 가운, 엉킨 금발, 끔찍한 꿈에서 방금 깨어난 것처럼 그녀는 핼쑥한 모습이었다. 그녀는 너무 작았다. 공포와 황폐한 미모 속에 그녀는 너무 작았다. 고통으로 괴로워하는 아이를 보는 것처럼 그는 마음이 움츠러들었다.

"오, 꼬마 아가씨, 무엇 때문에 그러시나요?" 애덤스가 부드럽게 물었다. 그녀가 불안하게 움직이자 그는 팔로 그녀를 감싸고 옆으로 당겼다. "잠깐만, 불을 끌게." 그가 자유로운 손으로 전기 스위치를 누르며 힘찬 목소리로 덧붙였다. 그러고는 그녀가 떨지 않게 가까이 끌어안고는 어두운 계단을 함께 올라갔다.

"극장에 갔었어요. 하지만 너무 아파서 거기에 계속 있을 수가 없었어요." 코니가 말했다. 그의 팔에 안긴 야윈 몸을 힘들게 드나드는 무거운 호흡을 그는 느꼈다. "아, 힘들어요. 힘들고 무서워요."

코니는 큰 소리로 엉엉 울기 시작했다. 아이가 다쳤을 때 무서워, 정말 걱정스러워 우는 것처럼 그녀는 주체하지 못했다. 공포가 그녀 안에 살아 있는 생명체처럼 몸부림치는 것을 그는 느꼈다. 그것은 밝은 세상으로 도망갈 수 없는 우리에 갇힌 짐승 같았다. 그녀의 히스테리는 광기에 가까웠고 악마의 분별없는 예감의 형태로 나타났다. 마치 항상 그녀 주위를 맴도는 보이지 않는, 말로 표현할 수 없는 공포를 느낀 것처럼.

애덤스는 반쯤은 끌고 반쯤은 안아서 현관을 지나 침실로 갔다. 그녀를 침대에 눕혔다. 그녀가 몇 시간 동안 누워 심하게 뒤척였던 것처럼 침대는 뒤집어져 있었다. 모든 전기등은 밝게 빛났다. 코니의 드레스가 바닥에 뒤죽박죽 쌓여 있었다. 방에서는 역겨운 향수 냄새가 났다. 진액 병이 깨져 내용물이 바닥에 쏟아져 있는 것도 보였다.

“이게 뭐지, 코니. 이게 뭐냐고?” 침대 옆에 앉아 바들거리는 그녀의 몸에 손을 대며 그가 물었다. 물음보다는 다그침에 가까웠다.

“아무것도 아니에요. 하지만 그게 전부예요.” 차갑고 축축한 손가락으로 그의 손을 꽉 잡으며 그녀가 숨을 급히 몰아쉬었다. “나는 아프지 않아요. 적어도 몸은 아프지 않아요. 하지만 느낌이 있어요. 내 생각엔, 내가 미쳐 가고 있는 거 같아요. 무시무시한 것들이 보이는데 그것들을 쫓아 버릴 수 없어요. 쫓을 수 없어요. 그것들은 슬쩍 지나가요. 색깔도 있어요. 모두 빨갛고 초록이죠. 뭔가 무서운 일이 나한테 일어나고 있어요. 오, 막아 줘요. 막아 주세요!”

코니가 그에게 달라붙었다. 떨고, 울고, 애원하고, 다시 무섭다고 흐느끼면서 그에게 이 두려움을 물리쳐 달라고 그녀는 간청했다. 더 이상 가까이 오게 하지 말라고, 그녀의 눈을 보지 못하게 해 달라고 사정했다. 그녀는 비루하고 비참한 공포에 질려 미친 듯이 소리를 지르다 마침내 그에 슬피 울며 안정을 찾아갔다. 그녀의 환각은 완전히 이성의 통제를 벗어난 듯 보였다. 코니는 바들거리는 팔로 무릎을 끌어당기며 베개들 사이로 웅크렸다. 그녀는 복수 화신의 손아귀에 잡힌 무력하고 산만한 조그만 생명체였다. 그 순간 그에게 그녀는 아내라기보다는 자식 같았다.

"내 얘기를 들어 봐, 코니." 애덤스가 권위 있는 목소리로 조용히 말했다. 그 권위에 눌려 그녀는 금세 절망적으로 흐느끼는 것을 멈추었다. "이 세상에 내가 당신과 나눠 질 수 없는 문제는 없어. 이 문제를 우리가 나눠 지자구. 바로 이 순간 이건 내 문제가 된 거야. 해결해야 할 문제가 있다면 내가 당신을 위해 해결할게. 이거 명심하고 이제 자. 인간이든 악마든, 어떤 것도 나를 먼저 거치지 않고는 당신에게 갈 수 없어. 자, 이제, 그만 울어요. 그만, 스스로 아프게 해서는 안 되지. 울 필요 없어. 다 거짓 경보였으니까."

"너무 무서워요." 그에게 달라붙으며 그녀가 몇 번이고 반복해 말했다. "한 순간이라도 나를 떠나지 않겠다고 약속해 주세요. 나에게서 손을 떼지 않겠다고. 혼자 남으면 나는 무서워 죽을 거예요."

"당신을 혼자 내버려 두지 않을게. 내가 맹세하지." 확신을 주며 그가 답했다. "가만히 누워 있어요. 당신에게 위안이 된다면, 나는 이 축복의 밤이 새도록 여기 앉아 있을게."

"위안이 돼요." 그녀가 대답했다. 그의 귀에는 그 말이 꿰찌르는 듯이 달콤하게 들렸다. 사랑의 달콤함과 다르지 않았다.

사랑, 진정 사랑이었다. 그는 이제야 깨달았다. 이것은 섹스가 없고 너무 차분해 마치 종교의 환희 같았다. 감미로움이 그의 가슴에 밀려왔다. 남자가 여자를 향한 감정이라기보다 영혼이 영혼을 향한 감정이었다. 아내를 세속의 방식으로 사랑하는 것을 멈추니 그녀가 더 가까이에 있었다. 그녀는 그가 황홀한 순간에 보았던 것보다 더 친근하고 더 신성하게 그의 사람이 되었다. 지금 말할 수 없이 혼란스럽고 추하게 누워 있는 그녀가 한 간청은 남자의 가슴속 조직을 꽉 쥐어짜는 간청이었다. 불멸의 영혼이 일어나 불멸성을 찾으라는 간청이었다.

코니는 자신을 구해 달라고 울부짖고 있었다. 세상으로부터, 그녀 자신으로부터, 주변을 맴도는 악의 세력으로부터. 그녀가 구원받는다면 그는 천국의 천사처럼 기쁠 것이다. 그가 자기 인생을 위해 결코 싸우지 않았던 것만큼이나 그는 더욱 그녀를 위해 싸울 것이다. 땅이나 하늘 어디에도 그가 가진 연민의 힘을 이길 수 있는 것은 없었다. 그것 앞에 더 소소한 욕망이나 감정은—야망, 일할 수 있는 건강을 바라는 마음, 로라를 향해 점점 뜨거워지는 애정은—모두 오그라들어 흔적 없이 사라졌다. 그는 자신의 손 밑에 무서워 떨고 있는 작은 영혼과 결합했고, 이 결합 앞에 그런 것들은 아무 의미가 없었다. 그리고 이내 그 선함, 켐퍼나 페리가 비웃을 만한 선함, 선의 신성한 존재 법칙 말고는 어떤 법도 따르지 않는, 세우고 파괴하는 선함, 영적 선함, 그 선함에는 하얗게 만든 외관도, 바리새인의 시끄러운 자부심도 없었다. 그건 순수한 불꽃, 불타는 열정을 지닌 선함이었다. 이 선함이 매혹적인 아름다움을 발하며 그의 눈에 나타났다. 그것은 섬김과 자기희생의 방식이자 동시에 행복으로 가는 유일한 방식이었고, 그도 이 방식이 힘들다는 건 알았다. 이것은 다른 사람이 가르쳐 줄 수 있는 것이 아니다. 이것은 신으로부터 왔음을 알기에, 그는 스스로 깨달은 것이었다.

"오늘 밤 집에 오던 길에 계획을 하나 세웠어." 벌떡거리는 그녀의 관자놀이를 지그시 누르며 그가 말했다. "내일 사무실에 2주 휴가를 낼 거야. 그리고 모레는 당신과 함께 남부로 갈 거야. 거기서 당신은 주로 야외에 머물며 건강을 되찾을 거고. 몸에 살이 붙고, 얼굴에 혈색이 돌아오겠지."

"나는 다시 예뻐지지 못할 거예요. 절대로." 코니가 신음했다. 그는 그녀를 꼭 잡았다.

"말도 안 되는 소리. 당신은 약간 창백하고 지쳐 있을 뿐이야. 하지만 두 주가 가기 전에 당신의 미모는 다시 찾아올 거야."

긴 밤 내내 애덤스는 그녀 옆에 앉아 몸을 도닥거리며 잠잠하게 했다. 마침내 그녀가 움찔거리며 잠이 들자, 그는 일어나 불빛을 어둡게 했다.

그때 그녀가 소스라치게 놀라며 비명을 질렀다. "여보, 어딨어요! 무서워요!" 그가 의자로 돌아오자 그녀는 어둠 속을 더듬어 그를 잡았다. 그리고 필사적으로 그가 뻗은 팔에 매달리며 이내 어깨 쪽으로 끌어당겼다. 위안을 주는 친숙한 존재로 보호막을 두른 것처럼 그녀는 누워 있었다.

2장
진보와 후퇴

그다음 날이었다. 켐퍼는 여전히 로라를 생각하고 있었다. 그러다가 29번가 교회에서 나오는 그녀와 우연히 마주쳤다. 처음 보았을 때 그녀는 약간 놀란 듯했다. 하지만 그 당혹감은 깊지 않고, 얼굴에 그림자가 스쳐 지나가는 것처럼 금세 지나갔다. 다음 순간, 그가 그려 왔던 환한 미소가 그녀의 눈과 입술에서 빛났다. 기억에 아름답게 남아 있던 미소였다.

"처음에는 당신을 몰라볼 뻔했어요." 로라가 해명했다. "내가 기억했던 모습과 약간 달라서."

켐퍼가 반가운 눈빛으로 그녀의 얼굴을 보았다. "그렇다면, 나를 기억하시는군요?" 그가 말했다. 이 대꾸는 그 남자의 기질을 잘 드러냈다. 거티라면 어쩌면 말한 후에 이런 대꾸를 기대하며 가만히 있었을 것이다. 대화 중에 개인의 의도가 들어갈 수 있는 조그만 구멍이 있다면, 여우가 은신처를 만들듯, 그는 본능적으로 그것을 활용했다. 입 밖으로 툭 튀어나온 말은 그에게 무심결에 기회를 준 어떤 여자에게라도 흔히 할 수 있는 대꾸였다. 하지만 그는 늘씬하면서도 은근히 매력 있는 로라의 모습에 가슴이 뛰었다. 벨벳 모자와 검은 모피를 두르고 옆에서 있는 그녀를 내려다보며 내심 경이로웠다.

스커트가 하늘거렸다. 그녀에게서 자성이 느껴졌다. 열정 가득한 그녀의 영혼, 따스한 인격, 선명하면서도 거리가 있는 신비함에 그는 매료되었다. 그녀의 외모, 목소리, 미소에는 생의 강렬함, 지성의 찬란한 에너지가 있었다. 그녀는 그가 아는 어떤 여자보다 큰일을, 보다 높고 깊은 일을 할 수 있을 것이다. 그녀는 그를 꾀어 공감을 불러일으켰다. 모호한 순간이 새로이 생길 때마다 그 공감대는 더욱 강해졌다.

로라가 그의 옆으로 움직였다. 그 신비의 환상은 여자가 풍길 수 있는 유일한, 영원한 매력이 된 듯했다. 표정에서 이는 불꽃과 그림자, 더 강렬한 인상의 굴곡 있는 옆모습, 검은 곡선 모양의 눈썹, 보동보동한 입, 깊은 설득력을 가진 눈, 도자기처럼 불꽃에 살짝 그슬린 연한 황갈색 피부, 몸짓, 걸음걸이, 우아한 가슴, 통통거리는 늘씬한 엉덩이, 목소리, 손, 말, 가느다란 목덜미 위로 낮게 땋은 풍성한 검은 머리. 그리고 이 환상은 미모에서 퍼져 나오는 환상보다 더 강렬했다. 더 미묘하고 더 감질나게 설명할 수 없기에 이것은 발랄하고 거부할 수 없는 매력으로 그를 사로잡았다.

그의 말에 로라는 싱싱한 몸짓으로 그를 향해 돌았다. 하얀 장갑을 낀 손이 큰 머프에서 빠져 나왔다.

"사흘도 기억하지 못한다면 머리가 안 좋은 거겠죠." 로라가 웃었다.

"사흘이요?" 쾌활하게 되물으며 켐퍼가 눈썹을 추켜세웠다. 그렇게 묻는 것은 그의 표정에 색다른 매력을 더했다. "글쎄, 당신을 안 것이 수백 년은 된 것 같은데!"

로라가 명랑하게 고개를 흔들며 부정했다. 그의 눈에 어린 들뜬 관심에 그녀는 서서히 달아오르는 기분이었다.

"수백 년이라, 긴 하루죠. 수백 년을 이해할 가치가 있는 사람은 몇 안 돼요."

"나에게는 당신이 그중 하나가 아니라는 걸 어떻게 알죠?" 켐퍼가 물었다.

"내가 어떻게 아느냐고요?" 로라가 질문을 받았다. 가장 기분이 들뜬 순간에도 열띤 진지함을 잃지 않는 목소리였다. "모든 것을 아는 확실한 방법은 어떻게, 왜 아는지 모르고 아는 거죠. 그러니까, 나의 직관은 더 깊은 지혜에서 나온답니다."

"그럼 당신 직관은 나에 대해 뭐라 말하나요?"

"그저," 로라가 웃으며 대꾸했다. "수백 년 지속될 관계를 만들려고 하는 건 위험한 짓이다."

"위험하다!" 그 말은 그의 상상력을 자극했다. 혈관이 따끔거리는 것 같았다. "당신 생각에는 어떤 해害가 있을 것 같아요?"

"상반된 것들의 관계에서 언제나 나오는 해." 로라가 재빨리 답했다. 그녀의 음성에서 웃음이 사라져 가는 것을 그는 이내 느꼈다. "잃어버린 환상에서 오는 해, 그리고 끝없는 논쟁에서 오는 해."

"우리가 운이 좋아 환상을 가졌을 텐데, 굳이 그것을 버려야 할 이유가 있나요?" 켐퍼가 물었다. 그녀가 보인 침착한 망설임에 그는 구미가 당겼다.

"그게 환상이라면, 환상은 어쩔 수 없으니까요?" 로라가 대답했다. "그리고 당신과 나 사이에는 굳건한 현실성이 있을 수 없어요. 한 사람의 현실에 닿으려면 구속뿐 아니라 이해도 해야 하는데, 완전히 다른 사람들 사이에 영원한 우정이 존재하리라고는 생각하지 않아요."

켐퍼는 가지고 있던 지팡이를 다소 짜증난 듯 휘둘렀다. "그럼 반대된 사람들이 매력을 느끼면 뭐가 되죠?" 그가 물고 늘어졌다.

"보통 재앙이 되죠." 로라가 대꾸했다.

그녀가 태연히 쌀쌀맞게 굴자, 그는 인내의 한계를 벗어날 정도로 더욱 신경질이 났다. 그의 인간관계에 대해 이렇게 대놓고 도전하는 여자를 맞닥뜨린 적이 그의 기억에는 없었다. 그는 그녀가 회피하는 것 같다는 의심이 들었다. 의심은 그가 가진 특유의 자성을 발휘하게 했다. 그 자성의 매력은 항상 승리를 가져다주었다. 그가 다가가는 것을 그녀가 꽉 막힌 여자의 열정으로 받았다면, 아마 그는 다음 모퉁이에서 떠났을 것이다. 하지만, 비록 그녀의 정중한 냉담에 화는 났지만, 그는 아직 그녀 곁에 머물러 있었다. 지나친 칭찬이라면 이제 지겨웠다. 호의적 반감은 새롭고 활력이 돋는 삶을 경험하게 했다.

"근데 우리가 정반대라고 어떻게 단정하죠?" 이윽고 캠퍼가 물었다.

"당신이 예쁜 여자를 좋아하고 풍만한 미인을 탐하는지 내가 어떻게 확신하느냐고요?" 로라가 가볍게 반문했다. "역시 직관으로 알죠!"

"허, 직관을 자주 쓰다 보면 가끔 틀리는 경우도 있겠네요." 캠퍼가 지적했다.

"오, 내 직관은 거티가 관찰한 것의 도움을 받아요." 로라가 대답하며 웃었다.

"아, 그래요." 캠퍼가 말했다. 그녀가 드러내놓고 회피하는 이유를, 숨기지 않는 혐오감과 별처럼 멀리 느껴지게 하는 쌀쌀한 과묵함의 이유를 그는 알 것 같았다. 거티가 그에 관한 추문을 속닥거린 것이었다. 어쩌면 앨타 마담에 관해 말했을 것이다. 로라의 탈세속적 시각에서는, 그의 느슨함이 묘하게 일그러지고 뒤틀려 보였다. 그는 내심 분이 나 부글부글 끓었다. 하지만 그의 분노에도 옆에 있는 여자의 매력은 사그라지지 않았다. 아니 점점 강렬해지고 있었다.

"나의 예쁜 친척이 나를 몹쓸 사람으로 만들었군." 켐퍼가 말했다. 평소 차분하던 음성이 짜증에 섞여 거칠어졌다.

"아니, 거티는 당신을 매우 존경하던데요." 로라가 서둘러 그를 진정시켰다. "지칠 줄 모르는 에너지로 당신을 칭찬하더라고요."

"그렇다면 나를 저주하는 건 당신이겠군요." 그는 약간 씁쓸하게 말했다.

로라는 그의 옆을 걸으며 자신이 일으킨 예민한 초조함을 감지했다. 그녀는 얼떨결에 그의 남성다움을 즐기고 있었다. 억센 기운, 박력 있는 음성, 펄펄 끓는 활동력. 그는 그렇게 역동적으로 움직였다. 그러나 그의 성격이 풍기는 기세를 고려하자면 그녀는 끝까지 고군분투해야 할 듯싶었다.

"저주는 잘 모르겠어요." 로라가 답했다. "하지만 거티의 영웅과 내 영웅이 일치하는 경우는 거의 없죠."

"그래요. 당신이 추종하는 건 미덕이겠죠." 켐퍼가 지적했다.

로라는 그를 진지하게 바라보다 동의의 의미로 머리를 숙였다. "미덕을 좋아하죠." 그녀가 조용히 대꾸했다. "당신은 그렇지 않나요?"

"하늘에 맹세컨대, 나도 그래요." 켐퍼가 거리낌 없이 호언

장담했다. 때때로 그는 그렇게 말하는 것을 즐겼다. "그런데 당신은," 그가 곧 덧붙였다. "남자가 선천적으로 갖지 못한 미덕을 습득할 수 있다고 생각하나요?"

"미덕은 지혜의 다른 이름이에요." 로라가 답했다. "그리고 그것은 종종 늦게 나타나고, 어려운 곳에서 찾게 되죠."

켐퍼는 그녀를 물끄러미 바라보았다. 빨아들일 듯이 집중된 관심이었다. "남자가 덕성을 가졌는지 안 가졌는지 여자는 관심이 없다고 생각하는데, 그렇지 않나요?" 호기심에 긴장된 듯 그가 물었다.

"어쩌면 당신은 미덕에 대한 전통을 잘못 알고 있는 것 같아요." 로라가 응수했다. "남자들은 보통 그렇죠." 이윽고 그녀가 솔직히 덧붙였다. "하지만 나도 여자가 뭘 좋아하고 좋아하지 않는지 잘 몰라요. 고모들 말고 내가 아는 여자라고는 둘뿐이거든요. 그중 하나가 거티고."

"그러니 당신은 거티를 좋아하겠죠?" 켐퍼가 물었다.

로라가 그를 올려다보았다. 그녀의 미소가 기적을 일으키는 빛처럼 빛났다. "이 세상 누구보다도 그 친구를 사랑하죠."

로라는 다시 그를 혼란에 빠뜨렸다. 켐퍼는 매번 새로이 혼란에 빠질 때마다 그녀를 더 잘 알고 싶어졌다. 그는 그것을 의식하고 있었다. "나는 모든 여자들이 서로를 미워한다고 생각했는데." 켐퍼가 말했다.

"그건 남자들이 세상을 두 가지 방식으로 지배해서 그래요." 로라가 되받았다. 그녀는 의분을 숨기지 않고 따졌다. "남자들은 법칙을 만들고, 장난거리를 만들죠."

로라에게는 여자의 우월감이 있었다. 켐퍼는 그 점이 매혹적이면서도 흥미로웠다. 그 안에는 난해한 영예감이 있는 듯했다. 그가 줄곧 여자의 마음에는 부족하다고 생각했던 영예감이었다. 앨타 마담과 다른 여자들의 관계를 지배했던 질투심, 원한에 사무친 그 질투심이 되살아났다. 별 시답지 않은 지인들이 거티에게 조잡하게 집적대는 것을 본 것이 생각나고, 매일 주변에서 주워들은 수천 개의 하찮은 불미스런 일들도 떠올랐다. 열정이 담긴 그녀의 말, 강인한 얼굴, 단호한 음성은 그가 전혀 예상치 못했던 방식으로 마음을 흔들었다. 그가 옮겨 간 세상에서 가식이 없는 열정은 상황에 맞지 않고 어색하게 보였을 것이다. 그가 아는 여자들은 브리지 휘스트* 게임에서 이기거나 지는 것에 떠들썩하게 흥분했었다. 하지만 누구도 불의에 대한 어떤 비인간적 질문에 동요되어 말하지는 않았다. 헤아려 보건대, 친절을 베풀 만한 여자는 분명 그중에도 있었다. 하지만 그는 일종의 자연 선택에 따라 눈에 띄는 미인을 선호하는 경향이 있었다. 그리고 눈에 띄는 미인은 하나같

* 일종의 카드 게임

이 은밀한 이기주의자였다. 로라 옆을 걸으며 자신의 사회생활을 생각해 보니, 켐퍼는 지적인 면에서는 성실하지 않았던 것 같았다. 앨타 마담의 절묘한 공허한 목소리, 서정적 음탕함, 많은 연인들과의 추잡한 관계가 떠오르자, 그는 역겨웠다. 이것이 그 '와인과 꿀'의 씁쓸한 뒷맛일까? 와인과 꿀은 돌연 그의 기억을 메스껍게 했다.

"그러니까 여자들이 질투하지 않고 정말로 서로를 좋아할 수 있나요?" 켐퍼가 웃으며 따져 물었다.

"질투할 게 뭐가 있어요?" 로라가 이내 반박했다. "결국 각자 자기 몫이 있는데. 다른 사람이 될 수는 없잖아요. 거티는 예쁘죠, 저는 아니고. 그러나 거티가 자신의 사랑스러움을 좋아하는 만큼 나도 그녀의 사랑스러움이 정말 좋아요. 아니 더 세심하게 좋아하는 것 같아요. 거티는 가끔 그 사랑스러움에 지루해하는데, 나는 그렇지 않거든요. 그녀는 그 이상이죠. 사랑스러운 만큼 헌신적이고 충실하니까."

"당신이 그렇게 생각한다면, 나도 동감입니다." 켐퍼가 천천히 대답했다. 그는 자기가 아는 거티를 생각하고 있었다. '낯 두꺼운 냉소, 놀라운 솔직함, 유혹적인 교태. 불그레하고 하얀 피부를 가진 여자, 달콤하고 아이러니한 사람—거티는 정말 여러 인간성, 다양한 영혼을 가졌을까? 그는 표면적인 모습에만 관심을 두기에 그녀의 표면적인 모습만 봐 왔던 걸까? 아니

면 로라가 거티의 이름이 주는 가상 관념에 자신의 창작 본능을 심어 어떤 이미지를 만들어 낸 걸까?'

켐퍼는 알 수 없었다. 답을 찾으려는 시도조차 할 수 없었다. 다만 로라가 일으킨 흥분으로 인해 머릿속이 더욱 혼란스러워졌다. 산뜻하고 생생한 감정이 그전에 받았던 인상을 그의 마음에서 모두 지워 버렸다.

이 순간 그의 감수성은 격렬히 깨어났다. 여자들이 유혹하던 과거는 더 이상 기억 속에 존재하지 않았다. 켐퍼는 그들 앞에서 자극적인 상상력을 멈추지 못했다. 지금 당장 떠오른 생각에만 집중하자니 로라는 고독한 행성의 고독한 여인 같았다. 이 순간 켐퍼가 잠깐이라도 멈춰 서서 조금 더 생각했다면 일찍이 자신이 사랑에 빠졌던 여자를 기억했을지도 모른다. 해가 지고 달이 뜨기 전에, 그는 그녀와 결혼했었다. 앨타 마담이 〈로미오와 줄리엣〉의 발코니 장면에서 노래를 부를 때, 완전 무장한 그의 열정이 튀어 오른 것 또한 기억했을 것이다.

하지만 그는 멈춰 서지 않았다. 그리고 기억하지 못했다. 그 망각은 아직 살아 있어서 과거 연애의 영향력을 약하게 만들었다. 그것은 쾌락을, 현재의 자극을—그게 얼마나 소소한 자극이든지 간에—좇는 남자를 특징짓는 야릇한 망각이었다.

그들은 그래머시 파크로 천천히 걸어 내려갔다. 이번에는, 함께 로라의 현관 앞에 섰다. 약간 상기된 얼굴로 그녀가 안으로 들어올지 물었다.

"가능하다면 정말 그렇게 하고 싶어요." 시계를 꺼내며 켐퍼가 답했다. "5시 정각에 클럽에서 한 신사를 만나기로 했어요. 이 특별한 초대를 연기시켜 줄 수 있나요? 그러면 며칠 안에 그 혜택을 보러 오죠." 켐퍼가 웃으며 말을 맺었다.

로라는 집으로 들어오고, 켐퍼는 돌아섰다. 나중에 로라는 잠깐, 평생 어떤 남자도 그처럼 그녀를 본 적이 없다고 느꼈다. 이 생각이 들자 로라는 온몸이 후끈거렸다. 그가 편하게 접근하는 것에 분노할 이유는 없었다. 그녀는 화나지 않았다. 그의 눈에는 즐거운 선망이 있었다. 하지만 그 밑으로는, 그 시선을 통해 인간미가 흘러 들어왔다. 대단히 마음을 끄는 인간미였다. 그녀는 그것을 잠시 의식했었다. 그 눈빛은 그녀가 모르는 그의 개성을 각인시키는 효과적인 방법이었다. 거티라면, 심리적 효과를 노리는 순간에 그는 항상 그 수법을 쓴다고 말했을 것이다. 앨타 마담이 속을 터놓기로 했다면, 어쩌면 그녀도 그렇게 말했으리라. 말이 표현의 매체로서 어렵거나 위험하게 보이는 곳에서, 이 방법은 의식적이든 무의식적이든 전략적으로 그 목적을 이루었다. 하지만 세상사에 무지한 로라에게 그건 발견이자 계몽이었다. 그 눈빛이 떠나가자, 로라는 온 세상의 얼굴이 바뀐 것을 깨달았다.

집 안에서는 윌버포스 씨와 거티가 기다리고 있었다. 하지만 로라는 그들이 별로 달갑지 않았다. 불과 지난 몇 시간 동안에 로라 자신과 친구들 그리고 자기 삶을 둘러싼 평범한 것들이 달라졌다. 로라는 혼자 있고 싶었다. 혼자 파묻혀 좀 더 명확히 생각을 하고 싶었다. 자기 목소리조차도 그녀의 귀에는 이상하게 달리 들렸다.

"정신이 빠진 사람처럼 보이네. 로라, 무슨 일 있어?" 거티가 손을 꼭 잡으며 물었다.

"아무것도 아니야." 로라는 흘긋거리며 대답했다. "그냥 머리가 좀 아파서." 그녀는 손으로 관자놀이를 눌렀다. 그녀의 말을 확인시켜 주듯 손끝에 펄떡거리는 맥박이 전해졌다. 그들이 동정 어린 질문을 몇 개 하고 비로소 가려고 일어났을 때, 로라는 순간 거대한 안도감을 느꼈다. 그들의 헌신적인 우정에는 모욕이 될 수도 있는 안도감이었다.

"애덤스 말로는 당신 새 책이 수요일에 나올 거라더군." 윌버포스 씨는 정이 많은 중년 특유의 시선으로 로라를 내려다보며 말했다. 그는 그녀가 왜 불안해하는지를 아는 듯 눈에 연민과 실망이 아련히 어렸다.

"그러면 좋겠네요." 평생 처음으로 가식적인 미소를 흘리며 로라가 대답했다. 그렇게 말을 하면서도 그녀는 자기 작품에 대한 애절한 관심이나 예전에 가졌던 열정을 이제 느끼지 못했다. 책을 만드는 일이 그저 지루하고 끝이 없는 작업이라 여겨졌다. 어째서 자신은 맹렬한 현실에 파급 효과가 거의 없는 일을 하면서 삶의 모든 것을 바쳐 왔던가, 그녀는 얼핏 의문이 생겼다. 그 순간 눈을 가리고 있던 밴드가 떨어져 나간 것 같았다.

그녀의 성품은 이제 깨어나고 있었다. 켐퍼는 한 인간으로서 그녀의 머릿속에 들어왔고, 윤리적인 측면에서 그녀의 성품에 엄청난 영향을 끼치는 듯했다. 인생은 그 자체로 매력이 있지만, 남자는 아니었다. 하지만 처음으로 쾌락이—그것을 좇는 것만으로, 그 자체에, 그 안에 목적이 있는 쾌락이—줄 수 있는 중독성의 무언가를 깨달았다. 잠시 후 로라는 2층 자기 침실 책상 옆에 서서 켐퍼가 현관을 떠나면서 주었던 눈빛, 반짝이는 섬광을 다시 떠올렸다.

3장
나방과 불꽃

이 일이 있고 몇 주가 지났다. 트렌트는 자신의 첫 번째 희곡이 수락되던 날, 애덤스의 사무실에 들렀다. 편집장은 출간될 『리뷰』에 관련해 바쁘게 지시를 내리고 있었다.

"방해받고 싶지 않다는 걸 잘 압니다." 청년이 입을 열었다. 그는 감정을 조절하려고 애썼지만 목소리가 아이처럼 흥분해 떨렸다. "하지만 이걸 말씀드리지 않을 수가 없습니다. 벤슨이 드디어 제 손을 잡았습니다. 가을에 올린답니다."

애덤스는 보고 있던 원고를 내려놓고 돌아서서 정감이 가는 미소를 지었다. 트렌트가 기대하고 좋아하는 미소였다.

"거, 대단한 소식인데." 애덤스가 진심으로 말했다. "말할 필요도 없지만, 뉴욕에서 자네가 성공하기를 나만큼 바라는 사람은 없을 거야. 자네도 알지. 첫날 밤 공연에 가겠네. 멋있을 거야."

"그래서 말씀드리려고 잠깐 들렀습니다." 트렌트가 응대했다. 청년의 열정을 보니 애덤스는 갑자기 늙은 낙오자가 된 것 같았다. "일주일 전에 왔었는데, 현관에서 머리털이 부스스한 녀석이 출장 가셨다고 하더라고요."

애덤스가 원고를 다시 들며 고개를 끄덕였다.

"아내를 남부로 데려갔었지." 그가 대답했다. "건강이 안 좋아서."

"그렇게 들었습니다. 이젠 괜찮으시겠죠?"

"아, 훨씬 낫다네. 그래도 이 날씨에 얼마나 오랫동안 건강을 유지할 수 있을지 누가 알겠나." 자리에서 일어나며 애덤스가 덧붙였다.

"로라 양에게도 이 좋은 소식을 전하고 싶군요." 트렌트가 말했다. "요 전날 그녀가 편집장님의 안부를 묻던데요."

"그래? 지난 3주 동안 그녀랑 이야기할 시간이 없었네. 아내가 몸이 안 좋았거든. 그리고 내가 돌아온 후론 주로 집에 있었지. 이 말을 전해 주겠나? 진짜 즐거움을 누리기에는 인생이 너무 짧아 짜증이야, 그렇지 않나? 로라 와일드는 나에게 진짜 즐거움을 주는 사람인데." 그가 조용히 웃으며 계속했다. "희생을 해야 한다면, 흥분되는 일보다는 항상 즐거움을 주는 일에 해야 하지. 물론 정말 안타까워. 하지만 수많은 일들이 그렇지. 자네도 알잖나. 잡지 편집 일을 하면서 인간답게 사는 것은 지독히 어렵다네."

다시 정감이 가는 미소가 빛났다. 트렌트는 그 미소가 듬성듬성한 다갈색 머리에 지치고 창백한 얼굴을 어떻게 변형시키는지 보았다.

"어, 인간이 되기는 쉽지만 잡지를 편집하는 일은 어렵다는 생각으로 스스로 위안을 삼아야죠." 청년이 웃었다. 그리고 문 쪽으로 향하다 문간에 멈추어 덧붙였다. "여하튼 로라 양의 최근 시가 출간되고도 편집장님을 못 뵈었네요. 〈서시〉가 그녀가 지금까지 쓴 작품 중에 가장 훌륭하다고 생각지 않으세요?"

"가장 훌륭하다…… 그렇지. 하지만 나는 그게 끝이 아니라고 믿네." 애덤스가 말했다. "그녀는 이보다 훨씬 더 잘할 거야. 그녀의 작품이 서서히 떠오르는 걸 보는 것이 나는 좋아. 이따금 우리는 보기 드문 존경스러운 사람을 만나곤 하지."

"아울러 그녀는 재능이 있으면서도 그만큼 친절하죠." 트렌트가 힘주어 말했다. 그러고는 밖의 사무실 부편집장들을 지나 나갔다. 그는 이 비범한 소식을 들고 황급히 그래머시 파크로 향했다.

로라는 혼자 있었다. 트렌트는 하인에게 자신의 이름을 들려 보내고, 곧 하인을 따라 위층 서재로 갔다. 그녀는 환히 타고 있는 장작불 앞에 앉아 연필을 들고 일을 하고 있었다. 그녀가 보는 원고가 시가 아닌 것에 그는 의아해했다. 그가 호기심 어린 눈빛을 짓자, 그녀는 웃으며 타자된 원고를 아무렇게나 옆에 놓았다.

"아니, 내 것이 아니에요." 로라가 말했다. "켐퍼가 몇 해 전에 쓴 단편들이에요. 그가 한번 읽어 보라고 해서. 아무튼 많이 다시 써야겠어요."

"사람들이 그런 일로," 트렌트가 놀라며 한탄했다. "당신을 지루하게 만들어도 되는 겁니까?"

로라의 입술에 보일 듯 말 듯 미소가 스쳤다. 그 미소에 그는 완전히 푹 빠졌다. 곧바로 그녀의 눈 밑으로 의자를 끌어 당겨 앉았다.

"오, 그러니까, 가끔 그러는 건 괜찮아요." 로라가 대꾸했다. "그가 문학적 감각이 있는 건 절대 아니지만."

"당신이 그 사람을 아는 것조차도 몰랐는데요." 의아해하며 트렌트가 집착했다.

"누군가를 아는 데는 그리 오랜 시간이 필요하지 않아요." 로라는 쾌활하게 받아넘겼다. 그러고는 그의 얼굴을 물끄러미 바라보며 동정 어린 통찰력으로 말했다. "희곡에 대한 좋은 소식을 가지고 왔죠? 벤슨이 수락했죠, 그렇죠?"

"맞아요. 그렇다고 답할 수 있어 정말 기쁩니다!" 트렌트가 힘주어 인정했다. "가을에 상연할 거예요. 케이티 핸스카를 주연으로 놓자고 벤슨이 제안하던데요."

목소리가 흥분에 겨워 떨며 약해졌다. 트렌트는 앉아서 파란 눈을 생글생글 반짝이며 그녀를 바라보았다.

"잘됐네요." 로라가 말했다. 그러고는 손을 뻗어 그의 손을 따스하게 감쌌다. "내가 얼마나 기쁜지 말로 할 수 없군요. 아무리 노력해도 표현할 수가 없어요."

"당신이 기뻐할 줄 알았습니다." 감사의 눈빛으로 그녀를 애무하며 트렌트가 부드럽게 답했다. 지금의 성공은 미래 성공의 계시처럼 보였다. 그는 졸지에 우쭐거렸다. 그리고 묘한 예감이 들었다. 로라를 향한 감정이 자신의 문학적 성공과 연관되어 있고 또 일부는 성공한 것 같았다. 그녀의 책에서도, 그 자신의 책에서도 그녀를 떼어 낼 수 없었다. 아무리 시도해도 그건 불가능한 일이었다. 트렌트는 무아경의 정적 속에 앉아 보드라운 검정색 가운을 입은 늘씬한 형체를 바라보았다. 아침의 행복한 약속이 그들을 친밀하고 풀 수 없는 관계의 매듭으로 묶었다고 혼잣말했다. 그는 언제나 그녀에게서 문학적 매력을 찾았다. 그녀의 시적 재능에 매력을 느꼈다. 그녀가 표현하는 감성적인 이상주의. 작가로서의 개성에서 여자로서의 개성을 분리하는 것은 쉽지 않았다. 그래도 그중에서 작가의 개성을 더 생생하게 느꼈다.

"당신이 기뻐할 줄 알았어요." 트렌트가 다시 말했다. 이번에는 확신에 차 있었다. "당신이 아니었다면 그 모든 것이 형편없다고 생각했을 거예요."

로라는 사뭇 웃으며 올려다보았다. 트렌트는 아름다운 그녀의 널찍한 이마를 보았다. 이마에는 거울처럼 불빛이 아른거렸다. "음, 좋은 친구는 즐거움에 풍미를 더하죠." 그녀가 대꾸했다.

잠시 그는 꾸물거렸다. 그러다가 앞으로 기울이며 결의에 차 말했다. "친구, 맞아요, 하지만 당신은 나에게 처음부터, 첫날부터 친구 이상이었어요. 당신은 전부였어요. 당신 없이는 난 못 살 거예요."

로라가 그를 굽어보았다. 그녀의 둥그런 이마가 순간 함께 모이는 것을 트렌트는 보았다. 연민, 놀람, 어렴풋이 보이는 재미를 읽을 수 있었다. "오, 가여운 청춘, 당신이 이 모든 것을 상상한 게 아닐까?" 그녀가 물었다.

"나는 아무것도 상상하지 않아요." 상처받고 낙담하며 울분에 찬 트렌트가 대답했다. "하지만 당신을 사랑해요. 당신 꿈을 꾸었어요. 처음 본 순간부터 당신을 위해 살았다고요."

"그렇다면 당신은 매우 어리석게 행동하는 거예요." 로라가 지적했다. "당신이 사랑에 빠진 것은 그림자니까. 전혀 나 자신과는 다른 시詩이자 환상이죠. 진실은," 그를 잘라내는 뼈아픈 결단으로 그녀가 말을 이었다. "당신이 문학적 유명세와 사랑에 빠진 거예요. 그리고 그것이 여자라고 상상하죠. 이봐요, 나는 당신보다 연상이고, 영혼으로 말하자면 천 년이나 더 늙었어요. 나는 어리석지 않아요. 핑크빛도 없고 하얀빛도 없죠. 육체적으로도 완벽하지 않고. 당신 같은 소년이 하루라도 붙잡고 있을 만한 건 아무것도 없어요."

로라는 떨어져 앉아 심란하고 생각에 잠긴 모습으로 장작불을 응시했다. 응시하고 있는 장면에 빨려 들어가 그의 존재를 잊어버린 듯했다. 이 비참한 상황에서도 트렌트는 그녀가 지난 몇 주 동안 모호하고 불가사의한 변화를 겪었음을 알아차렸다. 그녀에게는 불꽃처럼 넌지시 드러나는 특성이 있었다. 이로 인해 뚜렷한 목적이 없고 수동적이었던 것들의 성향이 짙어지고, 최근 들어서는 따스함과 빛과 효용성과 절실함이 그곳으로 모여드는 듯했다. 그녀의 얼굴은 그 어느 때보다도 그저 육체적 기준으로 판단해서는 의미가 없는 것 같았다. 그 어느 때보다도 그것은 빛을 발하는 영혼을 표현하기 위한 섬세하고 정감 있는 매체라고 그는 느꼈다.

"난 그렇게 생각하지 않았습니다…… 당신이 그렇게 잔인할 수 있으리라고는 믿지 않았으니까요." 트렌트가 씁쓸하게 도전했다.

"나는 뭐든 될 수 있어요." 억지로 시선을 장작불에서 떼어내며 로라가 천천히 대꾸했다. "대부분의 여자들은 그래요."

아침의 영광은, 홀연히 그에게 왔듯이 홀연히 떠났다. 청년은 극복할 수 없는 절망에 빠져 중얼거렸다. 지금 자기가 관심을 가져야 하는 것은 자신의 위대한 희곡이 영원히 잊힐지도 모른다는 우려라고. 삶 자체가 공허해 보였다. 그의 야망처럼 쓸모없어 보였다.

트렌트는 너무 공허한 나머지 스물다섯에 쉬이 찾아오는 야릇한 우울증에 순간 빠졌다. 이른 죽음을 어떻게 위로해야 할지 계획을 세우기 시작했다. 불과 몇 시간 전에는 몸이 붕 뜨는 것처럼 행복했었다. 이것을 기억하자니 이 상황이 우습기까지 했다. 자기 삶의 고유하고 독특한 공간에서 분리된 것 같았다. 표류하는 듯한 묘한 느낌이었다.

'다시는 행복해질 수 없을 거야. 나는 어제의 나와 달라. 아니 30분 전과도 달라.' 그는 완전히 비참해지자고 결연히 다짐했다. 이 말이 아직 마음에 있을 때, 심지어 그는 이 새로운 감정의 문학적 가치를 저울질하고 있었다. 그가 서 있는 이 상황에서 정신적 시야를 통해 극적인 형태를 서서히 만들기 시작했다. 이런 자신이 끔찍했다. 그는 얼굴을 돌린 상태로 정지되었다. 그리고 그가 집어든 책을 손으로 강하게 움켜쥐었다. 그가 엉겁결에 취한 자세는 절제된 감정 연기로 보였다. 상상 속, 풋라이트가 미치지 않는 곳에서 펼치는 연기.

"그럼 곧장 지옥에 떨어지는 일만 남았네요." 트렌트가 단정적으로 말했다. 동시에 그는 자기 연극을 연기하는 연기자의 입에서 나오는 말이 어떻게 들릴지 상상했다. 이런 자신이 경멸스러웠다.

"아니면 희곡을 하나 더 써요." 로라가 제안했다. 트렌트는 재빨리 일어나 문으로 향했다.

"절대 또는 안 써요." 트렌트가 서글픈 음성으로 말했다. 그는 전심으로 자신의 마음 상태를 솔직히 표현하려고 했다. "이것도 안 쓸 걸 그랬나 봐요. 내가 알았다면 안 썼을 거예요."

"그럼 안 썼어도 괜찮아요." 단호한 어머니가 확신을 주듯 로라가 응대했다. "가여운 청춘." 그를 달래듯 덧붙였다. "문학적 광기를 사랑의 열정으로 착각한 스물다섯 살 남자는 당신이 처음이 아니랍니다. 그리고 마지막이 되지도 않을 거고. 이 두 감정이 묘하게 닮았죠. 구미를 당기기에 충분하고. 당신이 사랑에 홀리지 않고 나를 그저 평범하게 본다면, 이 모든 게 얼마나 어처구니없는 짓인지 한눈에 알 거예요. 왜냐고요, 당신의 마음 깊은 곳에서는 아직 학교에 다니는 핑크빛 얼굴의 작은 금발머리와 사랑에 빠져 있으니까."

트렌트는 상처받은 자존심의 열정으로 돌아섰다. 그러고는 다시 돌아와 서서 뚱하게 그녀를 바라보았다.

"내가 진실을 말해서 죽음을 맞더라도 당신에게 증명해 보이겠어요." 트렌트가 선언했다. 하지만 그 말이 정말 그가 하고 싶었던 말은 아닌 듯싶었다. 상상 속 배우의 입술에 그가 그 대사를 주었기에 엉겁결에 나온 말 같았다.

"오, 그러지 말아요." 로라가 애원했다.

"가끔 당신을 다시 볼 수 있겠죠?" 트렌트가 물었다.

"오, 물론이죠. 언제라도 좋아요."

트렌트가 어찌할 줄 모르고 거기 서 있는데, 하인이 로라에게 카드를 하나 가져왔다. 로라는 쟁반에서 카드를 집어 들었다. 그녀의 얼굴에 어슴푸레한 불꽃처럼 퍼지는 홍조를 트렌트는 보았다.

"지금 켐퍼 씨가 왔네요." 로라가 말했다. "좀 더 머물면서 착한 사람처럼 잊어버리지 않을래요?"

"이 시점에서는 차라리 그 악마를 대면하는 게 낫겠어요." 아이가 눈물을 글썽이며 화를 내듯 트렌트가 크게 말했다. "반평생 동안 그를 피해 다닌 것 같아요."

"그를 좋아하지 않나요?" 로라가 미심쩍이 물었다. "누구나 그를 좋아한다고 난 생각했는데."

"그러니까, 꼭 누구나 그렇다고 할 수는 없죠." 트렌드가 성내며 불쑥 내뱉었다. "나는 그를 형편없는 돌대가리 멍청이라고 생각하니까요."

"헉, 세상에!" 로라가 별안간 유쾌하게 외쳤다. "그를 그렇게 묘사하다니." 그러고는 그가 방을 떠나려고 하자 손을 뻗어 그의 손을 잡고 억지로 의자 쪽으로 잡아당겼다. "이렇게 가면 안 돼요. 이렇게 보낼 순 없어요." 그녀가 말했다. "내가 돌인 줄 알아요, 그래서 당신이 멋지게 이룬 성공이 망가질 때까지 가만히 있을 것 같아요. 여기 앉아요. 당신이, 나와 그를 둘 다 좋아하게 만들겠어요."

로라가 말을 마치자, 켐퍼가 힘찬 발걸음으로 들어와 정겹게 인사를 했다. 로라는 두 남자를 서로 소개시켰다. 트렌트를 향해서는 살짝 비위를 맞추려는 듯한 미소를 지었다.

"이렇게 전도유망한 극작가를 만나다니 영광인 줄 아세요." 로라가 상냥한 몸짓을 취하며 덧붙였다. 그렇게 그녀는 어린 남자의 일로 노련하게 말머리를 돌렸다. 그리고 앞서 그를 괴롭히고 화나게 했던 달콤함으로 말을 이었다.

처음에 트렌트는 뚱해서 듣다가 심통이 났음에도 불구하고 결국 그녀의 말에 귀를 기울였다. 관심사는 그의 희곡의 훌륭한 부분에 맞춰져 있었다. 그녀는 특정 대사나 장면을 풀이하며 때때로 우호적인 제언을 했다. 그녀 음성에 깃든 매혹적인 경의에 구깃구깃해졌던 허영심이 펴졌다. 그녀의 칭찬에 도취되어 그는 이내 상상의 날개를 펴고 별들 사이를 휘돌고 있었다.

켐퍼는 이야기를 들으며 지적이고 생생한 관심을 보였다. 간간이 말을 했는데 그럴 때면 공감할 수 있는 질문을 했다. 질문을 들으며 트렌트는 자신이 가졌던 귀여운 편견을 이미 죽어버린 오해의 영역으로 밀어 넣었다. 시간이 약간 흐르고 트렌트는 생각했다. 이 남자의 비범한 매력에 맞서는 것은 목이 빳빳한 심술궂은 바보나 할 짓이라고.

단순히 켐퍼의 자성에 굴복한 것이 아니었다. 그의 진솔함을 알게 되었다. 한때는 켐퍼가 위선적이라 생각했는데, 지금은 그런 면모를 찾을 수 없었다. 켐퍼는 내닫이창으로 들어오는 사각형 햇빛 가운데에 앉아 있었다. 그의 이목구비는 평범하지만 인상에 남았다. 윤곽에는, 설령 아름다움까지는 아니어도, 표정이 풍부한 얼굴에 무게감을 더하는 독특한 거친 면이 있었다. 또 꼼꼼히 관찰하는 것에 익숙한 눈으로 보니, 진갈색 머리는 이마와 뒷머리 부분은 두터웠지만 잘 다듬어진 큰 머리 정수리 부분에서는 벌써 엷어져 있었다.

'1, 2년 안에 대머리가 되겠군.' 청년은 생각했다. '그러고는 안경을 쓰겠지. 그래도 이런 것들 때문에 여자라면 누구나 바라는 로맨스의 이상을, 상상의 이상을 저버리지는 않을 것이다. 나이가 들어서도, 환상까지는 아니어도 매력은 그대로 있을 것이다.' 그러나 이 씁쓸함은 곧 잊혀졌다.

잠시 후 트렌트는 그곳을 떠나 자기 집을 향해 천천히 걸으며, 희망이 없는 사랑은 문학가의 삶에 대단히 달콤한 것을 줄 수 있다고 생각했다. 그리고 이렇게 결론을 지었다. 사람은 타오르는 불로 자신을 따뜻하게 할 수 있다, 그것을 완전히 소유하지도, 파괴하지도 않은 채로.

트렌트가 아파트에 들어서니 어머니는 창가에 앉아 뜨개질을 하고 있었다. 옆방에는 이미 저녁상이 차려져 있었다.

"널 위해 저녁을 약간 일찍 준비시켰다." 자줏빛 숄을 옆에 놓으며 어머니가 설명했다. 그때 뜨개실 공이 짧고 통통한 무릎에서 미끄러져 그녀가 앉아 있는 의자 밑으로 데구루루 굴러갔다. 그의 기억에, 어머니가 뜨갯것을 옆에 놓을 때면 항상 뜨개실 공이 무릎에서 바닥으로 굴러 떨어졌다. 트렌트는 풀어진 실타래를 따라가며 허리를 굽혔다. 어머니는 어떻게 이 보잘것없고 지루한 일로 인생을 채울 수 있었는지 그는 막연히 궁금했다.

"어머니가 외출할 수 있으면 좋겠어요." 트렌트가 어머니의 발 발판에 앉으며 말했다. 그리고 그녀의 무릎에 다정하게 머리를 기댔다. "어머니는 한 달 내내 바람을 쐬러 나간 적이 없었던 것 같아요."

"그렇지. 평생 눈이 오면 밖에 나가지 않았으니까." 어머니가 대답했다. "어쨌든 나는 어릴 적부터 그랬다. 여기는 비 올 때가 아니면 언제나 눈이 오잖니." 호기심의 눈빛으로 창을 통해 밖을 흘긋 보더니 어머니가 말을 이었다. "저기 저 큰 아파트에 사는 사람들이 어떻게 하루하루를 사는지 모르겠다. 그러니까, 저 여자는 아침 11시가 될 때까지 침대에 있더라. 그러면 하녀가 쟁반에 초콜릿 같은 것을 가져오지. 여자는 아름다운 가운을 입기도 해. 어떻게 그녀가 품위를 지킬 수 있는지, 난 정말 모르겠다. 그러고는 남편한테 앙칼지게 화를 내는 것 같더구나. 애들도 있는 것 같고." 어머니는 활기를 띠며 계속했다. "하지만 애들은 절대 그녀의 침실에 발을 들여놓을 순 없어. 오늘 오후에는 그녀가 외출하려고 차려입던데. 적어도 네 개의 다른 모자를 써 보는 걸 보았지. 모두 하나같이 초록색이었어."

"불쌍한 인간이군요!" 트렌트가 웃으며 말했다. "어디라도 볼 수 있는 신의 눈동자 아래 사는 것보다 힘들겠어요. 참, 남자한테 올라와서 난방기 좀 보라고 말했는데, 왔었나요?"

어머니는 통통한 큰 손으로 마치 뜨개실 공을 만지듯 부드럽게 아들의 머리를 어루만지며 말했다.

"매니저가 직접 왔었다." 그녀가 답했다. "하지만 우리는 이야기를 나누었어. 그가 일생 동안 겪었던 어려운 일들을 들었다. 부인과 조그만 아이 둘을 한 해에 모두 잃었다더라. 그러니 난방에 관해서는 어떤 것도 말하고 싶지 않더라. 내가 불평할 거리가 있다는 걸 알면 그 사람의 마음이 상할까 봐 염려가 되더구나. 착하고 상냥해 보이던데. 그리고 결국에는," 어머니가 호의적으로 마무리를 했다. "방들이 따뜻해지기는 해. 우리가 잠자리에 들 때쯤에는 말이야. 그러니까 아침에 일어나서 바로 외투를 입으면 되지, 잠시 동안만. 외투를 사용할 좋은 기회잖니. 어차피 이런 날씨에 외출할 일은 없으니까."

"한 번은 나가셔야 해요." 트렌트가 명랑하게 말했다. "제 연극의 첫 번째 리허설 때요. 그걸 놓칠 수는 없죠."

"오, 그때는 둘둘 싸매고 가마." 어머니가 대답했다. "오늘 아침에 벤슨 씨를 만났니? 뭐라 하든?"

"많은 말을 했어요. 자기 자신에 대해서 꽤나 열정적이던데요."

"어떤 사람인지 궁금하구나." 어머니가 다정히, 꽤 진중하게 중얼거렸다. "결혼은 했니? 애는 있어?"

"알아보지 않았어요. 저는 제 일에 더 관심이 있어요, 어머니. 그는 케이티 핸스카가 주연을 맡았으면 해요. 아마 어머니도 그녀 사진을 보셨겠죠. 제가 가져다 준 잡지 중 하나에 있었는데."

"그 배우에 대해 알아보았니?" 어머니가 진심으로 물었다. "성격이나 어떻게 자랐는지 말이다. 나는 순수하지 않은 여자가 그 역할을 하는 것은 참을 수가 없구나. 근데 많은 여배우들이 정말로 그렇대. 동의하기 전에, 그녀가 살아온 삶에 대해 구체적으로 조사해 보는 게 좋겠다."

"아, 그녀는 괜찮아요. 분명해요." 트렌트는 정감 있는 인내를 발휘하며 의견을 제시했다. 인내는 그가 가진 사랑스런 품성 중 하나였다. "아무튼 그녀는 그 역에 맞는 끼가 있어요."

"그녀가 잘하면 좋겠구나." 어머니가 차분히 말했다. 그리고 잠시 후 덧붙였다. "크리스티나 코울스를 기억하니? 얼마 전에 내가 너에게 말했는데. 가엽기도 하지."

"네, 기억해요." 트렌트가 답했다. "왜, 파란색 눈에 꼿꼿한 태도를 가진 예쁜 아가씨 말이죠? 어떻게 사는지 궁금하네요."

"걱정이다." 마치 수치스런 일을 폭로하려는 듯 음성을 낮추고 조심스레 주변을 두리번거리며 어머니가 입을 열었다. "그 애가 굶을까 정말 걱정이야."

"굶어요!" 트렌트는 끔찍해하며 소리쳤다. 당장 구조 작업을 나가려는 듯 그는 벌떡 일어나 섰다. "어, 얼마나 오랫동안 그렇게 됐죠?"

"옷이 너무 낡아서 나를 보러 오지도 않더라." 차분하면서 약간 냉정하게 보이는 태도로 어머니가 대꾸했다. "파출부가 그러는데, 거의 가진 게 없이 산대. 제과점 빵 한 장과 치즈 조각으로 저녁을 때우면서. 걔가 박박 긁어모은 보잘것없는 돈으로는 집세 내면 끝이지. 걔가 쓴 글이 신문에 게재되지 않는 모양이다."

"참, 그러면 우리가 어떻게든 해 보죠. 서둘러 뭔가를 해야겠어요." 안타까운 마음에 괴로워하며 트렌트가 크게 말했다.

"네가 올라가서 우리랑 같이 저녁을 먹자고 초대하면 어떨까, 방금 전에 생각하고 있었다." 연로한 부인이 말했다. "그 애가 먹을 것조차 충분치 않다고 생각하니 참 딱하구나."

"어, 식사를 시작하기 전에 제가 갈게요. 당장 가죠." 청년이 선언했다. "30분 있다가 식사한다고 할까요, 아니 그녀가 배가 많이 고프다면 약간 서두르는 게 낫겠죠?"

“30분…… 약간 시간이 필요할 게다.” 어머니가 대답했다. 그리고 이내 덧붙였다. “하지만 그 앤 자존심이 세서 올 것 같지 않구나, 가여운 것.”

어머니는 그 말을 조용하게 했지만 소리가 크게 들렸다. 이미 재빨리 방을 나간 트렌트는 그 말을 듣지 못했을 터였다.

노크 소리에 코울스는 곧바로 문을 열었다. 그를 보자 다소 놀란 기색이 얼굴에 비쳤다.

“들어오지 않을래요?” 코울스는 예의 바르게 약간 비켜서며 물었다. 그렇게 묻는 게 힘겨워 보였다. “방이 그리 깨끗하지 않아요. 그래도 괜찮다면?”

코울스는 수수한 면 블라우스를 입고 있었다. 팔꿈치까지 말려 있었던 것처럼 소매가 구겨져 있었다. 초라한 갈색 스커트는 낡고 군데군데 가장자리가 해져 있었다. 하지만 그녀가 진솔한 파란 눈으로 자기를 바라보자 트렌트는 그 당당한 작은 형체에 마음이 약해져 그녀 옷의 초라함은 잊었다.

코울스는 매우 아름다웠다. 강철 의지를 가진 아이처럼 연약하지만 결연한 모습이었다. 그녀가 예뻤던 까닭에 그는 그녀의 문학적 실패가 자기 일처럼 쓰라리게 화가 났다. 이 애절한 연민으로 인해 로라를 향한 그의 절망적 사랑이 약해지기는커녕 더욱 강렬해지는 것 같았다. 꽃 같은 눈과 새틴처럼 빛나는 보드라운 갈색 머리를 막연히 바라보자니 흔히 즐거움을 주는 시적 음울함이 그에게 스며들었다. 이는 마치 뜻밖의 불행 중에 친구를 만난 듯한 느낌이었다. 불현듯, 그녀의 귀에 자신의 슬픈 사랑을 털어놓으면 멋지겠다는 생각이 들었다. 보드라운 갈색 머리카락 아래 아련하게 숨어 있는 그 어여쁜 귀에. 이 순간 사랑은 대개, 이야기를 나누어야 할 무엇인 것처럼 나타났다. 인간이 사실상 어구로 표현할 수 있는 감정으로 보였다.

코울스가 방으로 물러나자, 그는 따라갔다. 낮에는 커버가 덮여 있는 소파 침대, 주전자가 끓고 있는 조그만 가스스토브, 찬장, 화장대, 그녀가 글을 쓰는 책상, 하나뿐인 창 앞의 찢어져 수선된 커튼. 그는 가여운 듯 보았다. 그녀는 유감을 표명하지도, 태도에 실낱같은 당혹감을 드러내지도 않았다. 그럼에도 그녀가 독신 여성의 지독한 자존심에 힘들어하고 있음을 그는 직감했다.

"어머니가 전하시는 말씀이 있어서 왔어요." 가스스토브 앞 작은 카펫 위 그녀 옆에 서서 그가 속히 설명했다. "오늘 저녁에 우리랑 함께 식사하면 어떻겠냐고 하시더군요. 특별히 어머니에게 호의를 베푸는 의미로 말이에요. 어머니가 무척 외로워하시거든요. 그래서 어머니는 젊은 방문객이 꼭 필요하시답니다."

코울스는 웃지 않는 진솔한 눈으로 처음부터 그랬듯이 계속 그를 바라보았다. 그녀의 얼굴은 색깔의 물결이 서서히 올라와

붉어지고 있었다. 연한 핑크빛 뺨은 진한 붉은빛으로 물들었다.

“어머니의 말씀에 따를 수 있다면 좋겠네요. 진심이에요.” 그녀가 말했다. 새롭게 관심을 끄는 음성이었다. “하지만 지금 한참 스토리를 쓰고 있던 터라 그만둘 수가 없어요.” 그녀가 결연히 덧붙였다. “매일, 저녁에는 글을 쓰거든요.”

코울스는 말을 마치며 책상에서 글이 쓰인 종이를 몇 장 집어 손에 느슨하게 잡았다. 그녀의 결심이 변하지 않는다는 제스처였다. “제 마음을 어머니께 전해 주세요. 진심의 마음을.” 소녀처럼 달콤하게 그녀가 이어 말했다. “그렇게 할 수 없어 얼마나 죄송한지 말씀드려 주세요.”

“변함없이 스토리를 쓰고 계시군요?” 코울스에게서 눈을 떼지 않으며 그가 물었다. 그녀의 얼굴에는 그를 빨리 보내고 싶은 마음이 빤히 드러났다.

“오, 그럼요. 저는 항상 글을 써요. 매일매일.”

“그렇게 많이 써서 낼 만한 시장이 있나요?”

코울스가 머리를 흔들었다. “시작은 늘 힘들어요. 시인들의 삶에 대해 읽어 본 적이 있겠죠? 하지만 다른 것을 포기할 때, 인생 전부를 바칠 때는…….”

트렌트는 그녀의 야망처럼 잘못된 야망과 열매 없는 희생을 위해 자신이 무엇을 했는지 알기에 그녀의 일이 끔찍하고 무익한 비극처럼 보였다. 지칠 줄 모르는 목표로 인해 그녀의 얼굴에는 가냘픈 선들이 그어졌다. 체구는 삐쩍 말랐다. 이미 출간이 결정된 극작가의 경험과 한 사색가의 말을 들으며 이성으로 따져보라고, 포기하라고 간청하는 말이 혀끝까지 나왔다. 정작 그가 입을 열었을 때는, 그가 생각했던 품위 있고 윤리적인 성격의 말은 나오지 않았다.

"어머니가 대단히 실망하시겠네요." 마침내 트렌트가 말했다. 평범한 몇 마디 말로 엄청 좋은 일을 할 수 있다고 속으로 되까렸지만, 어떻게 말을 할지, 그게 정확히 무엇인지 그는 알지 못했다.

"내 대신에 고마움을 전해 주세요. 시⋯⋯ 시간이 있다면 자주 봬야겠죠. 그게 가능하다면요." 코울스가 말했다. 트렌트는 난로 깔개 위에 서서 더 이상 머물 이유를 찾지 못했다. 그래서 문을 향해 움직였다.

"우리가 아래층에 있다는 것을," 문간에서 그가 말했다. "당신이 기억했으면 좋겠어요. 어쨌든지 어머니는 계시죠. 할 수 있는 한 우리는 언제든지 당신을 돕고 싶답니다."

트렌트가 확신을 주며 말했다. 코울스는 별로 감흥이 없어 보였지만 정중하게 미소를 보였다. 그가 나가고, 그녀는 문을 닫았다. 그리고 그녀는 차가운 빵과 소금절이 고기의 저녁을 먹으려고 자리에 앉았다.

4장
상반된 사람의 매력에 대한 대응

트렌트가 떠난 후, 로라는 방 안의 정적이 답답하고 어색해졌다. 난생 처음으로 소심함에, 너무나 자명한 말에 대한 두려움에, 압도된 듯했다. 이 소심함이 신경에 거슬렸다. 자신에게는 이에 대항해 싸울 만한 힘이 없는 걸 그녀는 알고 있었다. 시시한 멘트를 날리며 이 상황을 가볍게 해야 할 필요성을 느꼈다. 하지만 머릿속에서 아무리 되뇌어 보아도 멍청하거나 불충하게 들리지 않을 적당한 말이 떠오르지 않았다. 진짜 솔직하게, 감히 평소 하던 대로 하자면 아마 이렇게 말했을 것이다. '말하기가 두려워서 조용한 거예요. 근데 내가 왜 두려워하는지, 염려하는 게 뭔지 모르겠어요.' 그녀의 마음은 이 이상 선명하지 않았다. 그녀 자신도 이 마음을 헤아릴 수 없었다. 마치 켐퍼를 향한 이상한 마음을 헤아릴 수 없는 것처럼.

그러다가 로라는 이내 화가 나고 뜨거운 분노가 치밀어 올라왔다. 이는 그녀가 결단을 내리도록 용기를 주었다. 그녀는 성급한 몸짓으로 머리를 들며 켐퍼의 얼굴을 무심히 보았다. 그녀는 여전히 사각 햇빛 속에 앉아 있었지만 이제는 햇빛이 사그라지고 있었다. 그녀가 그를 향해 돌아서자, 친근하고 멋진 미소가 시야에 들어왔다. 그가 하는 말은 평소처럼 다정하게 조롱 섞인 말투로 흩어졌다. 그렇지만 그 미소는, 그녀가 볼 때마다 그가 말한 시답잖은 표현을 모두 거짓으로 만드는 듯했다.

'내 생각은 당신으로 꽉 차 있는데, 이렇게 벽을 두르는 게 무슨 소용이요. 매시간 나는 당신만을 생각해요.' 그의 표정은 이렇게 말하고 있었다. 그녀는 지금 받는 인상이 너무나 생생해 그가 상상 속에서 자기를 애무한다고 순간 느꼈다. 심장이 빠르게 두근거렸다. 로라는 분노에 찬 충동으로 벌떡 일어섰다.

"왜 그래요?" 켐퍼가 물었다. 로라는 그 음성을 들으며 그가 아직도 웃고 있음을 알았다. "무슨 일이죠?"

로라는 타자된 원고를 집어 들고 의자로 돌아왔다. 앉으면서 의자를 약간 뒤로 뺐다.

"난 그저 이것을 훑어보고 싶었어요." 그녀가 대꾸했다. "트렌트 씨 때문에 읽다가 중단했거든요."

"그렇다면 그에게 고마워해야겠군." 그가 명랑하게 한마디 하고 같은 어투로 부연했다. "내가 보니, 그는 당신과 사랑에 빠졌더군요. 그리고 나는 질투가 나기 시작하네요."

로라가 흠칫하며 잠깐 그를 보았다. 그는 일찍이 자신이 '사회적 소심함'—그가 타고난 솔직함이나 임의로 꾸민 솔직함—이라고 부르던 것을 짐짓 경멸하는 척했었다. 로라는 그 모습이 떠올랐고, 머리를 흔들며 항의의 웃음을 터트렸다.

"그가 사랑에 빠져요! 어, 맞아요. 그는 상상 속의 사랑에 빠졌죠. 그보다 더 확고한 걸 따지기에는 너무 어리니까."

"남자가 사랑에 빠지기에 어린 나이란 없어요." 켐퍼가 따졌다. "내가 스물한 살이 될 때까지 적어도 여섯 번은 걸렸으니까."

로라의 입술에는 아직 웃음기가 있었다. "그게 홍역이라도 되는 것처럼 얘기하네요."

"맞아…… 아니 더 지독하죠. 심한 홍역의 공격을 받고 벗어나면 면역이 되잖아요. 근데 사랑은……."

"사람이 계속 그렇게 사랑을 할 수 있다는 건가요, 영원히?" 로라가 가볍게 물었다.

"어, 칠십오 세 이후로는," 켐퍼가 대꾸했다. "그게 좀 힘들어요. 그쯤 되면 보통 사람은 죽으니까."

"정말 진정한 사랑이란 없나요…… 남자에게는?"

"어, 그러니까, 항상 진정한 사랑을 하죠…… 한 번에 하나씩."

켐퍼의 눈이 생글거리며 로라를 탐색했다. 그러다 그녀와 딱 마주쳤다, 미심쩍이. 그가 그저 장난을 하는 건지 정말 진심을 말하는 건지 로라는 알 수 없었다. 의심과 더불어 뾰족한 호기심의 바늘이 그녀를 콕 찔렀다. 이 모호함은 그녀에게, 그리고 다른 사람들에게도 특이한 매력이 있었다. 이것은 모든 가능성을 빛나게 하는 암시일 수도 있고, 아니면 아무런 뜻이 없는 것일 수도 있다.

'결국 켐퍼는 그저 얄팍한 인간일까? 감질나게 하는 이 대조적인 모습은 그 아래 깊숙한 부분을 숨기고 있는 걸까?' 잠시라도 그의 말을 곧이곧대로 들었다면 로라는 진즉 흥미를 잃었을 것이다. 하지만 그를 지배하는 힘, 항상 웃음 뒤에 엿보이는 진중함, 그가 보인 커다란 솔직함, 이런 것들 때문에 로라는 기대하는 것을 멈출 수 없었다. 관심은 영원히 지속되었다.

"당신이 이럴 때면 난 정말 싫어요." 화를 내듯 로라가 하소연했다.

"여자는 남자가 진실을 말할 때면 언제나 싫어하죠." 켐퍼가 반박했다. "여자는 달콤함을 탐하는 취향이 있고, 그래서 거짓을 선호해요."

"당신이 보았듯이, 그게 사실일 수도 있겠죠." 로라가 응수했다. "하지만 결국 그것은 전체의 아주 작은 부분일 뿐이에요."

"어쨌든 불쾌감을 주기에는 충분하죠."

"음, 그래도 그건 진실에 대한 당신 개인의 생각일 뿐이에요." 로라가 주장했다. "그걸 일반화시킬 수는 없어요. 이를테면, 거티는 그렇지 않거든요."

"당신은 그렇게 생각하지 않는다?" 켐퍼가 장난스럽게 놀라는 표정을 지었다. "그럼, 우리의 친구 페리는 어때요?"

"페리요!" 로라가 경멸적으로 대꾸했다. "그가 그렇게 단순하지 않았다면, 나는 그를 싫어했을 거예요."

"근데 왜죠?" 켐퍼의 눈썹이 슬며시 올라갔다.

"이 태양 아래 그가 고작 생각하는 거라고는 그 큰 몸뚱이의 감각뿐이니까요."

"어, 그게 고상한 일은 아닐 수도 있겠지만," 켐퍼가 재밌게 바꿔 말했다. "그래도 그는 남자잖아요."

"아이고 다행이네요. 여자가 아니어서!" 로라가 한탄했다.

"당신이 하려는 말이," 켐퍼는 의자에 앉아 몸을 앞으로 기울였다. 로라는 그가 너무 가까이 있다는 걸 불현듯 실감했다. 둘 사이의 공간에도 불구하고 전에 만났던 어떤 남자보다도 그는 가까이 있었다. "솔직히 여자는 남자와 다르다는 말을 하는 건가요?"

켐퍼의 표정이 달라졌다. 기분이 변할 때면 언제나 그랬다. 그 표정에는 질릴 정도로 넘치는 무언가가 있었다. 윤리적 피로감. 그것은 쾌락을 따르는 영혼의 인과응보였다. 냉소주의와 가식, 허무맹랑한 말 뒤에 숨은 이 남자. 바로 이 순간, 로라는 이 남자에게 그 자체로 절묘한 신뢰를 느꼈다.

"어, 여자들은 그들 자신의 감각에 헌신할 수 없어요. 다른 사람의 감각을 고려하기에 바쁘니까." 로라가 쾌활하게 답했다. 그녀는 다시 한번 뒤로 물러나고 싶은 묘한 충동을, 아울러 그의 음성에 보이는 진솔함 앞으로 날아가고 싶은 충동을 느꼈다. 그는 심각하지 않은데 그녀가 너무 진지한 것인지도 모른다. 그녀는 그것을 직감했다. 하지만 그의 어투에 묻혀 조롱이 건너올 때면 그녀는 본능적으로 그것을 방어하려 했다.

"하지만 내가 아는 사람들은……." 켐퍼는 말을 멈추고 로라를 보았다. 경험 많은 눈으로 그 말의 효력을 정확하게 가늠하는 듯했다.

로라가 웃었다. 웃겨서라기보다는 초조함에서 터져 나온 웃음이었다. "어쩌면 당신이 예시를 잘못 택한 것 같군요." 그녀가 지적했다.

응수를 하려던 켐퍼는 그녀의 모습에 빠져들었다. 그가 물었다. "거티가 앨타 마담에 대해 얘기했나요?" 이것은 분명 순간에 일어난 충동적인 질문이었다.

로라는 질문을 회피하며 고개를 흔들었다. "그게 거티였는지 다른 사람이었는지 잘 모르겠어요."

"그래도 앨타 마담에 관해 듣기는 한 거죠?"

"들었어요." 로라가 답했다. "무척 아름다운 목소리더군요."

켐퍼가 신경질적으로 인상을 찌푸렸다. 그는 흥분하고 있었다. 하지만 그렇게 흥분하는 것을 용납할 수 없었다. 그가 조급하게 들썩거리는 것을 보며 로라는 그것을 알 수 있었다.

"그러니까, 한때는 그녀를 사랑했어요." 켐퍼가 퉁명스럽게 털어놓았다. 로라는 대수롭지 않은 듯 행동했다. "그리고 지금은 그녀를 혐오하죠." 날카로운 억양으로 켐퍼가 덧붙였다.

"그게 당신 로맨스의 흔한 결말인가요?" 로라가 무심히 물었다.

"로맨스가 아니었어요." 켐퍼가 씁쓸하게 답했다. "지옥이었죠."

다시 한번 목소리가 꽉 찬 듯한 말투였다. 로라는 가련한 기분이 들었다. 그건 그녀가 원래 경멸하던 기분이었다.

"어쨌든 파멸에서 헤쳐 나왔네요." 로라가 냉담히 대꾸했다.

"보통 그렇게들 하지요." 켐퍼가 인정했다. "그게 바로 지랄 같은 부분이에요. 하지만 나는 이제 벗어났어요." 제풀에 흡족해하는 자기중심적 태도로 그가 계속했다. "나는 살아서 나왔어요. 천국에는 못 가도 점잖게 살고 싶답니다. 당신은 그렇게 생각하지 않을지 모르겠지만." 그가 진중하게 말을 맺었다. "이래봬도 본심은 존 녹스*처럼 신앙이 깊은 놈이지요."

"그럴 수도 있겠죠." 로라가 건성으로 말했다. "하지만 저는 그런 종교에 전혀 감동을 받지 않아서."

"어, 나에게 전혀 기회가 없었다면," 켐퍼가 말했다. "차라리 더 나았을지도 모르겠어요. 나는 평생 그런 사악한 여자들을

---

* 스코틀랜드 장로교를 창시했던 목회자

만났으니까."

로라의 눈이 장난기로 빛났다. 얼굴을 음울히 환하게 만드는 표정이었다. "그거 알아요? 당신은 단연코 아담과 한 피를 나눈 가족 같아요." 그녀가 말했다.

"정말 그렇게 들리는군요." 켐퍼가 웃었다. "그래도 거기에는 힘든 부분도 있어요. 여자는 남자의 삶에 엄청난 영향을 미치죠. 내 말은, 그가 정말 그 여자를 좋아한다면 말이죠."

"그 '여자들'이라고 해야 더 정확한 것 아닌가요?" 로라가 넌지시 말했다.

"허튼 소리 말아요. 난 그저 웃자고 하는 말이니까. 항상 다른 사람들보다 더 나은 한 사람이 있어요. 어떤 남자라도 그렇게 말할 겁니다."

"어떤 남자라도 그런다면, 페리도 포함되겠죠."

"페리라고 왜 안 그러겠어요?" 켐퍼가 따졌다. "그가 거티 얘기를 하면 내가 얼마나 지루했는지 당신은 모를 거요. 하지만 거티가," 그가 당당하게 덧붙였다. 그 당당함이 그녀에게는 유치할 정도였다. "꼭 그렇게, 어, 상대를 떠받치는 여자가 아니라는 건 당신도 알잖아요."

그가 더 진지해지기 전에 로라는 재빨리 경박한 방어막을 쳤다. "페리도 떠받쳐야 할 만한 남자는 아니죠, 내 생각에는." 그녀가 웃으며 말했다.

켐퍼는 미소 지으며 슬쩍 그녀를 보았다. 그의 특징인 다정한 조롱의 날이 선 미소였다. "당신은 그렇게 할 수 있는 여자겠죠." 그가 불쑥 말했다.

"페리를 떠받들 수 있냐고요? 아, 제발 그런 소리 말아요!" 로라가 발랄하게 반격했다.

"허, 페리가 이걸 안다면 목을 매달 거요!" 켐퍼는 노골적으로 언짢아하며 크게 말했다. 그것에 로라는 묘하게 끌렸다. "당신을 15년 전에 알았더라면 아마 난 지금보다 훨씬 천국에 가까이 있을 겁니다."

켐퍼가 내뿜는 진솔함의 매력은 대단했다. 로라는 갑자기 어지러웠다. 눈꺼풀이 펄럭거리고 손이 바들거려 분명 그것이 밖으로 드러났을 것이다.

"나는 다른 사람을 통해 이루어지는 구원을 믿지 않아요." 로라가 차가운 음성으로 말했다. 무관심한 듯 들리게 하려고 애쓰는 음성이었다.

바로 전에, 켐퍼는 더 이상 앞서가지 않겠다고 속으로 다짐했었다. 하지만 그녀가 바라보는 눈빛에서 쌀쌀한 거리감을 느끼며 질투 비슷한 반항심이 일었다. 그녀는 처음 만났을 때보다 화사하게 멀어 보였고 달콤하게 접근할 수 없었다.

"사랑을 통한 구원도요?" 켐퍼가 감정적으로 물었다. 로라가 보이는 것만큼 무심한 게 아닐 거라는 생각이 들었다. 그녀를 오르고 싶은 욕망이 금세 머릿속에서 꿈틀거렸다.

로라는 펄떡거리는 심장을 진정시키려고 가슴으로 손을 가져갔지만 그를 바라보는 그녀의 얼굴은 흡사 조각상 같았다.
"믿지 않아요. 그런 것이 가능하다고 생각지 않으니까요."

"내가 당신을 사랑할 가능성이나, 당신이 나를 구원할 가능성도?"

"둘 다요."

"당신은 나를 정말 몰라." 켐퍼가 한탄했다. 마치 그녀가 믿지 않아 상처받은 것처럼 애석한 말투였다.

로라가 눈을 들어 그를 보았다. 몇 초 동안 그들은 말없이 앉아 있었다. 그들 사이에는 아주 좁은 공간만 있었다.

"당신이 한 말을 내가 전혀 믿지 않는 게," 이윽고 그녀가 말했다. "분명하군요. 그게 아니라면 진실이 아닌 것에서 진실을 분리해 내는 게 어렵던지."

"나는 당신에게 진실이 아닌 것을 말한 적이 없어요." 켐퍼가 버럭 항의했다.

"남자들이 여자들에게 항상 하는 말 아닌가요?" 로라가 물었다.

순간 켐퍼는 주춤했다. 그러고는 그녀의 냉담한 태도에 자극을 받아 상냥하게 말했다. "아니, 여자를 사랑할 때는 그렇지 않아요."

"어느 때보다 절실히 사랑할 때 그러겠죠." 로라는 마치 그의 말이 한낱 역사적 관심사에 불과한 것처럼 조용히 응대했다. "페리는 거티를 사랑해요. 그래도 그는 살아가면서 매일 거짓말을 하죠."

"그건 그녀가 그걸 좋아하기 때문이에요." 켐퍼가 조롱하듯 한마디 했다.

"거티는 좋아하지 않아요. 어떤 여자도 좋아하지 않아요. 나라면, 진실을 원해요. 그것 때문에 내가 죽는 한이 있어도."

"당신을 죽이지는 않을 거요." 켐퍼가 답했다. 목소리에는 감미로움이 있었다. 불현듯 로라는 사랑이란 어떻게 될지 알 수 없는 거라고 느꼈다. "생명을 줄 거예요." 그러고는 그의 톤이 급격히 바뀌었다. 이전에 즐기던 쾌활한 말장난이 그의 눈에서 튀었다. "나는 무슨 일이 있어도 당신에게 거짓말을 하지 않을 거라 약속하죠." 그가 덧붙였다.

로라가 머리를 흔들었다. "누가 부탁이나 했나요?" 예민하게 숨을 내쉬며 그녀가 대꾸했다.

"당신이 부탁했다면," 켐퍼가 웃었다. "나는 약속하지 않았을 거요. 그게 다 남자들이 하는 청개구리 짓이니까. 그들은 부탁받지 않은 것을 주고 싶어 하죠."

"글쎄, 당신한테 부탁할 일은 없을 거예요." 로라가 웃으며 말했다.

"전부를 갖고 싶어서 그러는 거요?" 켐퍼가 명랑하게 물었다.

로라의 이마가 하얗게 달아올랐다. 얼굴에 어려 있던 특이한 광채가 더욱 빛났다. “당신이 줄 수 있는 최고라는 게 얼마나 가치가 있을까요?”

“여자가 세상에서 얻을 수 있는 것 이상일 거요.”

“음, 당신이 정한 가치를 내가 받아들일 수 있을지 모르겠네요.” 은근슬쩍 조롱하는 식으로 말하려고 애쓰며 로라가 지적했다.

“그럼 알아서 하세요.” 켐퍼가 의자에서 일어나며 대꾸했다. 하지만 눈빛과 그녀의 손을 꼭 잡은 손은 그보다 더 많은 것을 말하고 있었다.

“제가 원고를 다 읽으면 당신에게 얘기할게요.” 떠나는 그에게 로라가 말했다. “꼭 출간하길 원한다면 많은 부분을 고쳐야 할 거예요.”

“어, 당신이 알아서 해요.” 쑥스런 열정을 담아 그가 대꾸했다. “당신이 좋을 대로 하세요. 문학 요소를 가미하고 또 다른 것들도.”

켐퍼는 자신이 얼마나 많은 일을 로라에게 부탁하고 있는지 전혀 모르는 채 되는 대로 내뱉었다. 그는 로라가 열의와 인내를 가지고 그에게 헌신하는 것을 당연시했다. 로라는 이 스스럼없는 태도에 그가 더 좋아졌다.

“그럼, 나중에 얘기하죠.” 로라가 말했다. 대화를 시작한 이

후 처음으로, 야릇한 암시가 난무하는 가운데 그녀는 묘한 매혹이 깃든 표정을 지었다.

그 순간 켐퍼는 그것에서 아름다움을 느꼈다. 그것이 고독한 아름다움이라면, 그건 모든 것을 초월한 아름다움이었다. 그는 오후 내내, 기억에 남아 있던 이 미소를 끈질기게 기다렸었다. 그것을 보려고 덫을 놓고 눈치채지 못하게 끌어내려 해 보았지만, 소용없는 일이었다. 만약 그녀가 관심을 좇는 세속적인 바람둥이 여자였다면, 이보다 더 섬세하고 확실하게 그녀의 무기를 사용하지는 못했을 것이다. 두 시간이 넘게 지나도록 그녀는 거리를 유지했고, 그는 실망하고 짜증이 났다. 하나 비로소 그녀의 얼굴이 빛났다. 가장 빛을 발하던 순간에 그는 방을 나왔다. 이 순간은 그의 기억에 새겨졌다.

5장

추종의 즐거움과 위험을 보다

켐퍼는 로라 집 계단에 서서 시계를 보았다. 약속한 대로 거티를 방문하고 집에 가서 야회복으로 갈아입으려면 서둘러야만 했다. 호주머니에는 그가 방을 나서며 무심결에 넣었던 메모 쪽지가 있었다. 거티가 보낸 거였다. 해거름 수다를 떨게 꼭 집에 들르라고 애원하는 메모였다. 흔히 하던 대로 가볍게 보낸 요청이었지만 그녀는 그저 웃고 떠들기보다는 조언을 바라고 있음을 그는 직감했다. 어떤 부산스런 심리에 따라 글자들이 갈팡질팡하고 있었다. 켐퍼는 거티를 생각할 때면 아련한 감정이 일었다. 밖에 보이는 그녀의 찬란한 삶으로는 달랠 수 없는 연민이었다. 부, 미모, 권력, 그가 탐하는 모든 것을 거티는 가지고 있었다. 그녀가 단지 감성을 자극하는 속임수를 써서 그의 내면의 야릇한 동정심을 깨운 듯했다. 그녀는 이따금 어떻게 이 속임수를 써야 하는지 알고 있었다. 거티에게 딱한 감정을 갖는 것은 터무니없는 일이었다. 켐퍼는 항상, 결혼 생활에서 로맨스를 바라는 것은 음침하고 불건전한 욕망이라고 생각했다. 관대한 남편을 가진 여자가 충성까지 원하는 것은 비현실적이고 가혹한 괴벽이었다. 켐퍼는 냉소적으로 이렇게 즐겨 말했다. "남자는 태생적으로 일부일처제가 맞지 않아." 그는 여자를 책임져야 하는 부담을 전부 본성 탓으로 돌리는 경향이 있었다.

켐퍼는 5번가 모퉁이에서 택시를 불렀다. 자리에 앉고, 장갑 낀 손으로 지팡이의 손잡이를 꽉 쥐었다. 그는 정신이 산만해 찜찜했다. 생각이 다시 로라에 대한 혼란스런 기억으로 흘러갔다.

켐퍼는 너무 나갔다. 생각할 필요도 없이 그는 이것을 바로 인정했다. 1분만 더 있었더라면, 혼을 빼는 그녀의 매력에 사랑을 선언하는 돌이킬 수 없는 실수를 범했을지도 모른다. 이렇게 느끼며 그는 부르르 떨었다. 결국 얼마나 어리석었던가. 많은 여자들과의 다양한 경험을 통해 힘들게 습득한 조심성의 결실은 어디 있는가? 그녀 집 현관에 들어서기 전, 그는 단호히 스스로에게 말했다. 편안한 우정의 선을 넘어가서는 안 된다. 하지만 한 시간 후, 그의 생각은 감정에 묻혀 허우적거렸다. 여자를 좋아하면서 섹스를 하지 않는 것은 아직 그의 능력 밖에 존재하는 보다 순수한 욕망의 꿈일까, 불가능한 행복의 영역일까?

켐퍼는 결혼에 혹할 때가 한두 번 있었다. 제도로서 결혼을 볼 때면 단지 역겨울 뿐이었다. 그렇게 결혼을 개인의 취향이라 여겼다. 남은 생애 동안 이 세상 어떤 여자에게 묶여 있는 자신을 상상하자니 온몸이 오싹했다. 켐퍼는 자신을 지나치게 과대평가하지 않더라도 세상의 눈에 탐나는 상대로, 혼기에 들어선 수많은 여자들에게 괜찮은 사냥감으로 보일 수 있었다. 그는 그것을 분명 알고 있었다. 그가 우려하는 것은 자신의 충동적 감정이었다. 앨타 마담의 방패가 사라진 이상 뜻밖의 열정에 휩싸여 결혼의 구렁텅이로 곤두박질치는 일이 생기지는 않을까 염려했다.

'나는 얼마나 지질한, 교화 불가능한 망나니인가.' 스쳐 지나가는 택시들을 뚱하게 응시하며 켐퍼는 생각했다. '아이러니한 점은, 새롭게 매력에 빠질 때마다 한사코 그게 영원할 거라고 믿는 것이다. 치명적인 믿음. 대학을 떠난 이후 열두 번이나 사랑에 빠졌건만, 지금 내가 느끼는 것에 시작이 있었거나 끝이 있을 수 있는지 묘연해 보일 뿐이다. 젠장, 전에는 이런 적이 없었다고 맹세할 수 있을 것 같은데.'

홀연히 가장 인상적인 로라의 몸짓이 하나 떠올랐다. 그녀가 얼굴을 돌릴 때 슬쩍 드러난 옆모습. 켐퍼는 문득 감상에 젖어 한 장면을 그려 보았다. 몸을 구부려 그녀의 목에 어린, 작은 바이올렛 그림자에 키스했을 수도.

"첫!" 켐퍼는 발끈하며 단호히 내뱉었다. "남자라는 놈들은 언제나 철이 들어 이런 쓰레기 같은 생각을 그만둘까? 이빨도 하나 없이 정염만 붙잡고 사는 노망든 노인네랑 뭐가 달라?" 이렇게 경멸적으로 비웃었지만 그는 지금 자신이 과거 어느 때보다 진지해 보였다. 그를 앨타 마담에게 몰아갔던 충동은 이처럼 심각하지 않았다. 이처럼 파괴적인 것도 없었다.

거티는 위층 응접실에 혼자 앉아 켐퍼를 기다리고 있었다. 그가 들어서자, 얄미운 표정을 지으며 힘차게 손을 뻗었다.

"너무 늦게 와서 30분밖에 없어요. 그 후에는 옷을 입어야 해요." 거티가 말했다.

"아니 어째서 좀 더 일찍 연락하지 않았어?" 소파 앞 의자에 몸을 던지며 켐퍼가 물었다. 거티는 연초록 새틴 쿠션들에 묻혀 소파에 반쯤 누워 있었다. "내가 이때 시간이 되는 건 순전히 우연이야. 페리는 어딨어?"

거티는 신랄하게 경멸하듯 머리를 흔들었다. 그에게도 익숙한 태도였다. "뻔하죠, 혼자 즐기고 있겠죠." 그녀가 대꾸했다. 그러고는 어찌할 수 없는 충동의 빛을 번득이며 덧붙였다. "근데 말이에요, 요즘에 에이더 롤리를 본 적 있어요?"

켐퍼는 그 질문에 흠칫했다. 한동안 눈살을 찌푸리며, 못마땅해하는 예쁜 거티를 빤히 바라보았다. 거티는 인간의 혀와 천사의 혀로 비밀을 날카롭게 주절댔지만, 그가 이미 알고 있는 것 이상은 아니었다. 그녀가 크게 뜬 성난 눈에 아이 같은 품성이 얼핏 비쳤다. 그건 천박한 세속적인 성향 밑에 아직 살아 있는 경이로운 품성이었다. 그녀의 조급한 심장을 갉아 먹고 있던 궤양이 무엇인지 드디어 분명해졌다. '그래, 이게 바로 그 의미일까, 이게 바로 그녀를 보면 간혹 어떤 나비가 생각나는 까닭일까? 바들거리는 아름다운 날개 밑에 치명적인 고통을 숨기고 있는 나비?'

"어, 그녀는 아무도 모르게 얼굴을 붉힐 만한 사람은 아니지, 알잖아." 켐퍼가 가볍게 대답했다.

"그러면 그녀의 매력은 뭐죠? 난 그걸 알 수 없어요." 타오르는 듯한 호기심으로 거티가 물고 늘어졌다. "남자들은 그녀가 잘생겼다고 생각할까요?"

거티의 성마름에 그가 피식 웃었다. 그러고는 의자 뒤로 기대며 조롱하듯 그 질문을 받았다. "그녀가 잘생겼냐고? 음, 그건 사람의 취향에 따라 다르지 않을까. 천성이든 후천적이든 말이야. 어떤 사람은 캐비아를 좋아하지만, 또 어떤 사람은 싫어하거든."

거티는 반박하려는 걸 꾹 참고 있었지만 그래도 예쁜 하얀 목이 실룩거렸다. 켐퍼는 그것을 보았다. "추측컨대 그럼, 훌륭하신 분들에게 그녀는 캐비아가 되겠군요?" 거티가 톡 쏘는 냉소로 되받아쳤다.

켐퍼는 어처구니없는 듯 항의의 제스처를 취했다. "추측은 금물이야. 특히 여자를 거슬러 추측하는 건 현명한 게 아니지."

"그럼, 오빠가 말을 해 준다면 추측을 그만두죠." 거티가 대꾸했다. "오빠가 생각하는 것을 몽땅 정직하고 진중하게 털어놓는다면요."

켐퍼의 눈에 비웃음이 어리기 전에 거티는 실망의 한숨을 쉬며 뒤로 기댔다. 하지만 켐퍼는 이윽고 일찍이 거티가 '역설적 유머'라고 묘사했던 것으로 그 도전에 답했다.

"어, 글쎄 내 견해는 모두 거리가 있어." 켐퍼가 말했다. "네가 물으니까 하는 말인데, 나는 그녀를 남다른 자연미를 인위적으로 강조하며 고집하는 숙녀라고 보지."

켐퍼는 잠시 멈춰 자신이 한 멋진 말의 여운을 즐겼다. 하지만 거티는 너무 심각한 나머지 펄떡거리는 자신의 관심을 말로 소모하지 않았다.

"어, 당연히, 화장은 하죠." 거티가 반박했다. "누구나 하는 거니까. 남자들이 좋아하잖아요."

잠시 거티를 보며 켐퍼는 난감한 미소를 지었다. "어, 나는 여자가 언제든 솔직히 드러내 놓고 나쁜 게 좋아." 그가 말했다. "그게 덜 보여 주는 거지."

"그럼 그녀는 나쁜 사람인가요?" 헐떡거리며 그 말을 좇듯 거티가 물었다. "내가 알고 싶은 건 그거예요…… 물론 화장을 한 얼굴은 인위적이겠죠."

"아니, 그녀의 얼굴이겠지." 켐퍼가 고쳐 말했다. 그리고 이내 결론지었다. "여하튼 나는 평생 여자에 대해 부정적으로 말하지 않았어. 그리고 대머리가 되어 가는 마당에 지금 그걸 시작하기는 너무 늙었지. 그 숙녀가 흔한 멜로디에 맞춰 피리를 분다고 하면 충분하지 않을까?"

"그녀가 주의 깊다는 뜻인가요?"

"난 아무 뜻도 아니야. 너는 무슨 뜻이 있어?"

결단을 내린 듯 거티가 돌연 자세를 잡고 앉았다. 팔 밑으로 쿠션을 밀어 넣고 화려하게 쌓인 솜털 위로 팔꿈치를 편안하게 놓았다. 물결 모양 소매에 팔꿈치가 맨살을 드러냈다. 그녀의 몸에 눌려 초록색 새틴 커버가 움푹 들어가 있었다. 그것이 서서히 펴지는 것을 보자니 그는 기분이 좋아졌다.

"나…… 음, 나한테는 대단히 중요해요." 거티가 아무렇지도 않게 응수했다. "내가 항상 말했듯이, 난 흐르는 물처럼 깨끗해요. 오빠가 경박하다고 착각하는 것은 단지 내 철학일 뿐이에요."

"철학이라!" 켐퍼가 웃음을 터트렸다. "그럼 나한테 너는 너무 심오한데."

"어, 심오한 게 아니에요. 단지," 거티가 명랑하게 대꾸했다. "최고의 승자가 진정한 승자라는 거죠."

"최후의 승자가 아니고?"

소매 레이스를 초조하게 만지작거리며 거티가 고개를 저었다. "아니. 최후의 승자는 마지막에 막 웃다가 숨넘어갈 수도 있어요."

"오싹한데." 몸서리치는 척하며 켐퍼가 반박했다. "넌, 질투할 때면 항상 영리해진다. 그렇지?"

"하지만 난 질투하지 않아요." 거티가 분연히 부정했다. "질투할 만한 사람이 세상에 없어요. 게다가 난 정말 행복하거든요. 오빠가 아는 가장 행복한 사람만큼이나 행복하다고요. 그게 누굴까요?"

켐퍼가 잠시 골몰히 생각했다. "거 참, 로저 애덤스지." 스스로 깨달은 것에 대견스러워하며 그가 대답했다.

거티는 한동안 쿠션에 기대 잦바듬해 있었다. 눈을 감고 그 질문에 대해 생각했다. "오빠가 맞는 거 같아요." 결국 그녀가 인정했다. "근데 왜? 왜 그런 거죠? 도대체 그가 인생에서 얻은 건 뭘까요?"

"부인이 있잖아." 다정하게 빈정거리며 켐퍼가 대꾸했다.

"음, 아마 부인이 둘이 아닌 걸 감사해야 할 걸요." 거티가 경박하게 대꾸했다.

켐퍼가 피식 웃었다. "그녀가 부인 여섯 명 있는 거랑 맞먹을지도 모르지."

"그래도 그 사람은 행복해요." 거티가 생각에 잠겨 말했다. "왜 그런지는 몰라요. 아마 자기도 잘 모를 거예요. 그렇지만 내가 만난 사람 중에 가장 행복한 사람 같아요. 그건 분명해요. 아마도," 거티는 자신의 얄팍한 농담으로 돌아가며 결론을 내렸다. "그는 깨어 있는 동안 드레스메이커와 브리지 휘스트 사이를 왔다 갔다 하며 시간 낭비를 하지 않아서 그럴 거예요."

"그게 그렇게 지루하다면서, 왜 그렇게 해?" 켐퍼가 이의를 제기했다. "내가 너라면 그러기 전에 진즉에 목을 맸겠다."

거티는 약간 짜증 나고 또 약간은 지쳐 눈썹을 모아 찌푸렸다. 얼마 동안 슬리퍼를 신은 발로 바닥을 불안하게 두드렸다. "음, 왜 여자들은 거짓말을 하고, 속이고, 뒤에서 험담하고, 그들 안의 작은 영혼들의 목을 죄느냐…… 남자를 기쁘게 하기 위해서예요. 우리가 오랫동안 지루한 더분에 남자들이 재미를 느끼는 거라고요."

켐퍼는 생각했다. '다시 동정의 속임수에 넘어가 이러는 걸까, 아니면 피곤한 거티의 목소리가 슬픔만큼이나 사실적이이서 이러는 걸까? 로라가 정말 진심으로 믿었던 것처럼, 거티는 정말로 세심한 논쟁, 더 큰 수단을 활용할 수 있을까, 거티의 당당한 발언은 단지 그녀가 죽인 영혼에 대한 힘겨운 애도 정도가 아닐까?' 한 달 전만 해도 그는 자신에게 이런 질문을 하지 않았을 것이다. 하지만 로라에 대한 감정은 무심결에 운명에 대한 깊은 감정을 끌어냈다.

"내가 너라면, 마찬가지로, 내 자신을 심심하게 내버려 두지는 않을 거야." 켐퍼가 응수했다. "솔직히 말해, 남자는 그럴 가치가 없다고 생각해."

거티는 머리를 홱 뒤로 젖히며 웃었다. "어, 그게 말이 쉽죠." 그녀가 지적했다. "하지만 알다시피, 그런 말이라면 로라한테서도 충분히 들었어요."

"로라한테서? 그럼 그녀가 나랑 생각이 같은 건가?"

"로라도 그렇게 생각해요. 근데 걔가 인생에 대해 뭘 알겠어요. 살아 본 적이 없잖아요. 왜냐, 걔는 우리랑 같은 세상에 있지도 않아요. 알겠어요?" 거티에게서 다정한 웃음이 조그맣게 터져 나왔다. "걔가 의상실에서," 그녀가 명랑하게 덧붙였다. "플로티노스*를 읽는 걸 봤어요. 옷 입어 보는 걸 참을 수 있게 해 준다고 하더군요."

켐퍼는 그 장면을 그려 보니 재미있었다. 잠시 상상이 활개를 치도록 내버려 두었다. "그녀가 허영심에 굴복하는 게 상상이 안 돼." 마침내 그가 말했다.

"상상할 수 없다?" 거티의 말투가 부드러워졌다. 그래도 변함없이 쾌활했다. "음, 여자는 죽는 날까지 안전하다고 말할 수

* 3세기경에 활동했던 로마의 철학자

없어요."

언제나 희박한 가능성을 열렬히 좇는 그의 상상은 거티가 준 암시를 따라 솟아올랐다. 위험한 쾌락이 혈관을 따끔거리며 흘렀다.

"넌 로라가 외부 상황, 그러니까 세상적 무지 때문에 그렇게 무관심했던 거라고 생각해?" 켐퍼가 물었다.

"걔가 무관심하다고요?" 거티가 웃으며 되물었다.

"나한테는 그래."

"어, 난 그걸 몰랐네요…… 어렴풋이 감이 오긴 했는데……." 거티가 말을 멈추자 켐퍼는 감질이 났다. 그녀는 사악할 정도로 그것을 즐겼다.

"너에게 어렴풋이 감이 오는데 뭐……." 켐퍼가 민감하게 안달하며 그 말을 따라했다. 그는 흥분에 싸일 때면 언제나 이런 반응이었다.

"난 솔직히," 재미를 억누르지 않고 거티가 그에게 던졌다. "걔가 진짜로 오빠를 싫어한다고 믿어요."

켐퍼의 호기심은 즉각 분노로 변했다. 그는 충격을 받아 캑캑거렸다. 그의 성깔에 버금가는 말을 보았을 때 길들이고 싶어 조바심 냈던 감정이 되살아났다. "그녀가 그렇게 말했어?" 그가 심하게 따져 물었다.

"어어 참, 아니. 걔는 절대 그렇게 말하지 않을 거예요."

"그럼 네가 틀렸어." 켐퍼는 집요하게 물고 늘어졌다. "나는 그녀를 나처럼 만들 수 있어, 아니면 내가 원하는 대로."

"오빤 그렇게 못해요?" 거티는 귀여우면서도 회의적으로 보였다.

"왜 의심하는데?"

"왜냐면…… 어, 왜냐면, 오빠는 너무 달라요. 이거 무덤까지 가지고 가야 할 비밀인데, 로라가 정말 오빠한테 관심이 있다면 나는 실망할 거예요, 알겠어요. 하지만 그러지 않을 거고…… 그럴 수도 없고…… 오빠는 반도 안 돼요…… 아니, 그러니까, 백 분의 일도 안 돼요."

켐퍼는 웃고 있었지만 그녀에게 고정된 그의 눈빛에는 불쾌한 기운이 어렸다. "이런 젠장, 나는 네가 나를 오히려 좋아할 거라고 생각했는데!" 그가 한탄했다.

"그래요. 나는 오빠를 사랑해요. 항상 그랬죠." 거티가 손을 쭉 뻗어 손가락 끝이 그의 팔에 닿게 했다. "오빠는 나에게는 꽤나, 완전히 좋은 사람이에요. 한데 저는 로라가 아니에요. 이상하게 보일 수도 있겠지만, 솔직히 나는 나보다 그녀를 약간 더 배려할 뿐이에요. 그러니까 오빠가 진짜 다시 사랑에 빠지고 싶다면, 나랑 하는 게 어때요?"

"너랑?" 켐퍼가 얄궂은 미소를 지으며 호감을 주는 그녀의 눈을 보았다. "어, 그럴 수는 없지. 나는 네 가족이랑 함께 자랐잖아. 너처럼 완벽한 애는 그저 나에게 성가신, 뻔한 사회 문제만 만들 거야. 너는 신비감이 없어. 네 비밀을 다 알고 있으니까."

"음, 어쨌든 오빠가 그걸 앨타 마담한테 배운 건 아니지?" 거티가 따지듯 말했다.

"앨타 마담한테서! 칫! 그녀는 목소리 말고는 아무것도 아니야."

"마담이 이것을 어떻게 노래했는지 생각나요?" 거티는 물었다. 그러고는 벌떡 일어서서 프리마 돈나의 자세를 허풍스럽게 흉내 내며, 〈파우스트〉의 비극 부분을 혀를 굴리며 노래했다. "그녀가 이 장면에 이르면 난 항상 웃음을 터트렸어요." 소파에 기대며 거티가 덧붙였다. "감성이 점점 올라갈 때 보면 나는 상시병에 걸린 양이 생가나더라고요."

"근데 왜 넌 그녀의 유령을 다시 불러 오는 거야?" 켐퍼가 다그쳤다. "내 생각을 말하자면, 그녀는 지난 세기에 살았을지도 몰라."

"그럼에도 오빠는 정말 그녀에게 미쳤었잖아요."

"'미쳐,' 그래 내가 꼭 그랬지." 켐퍼는 시계를 꺼내 흘긋 보고, 갑자기 깜짝 놀라며 자리에서 벌떡 일어났다. "어이쿠, 너 때문에 우리가 영원 속에 살지 않는다는 걸 깜박했다." 그가 말했다. "저녁 약속에 엄청 늦었어. 다 네 잘못이야."

“나는 어떻고요.” 거티는 숨을 들이마시며 이미 침실 쪽으로 움직이고 있었다. “나는 91번가에서 식사가 있어요. 뒤에 레이스가 달린 가운을 꼭 입어야 하고.” 퍼덕거리는 새처럼 거티가 나갔다.

켐퍼는 후다닥 계단을 내려가 집을 뛰쳐나갔다. 그리고 지나가는 택시를 잡아탔다. 차를 타고 집으로 가는 짧은 시간 동안, 그는 황급히 옷을 갈아입어야 한다는 생각과 그를 초대한 여주인에게 어떻게 적당히 얼버무릴까 생각하며 사색에 잠겼다. 당장 해결해야 할 곤혹스런 일 때문에 로라는 잠시 잊을 수 있었다. 어떤 결연한 적대감보다 더 효율적으로 로라를 떨쳐 버릴 수 있었다.

6장
시야가 더욱 섬세해지다

코니에게는 남부 여행이 대단히 성공적이었다. 적어도 표면적으로는 그래 보였다. 애덤스는 코니의 건강미가 예쁜 소녀처럼 되돌아오는 것을 보았다. 그들은 플로리다의 조용한 작은 마을에 머물렀다. 하루하루 서서히 코니의 얼굴에서 초조함의 주름이 희미해져 갔다. 처음 두 주간 코니는 은은한 공기를 마시며 소나무 아래 가만히 누워 있는 것으로 만족해했다. 모든 것을 내려놓고 정적 속에 자신을 내맡겼다. 의지할 곳 없는 아이처럼 애처로워 보일 정도였다. 하지만 기운을 되찾으며 그녀 내부에서는 쾌락을 향한 옛 고통이 깨어났다. 애덤스는 마약을 금지시켰다. 마약에 대한 갈증을 해소하기 위해 코니는 결국 끝도 없이 와인을 마셨다. 애덤스는 절망스러웠지만 용기의 끈을 놓지 않고, 다시 그녀를 뉴욕으로 데려와, 불명확한 신경 질환을 다루는 전문의에게 맡겼다.

애덤스는 사무실에 있을 때 말고는 밤낮없이 그녀 곁을 지켰다. 긴장하며 가까이에서 보살피고, 책임감으로 잠을 이루지 못했다. 그러다 보니 예민해져 몸이 부들거렸다. 자기를 절제하려고 육체적으로나 정신적으로 신경을 쓰다 보니 그렇게 된 것이었다. 그럼에도 이 모든 과정에서 그는 연민에 차 결코 긴장을 풀 수 없었다. 하던 일을 멈추고, 이 전투가 무의미한 것은 아닐까, 코니를 위해 희생할 필요가 있을까,라고 자문하지 않았다. 예상과는 달리 비로소 결말이 났다. 그가 전혀 기대하지도, 바라지도 않았던 결말이었다. 운명과의 친밀한 화해, 사로잡힌 감정이 밖에 보이는 것에 대한 무심함, 겹겹이 쌓인 망상의 위 아래 혹은 그것 밖에 놓인 현실에 대한 깊은 인식, 이것들은 그가 가진 사고방식의 한 부분이 되었다. 이렇게 시야가 넓어지면서 자기 안에 폭 넓은, 보편적인 동정이 흐르는 것을 느꼈다. 인간 사랑의 달콤함과 고뇌를 넘어선 동정이었다. 코니를 보면서 그는 그녀만 보는 게 아니었다. 모든 인류를 보았다. 거울에 비친 그녀의 영혼, 알몸을 드러낸 그 작은 영혼을 보면서 생명체들이 가진 작은 근심, 작은 기쁨 들을 보았다. 애덤스는 헌신하려고 스스로를 단련시켰지만 그것이 은연중에 평화의 천사를 기쁘게 했다는 걸 이내 깨달았다. 이 끔찍한 시간 속에, 그의 심장은 거티가 의아해했던 행복에 사로잡혀 있었다.

트렌트의 방문이 있었던 오후, 애덤스는 평소보다 일찍 사무실을 나섰다. 코니와의 약속 때문이었다. 신작 발레 공연을 보러 그녀가 좋아하는 뮤직홀에 가자고 약속했었다. 그가 집에 들어섰을 때 코니는 이미 옷을 차려입고 있었다. 우아한 꽃분홍색 드레스를 입은 그녀는 눈에 띄게 활력이 있고 예뻐 보였다. 그가 드레스 룸에서 옷을 갈아입는 동안 코니는 위층에서 초조하게 펄럭거렸다. 약간 멀리서 보니, 입과 관자놀이 주변에 쇠약해진 주름과 연하게 퇴색된 피부는 아름다운 장밋빛 모습 속에 자취를 감추었다. 그는 침실 문을 통해 그녀가 조급히 움직이는 것을 보았다. 이 멋들어진 미인이 불과 2주 전에 자신이 돌보던 반쯤 정신 나간 사람이었다는 게 믿기지 않았다. 그녀가 '기쁨의 마법'이라고 부르는 것이 그녀에게 임했음이 분명했다. 그녀 모습에 나타난 휘황찬란한 변화를 그는 감사히 받아들였다. 그러면서도 그녀가 왜 그러는지, 그 직접적인 원인이 무얼까 하고 자문하자니 마음에 날카로운 의심이 일었다.

"코니," 손에 헤어브러시를 들고 그녀 앞에 서며 애덤스가 말했다. "처방된 약 말고 다른 것은 먹지 않았지? 맹세할 수 있지?"

코니의 눈에 분노가 얼핏 비쳤다. 하지만 금세 상처받은 순수함의 교묘한 표정으로 그것을 가렸다. "왜요, 내가 어떻게 그렇게 하겠어요?" 기분이 상한 목소리로 그녀가 물었다. "간병인이 같이 있었잖아요."

그건 사실이었다. 간병인이 하루 종일 함께 있었다는 건 애덤스도 알았다. 그러나 생기 넘치는 얼굴과 반짝이는 눈을 보자니 마음속 의심은 확신으로 굳어졌다. 아침의 깨질 듯한 연약함에서 이 펄떡거리는 열정으로 변한 것은 딱 한 가지로 설명될 수밖에 없다. 코니는 갈증을 해소할 은밀한 방법을 찾았고, 그 피할 수 없는 발작은 이미 한참 전에 가라앉았을 것이다.

애덤스는 다시 돌아서서, 코니와 어울리는 옷을 입었다. 코니는 한껏 들떠 쉼 없이 지절댔다. 그녀가 하는 말은 의미가 없었고 앞뒤가 맞지 않았다. 간간이 사사로운 가십을 섞어 가며 횡설수설 신상 드레스를 묘사했고, 쉴 새 없이 떠들며 저녁 식사에 활발한 분위기를 더했다.

잠시 후 뮤직홀에서는 애덤스에게 귓속말을 하겠다고 허풍스럽게 고집을 피웠다. 댄서들의 팔과 다리에 대해 쓸데없는 농담을 하다가 발광을 하는 것처럼 소리 나지 않게 웃음을 터트렸다. 이 모든 과정에서 애덤스는 조용히 앉아, 자신을 더 힘들게 하는 것이 발레의 지루함인지 아니면 사람들의 눈치에 뒷목이 따가워져 생긴 신경통인지 궁리하고 있었다.

코니는 공연에 매료되었고, 그것은 그녀가 끝까지 잠자코 있어야 하는 충분한 이유가 되었다. 하지만 애덤스는 긴 저녁 내내 무대 위 반짝이는 빨간 다리들을 무심히 바라보다 터져 나오는 하품을 참지 못했다. 그럴 때면 하품이 무언의 욕설인 것 같은 느낌이 들었다.

"공연이 정말로, 솔직히 가치가 있었어?" 집에 돌아와 현관에 다시 섰을 때 애덤스가 웃으며 물었다.

"진짜 아름답지 않았어요?" 코니가 현관으로 들어가 전기등 아래 잠깐 멈춰 서 예민하게 되물었다. 그녀의 얼굴에서 흥분은 사라졌다. 다 타 버린 장작처럼 그녀는 바싹 마르고 허했다. 불길한 푸른 그림자가 눈 밑 텅 빈 곳에서 짙어졌다.

"당신이 사랑스러웠지." 돌아서서 서서히 계단을 오르는 코니를 따라가며 그가 기분 좋게 대답했다.

그 칭찬에 코니의 입술에 미소가 얼핏 어렸다 사라졌다.

침실에 들어서면서 코니는 완전히 탈진 상태가 되었다. 연한 신음 소리를 내며 앞으로 흐느적거리며 걷더니 바닥에 뒤죽박죽 쌓인 핑크 더미 위로 쓰러졌다. 애덤스가 그녀를 일으키자, 와인을 달라고 애원했다. 브랜디를, 이 끔찍한 무기력함을 몰아낼 수 있는 무언가를 달라고 그녀는 불쌍하게 사정했다.

"한없이 나락으로 떨어지는 것 같아요." 코니가 소리쳤다. "나는 계속 미끄러지고 있어. 나를 추스를 수가 없어요."

애덤스는 코냑을 한 모금 분량을 재서 물과 함께 코니에게 주었다. 코니는 그것을 벌컥 삼키고는 더 달라고 간청했다. 애덤스는 머리를 저으며 아이의 옷을 벗기듯 그녀의 옷을 벗겼다. 벨을 누르면 하녀가 올 거라는 걸 알았지만, 벨을 누르려던 차에 강하게 이상한 감정이 들어 그렇게 하지 않았다. 이 장면의 섬뜩함이 그들을 성스럽게 만들었다. 코니가 혼란스럽게 미쳐 날뛰는 소리가 귀에 울렸다. 그는 그곳에 단지 그들만 있음에 감사했다. 주변의 방들은 비어 있었다. 그녀는 그가 누인 대로 침대에 누워 있었다. 연한 핑크빛 시폰 드레스를 걸친 뭉개진 꽃송이 같았다. 실제 무거운 짐처럼 자신을 짓누르는 안타까운 마음에 애덤스는 허리를 숙여 가까이 갔다. 그를 응시하던 그녀의 눈에 증오가 어렸다. 그는 참기 어려울 만큼 마음이 무거워졌다.

그녀가 그를 사랑했었다면 그녀가 더 편했을지도 모른다. 하지만 그는 알았다. 그녀가 정신이 맑은 날에도 억지스런 감사 말고는 그에게 별다른 감정이 없다는 것을. 광란의 밤에 그녀가 행사하는 증오의 폭력은 단지 고통만 더할 뿐이었다. 그녀가 카펫 아래나 소파의 쿠션 밑에 숨겨 둔 마약을 무력으로 손에 넣으려고 할 때도 있었다. 지금도 마찬가지였다. 그녀가 버둥거리는 것을 통제하기 위해 그는 더욱 안간힘을 써야만 했다. 그러자 그녀는 그를 올려다보며 현란한, 거의 동양적인 빛깔의 언어로 저주를 퍼부었다. 그가 외투를 벗어젖히자 핑크빛 시폰 드레스에서 찢겨져 덜렁거리던 끝자락이 떨어져 나갔다.

아침 7시에는 간병인이 그를 도우러 왔다. 밤새 그랬던 것처럼 그는 코니 침대 옆 의자에 그대로 앉아 있었다.

"그래 아주 심한 발작이 왔었나 보군요. 그럴까 봐 걱정했었는데." 코니보다는 남편에게 더욱 안쓰러운 눈빛을 지으며 간병인이 말했다.

"네, 힘들었어요." 애덤스는 조용히 답했다. 그러고는 일어서더니 마치 술 취한 사람처럼 휘청거리며 현관을 지나 침실로 갔다. 아직 야회복을 입은 채로 소파에 푸욱 쓰러져 격심한 피로에 곧바로 깊은 잠에 빠졌다.

그는 두 시간을 자고 일어나서 인정 많은 간병인이 가져다 준 커피를 마셨다. 머리는 잠을 자서 개운하기보다는 무겁고 답답했다. 그는 꼼짝하기도 싫은 음울함 속에 가라앉았다.

"지금은 잠잠하시네요." 간병인이 말했다. 그녀는 키가 크고 강인한 성격의 중년 여자였다. "그 발작으로 부인이 별로 무기력해지지 않은 게 이상해요. 아침을 들고 점심 후에 잠깐 쇼핑을 가겠다고 하시네요."

"어, 그거 좋은 소식이군요!" 블랙커피를 꿀꺽 삼키며 애덤스가 진심을 담아 크게 말했다. 그러고는 커피를 채우려고 잔을 내밀었다. 그는 호감을 주는 다정한 미소를 지으며 고개를 저었다. 그만의 독특한 매력이 있는 미소였다. "이 커피를 마시며 내 잡지에 넣을 두 쪽을 써야겠어요." 그가 말했다. "그러니 괜찮다면 넘치게 따라 줘요."

야회복은 들쑥날쑥 흐트러지고 머리는 헝클어진 채 그는 앉아 있었다. 핼쑥하고 창백한 얼굴이었다. 헌신적인 남편이라는 눈부신 낭만의 빛에 비춰 보아도 감동을 주는 모습은 아니었다. 그의 모양새에는 영웅적인 면이 없었다. 그래도 간병인은 그를 보며 묘한 매력을 느꼈다. 그건 애덤스가 자신의 삶의 원칙과는 너무 다른 원칙을 가진 남자들, 즉 켐퍼나 페리 같은 남자들에게 느꼈던 매력과 같은 거였다. 그를 대상으로 감성 소설을 쓰는 것은 가당찮은 일이라고 간병인은 생각했다. 그녀를 매료시켰던 현대 소설 속 남자들과 그를 견줄 수는 없었다. 소설 속 남자들은 어깨가 떡 벌어지고 육감적인 멋진 사내들이었다. 하지만 그녀는 침울히 서서 그를 바라보자니 그보다 다른 성품에 사랑이 있을 수 있겠다는 생각이 처음으로 들었다. 그 순간 그녀에게, 코니가 그의 사랑을 받는 것처럼 사랑받는 것은 정말 아름답고 완벽한 일인 듯 보였다.

"부인보다 선생님이 더 고생하시는 것 같아요." 쟁반에 컵을 놓으며 간병인이 말했다.

애덤스는 묘한 웃음을 터트렸다. "당신이 제대로 본 게 아니에요." 그가 반박했다. "내가 씻고 적당한 옷으로 갈아입으면 다시 봐요. 그럼 다를 거예요. 남자를 송장으로 만드는 게 있다면 아마 대낮에 야회복을 입고 있는 거겠죠."

간병인이 쟁반을 가지고 나가자 그는 옷을 갈아입으며 정신을 차리려고 애썼다. 적절히 외관을 갖추고 그 앞에 놓인 일상의 일과 마주해야 했다.

한 시간 후, 애덤스는 아침 햇살을 받으며 사무실로 향했다. 평소 같지 않던 우울증은 처음 신선한 공기를 들이마시기도 전에 사라졌다. 낯선 사람들 무리가 지나가는 것을 보면서 그는 세상 고독의 초연함을 느꼈다. 하지만 그 감정에 슬픔은 없었다. 자신 안에 안정이 되살아나는 것뿐 아니라 그 원천이 그곳에 있음을 느꼈다. 그는 자신이, 소위 말하는 종교적인 사람이라고는 생각하지 않았다. 교회에 가거나 설교를 들은 지는 10년도 더 지났다. 하지만 이 체념 속에 모든 위대한 종교가 갖는 어떤 치유의 원리, 소생의 조짐은 없는 걸까? '나는 이것을 믿는다.' 혹은 '이 교리나 저 율법을 따른다.'고 속으로 말하지 않았지만 그는 자신이 신이나 악보다는 우위에 있어야 한다고 진정으로 믿었다. 오랫동안 영적 전쟁의 싸움터에 있는 그의 영혼에 비로소 구름 한 점 없는 믿음의 동이 텄다. 덜 중요한 교리들은 모두 그곳으로 빨려 들어가 사라졌다. 그가 자신의 신앙을 말로 표현한다면 틀림없이 유머를 섞어 가며 이렇게 말했을 것이다. 내 신앙은, '이웃은 사랑하고 신은 혼자 내버려 두기에 족하다.'

활기 넘치는 거리를 빠르게 걸으며 애덤스는 온통 코니 생각뿐이었다. 그녀의 상태가 걱정되었다. 그때 팔꿈치에서 그의 이름을 부르는 소리가 들렸다. 그는 꿈에서 아직 깨어나지 못한 사람처럼 움찔하며 고개를 들었다. 다음 순간, 그의 앞에서는 공기가 소용돌이치고, 심장에서는 피가 급류처럼 솟구쳤다. 로라의 목소리였기 때문이다. 그가 돌아섰다. 그의 얼굴을 뚫어지게 바라보는 그녀가 눈에 들어왔다.

"일곱 개 행성에 대해 사색 중이신가요? 그게 아니라면, 그렇게 몰입할 수는 없을 거예요." 로라가 말했다.

"유령처럼 나타났네요. 나는 당신이 가까이에 있는 줄도 몰랐는데." 애덤스가 웃으며 답했다.

로라는 얼굴을 정면으로 보이며 피식 웃었다. 그녀는 불가사의한 눈빛, 망설이는 빨간 입술로 그를 올려다보았다. 애덤스는 첫눈에 그녀에게 변화가 있었음을 알 수 있었다. 그는 그것을 각성이라 불렀을 것이다. 그 이유가 뭘까 잠시 야릇한 가정에 빠졌다. 그러고는 단지 그녀가 여기 있다는 실질적 사실, 그 순수한 기쁨에 다른 모든 의식은 쓸려 나갔다. 그 순간 그들은 같은 인도 위를, 같은 햇빛을 가르며 걸었다. 마치 아무도 살지 않는 별에 그 둘만 서 있는 것처럼 그녀는 그에게 속해 있었다.

"당신과 얼굴을 마주한 지가 꽤 오래됐죠." 잠깐 머뭇거리다 로라가 말했다. "처음에는 당신이 아픈 게 아닌가 했어요. 하지만 만약 그랬다면 나에게 소식을 전했을 거라고 생각했죠."

그녀의 목소리도 달라졌다고 애덤스는 생각했다. 더 충만하고 더 깊고 더 우아하게 활력이 넘쳤다. 마치 어떤 경이로운 경험을 겪고 그렇게 풍성해진 듯했다.

"코니가 아파요, 내가 아니라." 애덤스가 조용히 답했다. "두 주간 그녀를 남부로 데려갔었어요. 돌아와서는 사무실 말고 다른 곳은 거의 갈 수 없었고."

로라는 그를 안쓰럽게 바라보았다. 그녀는 살짝 놀란 듯이 보였다. 오랫동안 코니가 건강하고 행복했기 때문에 애덤스는 친한 친구들에게조차 그녀의 이름을 거의 언급하지 않았다.

"어쨌든 지금은 더 나았으면 좋겠네요." 흔히 하는 인사말로 로라가 화답했다.

"아, 그럼요. 훨씬 나아졌어요." 애덤스가 말했다. "당신 이야기를 해 줘요. 당신 이야기가 듣고 싶어요. 또 시를 썼나요?"

잠시 로라는 거리를 빠르게 지나가는 자동차들로 눈을 돌렸다가 곧 다시 그를 향해 고개를 돌렸다. 충동적인 몸짓을 지으며 그녀가 말했다. 애덤스는 그 몸짓이 항상 매력적이고 독특하다고 생각했다. "시를 쓰지 않았어요. 시는 더 이상 없을 거예요…… 비밀을 하나 알려 줄까요?"

애덤스는 머리를 숙였다. "당신이 원하면 열두 개라도 괜찮아요."

"음, 하나뿐이에요. 이거죠. 난 타고난 시인이 아니에요. 모든 게 커다란 실수였어요. 그만둘 생각을 오랫동안 하면서 깨달았어요. 다른 일을 하고 싶어요. 그러니까, 나는 삶을 살고 싶어요."

"삶을 살고 싶다." 애덤스가 의아해하며 따라 말했다. 그가 겪은 삶의 사건들이 마음에 플래시처럼 빠르게 번득였다. 결혼, 출생, 죽음, 욕망의 환상, 소유에 대한 환멸. 외부 사물에 신앙을 놓는 것과 우연히 발생하는 사고에 행복이 흔들리는 것. 로라의 삶 또한 이런 것들로 채워졌을까? "당신이 말한 '삶', 그거 행동을 의미한 것 아닌가요?" 애덤스가 느긋이 물었다.

"아, 나는 존재하고 싶고, 알고 싶고, 느끼고 싶어요." 로라가 곧바로 대꾸했다. "모든 것을 겪어 보고 싶고, 모든 페이지를 한 장 한 장 넘기고 싶고, 이 세상에서 경험할 수 있는 모든 것을 경험하고 싶어요."

애덤스는 머리를 흔들었다. 그의 눈언저리에 미소가 어렸다.

"그 모든 흥미로운 일을 하고 나면," 그가 말했다. "그것들을 통해서 무엇을 얻죠? 어쩌면 커다란 슬픔 속에서 교훈을 얻을지도 몰라요. 살면서 일어나는 외부 사건들은 자라나는 옥수수밭에 떨어지는 빗방울만큼도 중요하지 않다는 교훈. 누군가에게 일어날 수 있는 일이나 일어날 수 없는 일, 그 어떤 것도 누군가의 경험에는 별 의미가 없어요. 태초 이래 가장 큰 사건은 그 자체로 행복을 가져오지는 못했어요. 어쩌면 당신은," 애덤스가 다정하게 덧붙였다. 그는 이 다정함을 숨기려고 노력하지 않았다. "삶이란 어떤 방식으로든 결국 잃는 거라는 것을, 그 안에 가장 큰 것은 때론 없이 지내는 거라는 것을 결국 알게 될 겁니다."

서글픈 말투가 아니었다. 그 음성에는 활력이 넘쳤다. 로라에게는 그게 참 인상적이었다. 그를 올려다보니 그의 얼굴에는 진정성이 미소 짓고 있었다. 약간 의외였다.

"이게 당신이 배운 거란 말인가요?" 로라가 물었다.

그녀의 진지함에 그가 너털웃음을 터트렸다. "내가 배운 게 무엇이든지 간에 이런 만남에 감사하지 않을 수 없네요." 애덤스가 명랑하게 답했다. "이건 뜻밖의 즐거움이에요."

"그러면서도 당신이 약간의 혜택을 받는 즐거움이죠." 로라가 지적했다. "나는 대부분 집에 있어요. 당신이 왔으면 하고 종종 바라면서. 마지막 테스트로 내일 저녁에 나랑 식사할래요?"

로라는 말을 하면서 그가 잠깐, 눈 깜빡할 사이 정도, 주저하는 것을 보았다. 그가 고개를 저었다.

"미안하지만 어렵겠어요." 애덤스가 유감스럽게 답했다. "간병인이 퇴근하면 코니를 돌볼 사람이 없어요. 그녀가 다시 건강해지고, 당신이 그때도 괜찮다면 기꺼이 그렇게 하죠."

그의 얼굴이 살짝 달아올랐다. "묻지 말 걸 그랬나 봐요. 내가 고려를 했어야 했는데…… 알았어야 했는데."

애덤스는 살아 있는 조직이 꼬집혀 찢겨 나간 듯한 기분이 들었다. 이것은 그들 사이의 끝이었다. 그는 그래야 한다는 의미였다. 삶이란 환상과 타협할 수 없음을 그는 알았다. 가장 아름다운, 최후의 욕망일지라도.

"당신이 그렇게 제안해 주니 한편 기분은 좋네요." 애덤스가 말했다.

모퉁이에 이르자 로라가 멈춰 섰다. 우연한 만남이 끝났다는 것을 그는 직감했다. 가슴이 찡했다. 그녀가 가냘픈 햇살 가운데 서자 애덤스는 강렬한 시선으로 그녀를 바라보았다. 비극적 사별의 고통을 머금은 듯한 시선이었다. 그 순간 그는 속으로 다짐했다. '이제부터는 할 수 있는 한 그녀의 삶에서 멀어져야 한다.' 이렇게 결심하면서도, 그녀에 대한 기억은 하얀 불꽃처럼 영원히 가슴에 남으리라는 것을 그는 알았다. 이윽고 그는 미소 지으며 그녀에게서 멀어져 갔다.

로라는 돌연, 충동적으로, 그가 가는 것을 보려고 돌아보았다. 사람들이 북적거리는 거리를 빠르게 걸어가는 그 수척한 모습이 은근히 안쓰러워 보였다. 그를 보면서 그녀는 그의 외투가 군데군데 닳았음을 기억했다. 이 사소한 것은 그를 향한 미묘하고 기이한 감정과 더불어 남다른 애틋함을 남겼다.

(2권에서 계속)

엘런 글래스고(1873–1945)

1942년에 퓰리처상을 수상한 작가로 스무 편이 넘는 소설과 몇 권의 단편 모음집, 시집, 자서전, 비평서 등을 출간했다. 미국 버지니아에서 태어난 글래스고는 어릴 때부터 심장이 좋지 않아 홈스쿨링으로 교육을 받았고, 문학과 철학, 사회학 등 다양한 분야의 책을 많이 읽었다. 자녀를 열 명이나 낳았던 어머니는 늘 신경쇠약으로 괴로워했는데, 글래스고 또한 같은 질환으로 힘들어 했다. 처음에는 자신의 이름을 숨기고 출간했으나, 오래지 않아 그녀의 소설들은 베스트셀러가 되었다. 1897년 *The Descendant*(후예)라는 소설을 시작으로 1941년에 마지막 소설 *In This Our Life*(여기 우리의 생)를 출간할 때까지 꾸준히 창작 활동을 했고, 마침내 퓰리처상을 받았다. 수상 작가를 선호하는 국내 독자들에게 그녀의 작품이 여태껏 한 편도 번역 출간되지 않은 게 신기할 정도이다. 『끌림』은 글래스고를 처음으로 국내에 소개하는 작품이다.

옮긴이 박재영

미국 애리조나주립대학교에서 학부와 석 · 박사통합 과정을 공부하고 영문학 박사 학위를 받았다. 현재는 전북대학교 영어교육과 교수로 재직하고 있다. 문학과 영화에 관한 30여 편의 논문을 썼고, 초등 영어 교과서와 고등 영어 교과서 집필에 참여했으며, 마빈 피셔 도서상, 윌프레드 페렐 기금상, 전북대 평생지도교수상 등을 수상했다. 옮긴 책으로는 샬럿 대커의 『조플로야』와 제시 포셋의 『플럼번』이 있다.

달섬 세계고전 17

끌림 1

지은이 엘런 글래스고
옮긴이 박재영
펴낸이 김동원
펴낸곳 달섬

초판 1쇄 인쇄 2020. 9. 25.
초판 1쇄 발행 2020. 9. 30.

달섬 전라북도 전주시 완산구 어진길 32 (풍남동2가)
전화 (063) 219-5322
FAX (063) 219-5323
출판등록 2012년 8월 20일 제465-2012-000021호

값 10,000원

ISBN 979-11-6372-099-7 04840
ISBN 979-11-6372-001-0(세트) 04080

이 도서의 국립중앙도서관 출판예정도서목록(CIP)은 서지정보유통지원시스템 홈페이지(http://seoji.nl.go.kr)와 국가자료종합목록시스템(http://www.nl.go.kr/kolisnet)에서 이용하실 수 있습니다. (CIP제어번호 : CIP2020038389)

'달섬'은 전북대학교출판문화원의 임프린트입니다.